愛妻請賜罪

4

完

風 文創 631

沐顏 著

目錄

第八十五章

顧清言知道姊姊心裡看重的是什麼，點點頭。「以後不會了。」

聞言，顧清婉鬆了口氣，只要弟弟答應她的事，都會做到。

一行人進了飯廳，可香也跟著來到。她面色如常，一點也看不出剛才和顧清言吵過架。這一點，顧清婉一直看在眼裡，或許是可香經歷了很多苦難，性格變得小心謹慎，不會輕易得罪人，難免顯得不容易親近，猜不透她內心的想法。但只要她能待在娘親身邊，陪娘解悶，顧清婉也不會多加干涉。

可香其實心知一點，顧母對她再好，但她始終不是親生。顧母對她好，多半是因為覺得虧欠張家，她不能恃寵而驕，就算顧清言再不對，她心裡再委屈，也不能說什麼，畢竟顧母心裡最疼的孩子是誰，可香知道。

大紅牡丹屏風將飯廳隔成兩處，男女各一桌，顧清言進了飯廳，走到男子那一桌。

屋裡一片明亮，能清晰看到顧清言滿臉的瘀青，顧父半是驚訝半是心疼道：「你這是怎麼了？」

顧清言不想讓顧母知道，對顧父打眼色。「沒什麼，不小心摔了一跤。」

看到兒子的樣子，顧父怎麼會不瞭解他的想法，心疼地看了顧清言一眼，輕嘆口氣，不再說什麼。

裡間的顧母和老太太聽到顧父的問話，也豎起耳朵聽，得知沒什麼大事，才繼續她們的閒話。

吃完飯，顧清婉回到屋子。說了好幾天要給夏祁軒針灸，都忙得沒時間，為他沐浴完，把地爐裡的火燒旺，便開始施針。

「小婉，在想什麼？」一直到顧清婉拔完最後一支針，夏祁軒才問整晚沒和自己說過一句話的妻子。抬手撫上她微蹙的眉心，想要撫平她心裡的煩心事。

顧清婉心裡有很多事，但又好像什麼也沒有，也不想說話，只想安安靜靜地坐一會兒。聽到夏祁軒的話，微微勾起嘴角搖頭。「沒想什麼。」

夏祁軒顯然不相信，雖然顧清婉整晚沒和他說過一句話，但是她有心事時，不自覺流露出的一顰眉、一嘆息，他都看在眼裡。他不喜歡有心事卻不與自己說的顧清婉，夫妻之間有事就要商量，不該一個人扛著。

被夏祁軒盯得沒法，顧清婉才道：「我在想，不知道該用什麼辦法解決言哥兒和娘之間的隔閡。如果按照娘的性子，以後言哥兒和娘都不能好好相處，這不是我想看到的結果。」

夏祁軒溫聲道：「以言哥兒的性子，只能讓他自己想通，我們說什麼都沒有用。」

「我明白這個理。」顧清婉說著，看了看燃燒過半的蠟燭，起身往地爐裡加木炭。

第二天一早，顧清婉起來收拾，準備了大包小包的東西給爹娘帶回去。

大夥兒吃了早飯，一家人站在門口相送。強子這兩天都是唐翠蘭在帶著，現在要走，淚眼婆娑，滿眼不捨唐翠蘭。

唐翠蘭亦是依依不捨，她沒有孩子，強子讓她有做娘的感覺。

顧清言臉上的瘀青經過一晚，已經消減了些。加上他刻意掩飾，戴上兜帽準備出門，顧母沒有看出異狀。

他心裡就算再不滿意他娘的做法，還是開口讓顧母照顧好自己，路上走慢些。但對可香的態度就差很多，只是面無表情地點點頭，看都不看可香一眼。

顧清婉見此，也不知道該說弟弟什麼了。每次說完他都會說知道，轉過身又按照自己的想法去做。

日子本該就這樣在平靜中度過，然而事與願違，麻煩事情總是接連不斷。

到了下午，顧清婉正跟唐翠蘭聊醫書時，門突然被推開，只見顧清言帶著一身寒氣進來，掀開兜帽便問她。「姊姊，姊夫呢？」

「他去米鋪了，怎麼了？」顧清婉放下水壺，站起身迎向顧清言。在他臉上，她看到了從未有過的隱忍和急切。

得知夏祁軒不在，顧清言便轉身往外走。溫室那邊出事了，但他不想讓姊姊知道，姊姊知道也幫不上忙，還會跟著難過。「我去找他。」

說著，顧清言便往外走。

顧清婉看出弟弟有事，哪裡想放他走。拿過架子上的大氅披在身上，對唐翠蘭說了一句。「我先去看看。」

「好。」唐翠蘭忙點頭，眼裡是掩飾不了的擔憂。

顧清婉繫上大氅追出去，到了大門，顧清言已經上了車。她不管三七二十一，趁小五調轉馬頭，跳上馬車。

看到挑簾進來的顧清婉，顧清言沒想到她會追來，他嘆了口氣。「姊姊，妳來做什麼？瞧外面冷得，妳快回去。」

顧清婉似沒聽見，逕自坐在軟墊上。「是不是出事了？」

「沒有，能出什麼事。溫室這兩天就能運行了，我找姊夫幫忙出個主意，看有什麼辦法能讓蔬菜水果大賣。」顧清言強自扯出一抹笑容，只是笑得不自然，一看就是假笑。

顧清婉自然不會相信這話，蔬菜水果的銷售出路不是早就想好了嗎？這個理由太牽強。

馬車輪轆轆轉動著，車裡很安靜，半晌後，顧清婉才悠悠問道：「言哥兒，我們還是姊弟嗎？」

顧清言明白這句話的意思，明白是一個理，但聽進耳裡，心卻莫名酸澀不已。不管何時何地，他從未和姊姊見外，偏偏這件事，他只是不想讓姊姊跟著擔心，於是沈聲道：「姊姊，這話妳也問得出口。」

「一家人不管是好是壞都應該一起面對，我們是姊弟，怎會看不出來你有事情瞞著我？你能告訴祁軒，為什麼就不能跟我說？」顧清婉生氣道。

顧清言被顧清婉說得沒有脾氣，變得沈默，半晌後，才開口道：「姊姊，對不起，我不是有意隱瞞妳，實在是不想讓妳擔心。」

「我們是親姊弟，有什麼都應該一起扛，你說的什麼話？」顧清婉不贊同他的想法，一家人就該有難同當，有福同享。

想起以前的苦難日子，姊弟倆不管有什麼祕密都告訴對方，顧清言便明白他不應該這樣做，不管貧窮還是富裕，顧清婉永遠都是他姊姊。想清楚一切，內心豁然開朗，雖然前方有一堆麻煩事，但他臉上的笑容比此時的陽光還耀眼。「我知道了。」

「那你告訴我，到底怎麼回事？」顧清婉挑眉。

顧清言沒有直說，而是對駕車的小五道：「小五，不去米鋪了，先回去。」

馬車才出青果巷，聽到吩咐，小五苦笑一下，倒是沒有絲毫不耐煩，點頭道：「好的。」

顧清婉明白顧清言的意思，有的話，隔牆有耳，現在不是說的時候。

馬車回到顧家門口停下，顧清婉跟著弟弟去了屋子，姊弟倆關上房門說話。

「說吧。」顧清婉看著顧清言。

到了此時，顧清言不想再隱瞞，開口道：「我今日本打算試試放水，如果水質合適，明日就開始栽種果樹，沒想到水道被人堵了，一點水也流不進溫室裡。」

「怎麼會這樣？可查清楚問題所在？」顧清婉蹙起好看的眉。

雖說他們不需要使用河道的水，但那些水還是很必要的，才能用來掩人耳目，如果真像弟弟所說，一點水都流不進溫室，那麼儘管她有萬能井水，也是徒然。

井水無法使用，溫室就無法運行。

顧清言點點頭。「我已經讓人去查，最多傍晚就能查出問題出在哪裡。」

「這麼大一件事，你竟然打算瞞著我。」顧清婉明白了事情始末，怎能不怪弟弟。

顧清言嘆了口氣。「告訴妳還不是讓妳跟我一起擔心，我只想妳每天都過得開心。那些不好的事由我自己承擔就好，實在不行，不是還有姊夫？」

顧清婉又氣又無奈地白了他一眼。「現在我們都不知道情況，只能等你派出去的人回來再說。」

「我回來找姊夫，就是因為姊夫的手下能力強，或許很快就能知道原因。」

「那我們一起去。」顧清婉看了看天色，時辰還早，若是等夏祁軒回來，至少要到酉時。出了這麼大的事，光等在家裡不是辦法。

在這悵縣，人生地不熟，想要做什麼都難。

顧清言想了想，答應顧清婉。姊弟倆披上大氅，戴上兜帽離開家，去米鋪找夏祁軒。

一波未平，一波又起，姊弟倆到了米鋪，才知道南北藥行東家派人來說不願意把藥材賣給他們。兩件事毫無預兆地發生在一起，不用想也明白，這一定是人為。

顧清言看著胸有成竹的夏祁軒，問道：「姊夫難道已經知道了什麼？」

「現在只等阿三回來，就知道是不是如我所料了。」夏祁軒說著，眼裡出現一抹陰狠，但是當看到顧清婉時，所有的狠色消失殆盡，只有滿滿的寵溺溫情。「小婉莫要擔心，一切我都會處理好。」

每一次有事，夏祁軒總會這樣對顧清婉說，她相信夏祁軒能做到，但她希望，她也能幫得上忙。

「阿三離開不久，短時間不會回來，我先去東河村一趟，看看我派去的人回來沒有。」顧清言不想坐在這裡等，越等心裡越著急。

「我和你姊姊一起陪你去。」夏祁軒知道顧清婉一定會這樣做，搶在她前面開口。果然，得到了顧清婉一個感動的眼神。

三人隨即又從米鋪出發去東河村，趕到目的地時，顧清言派出去的人還沒回來。五間溫室都有人，有好些都是從船山鎮跟著顧清言來的。

顧清婉認出相識之人，一一打招呼，但大家心情都很低落，隨意寒暄幾句便將話題轉到水源上。

「言東家，如果沒有水，是不是溫室就沒法運行？我們工錢該怎麼算？」這些人跟著顧清言來到帳縣，都是看在他工錢給得高，還有不少福利。如今溫室無法運行，他們當然擔心工錢拿不到。

顧清言明白大家的心情，他看著眼前的這群人。「大家放心，只要你們在溫室一天，每天工錢都記上。」

「言東家，我們也不能讓你虧了。要不這樣，看看情況，如果不行，我們大夥兒先回去，等溫室能正常運作再來。反正快過年了，家裡還有一堆事情忙。」其中一人開口道。這裡的人都明白，顧清婉姊弟倆剛來縣城，人生地不熟，肯定是得罪了不該得罪的人，要不人家才不會這樣做。

雖說冬天大都不用河道裡的水，但像這樣徹底堵掉，他們還是頭一次見到，再傻的人都能想到這一點。他們都是平民百姓，能有這樣本事的人他們可得罪不起。

能儘快抽身最好，不要到時銀子掙不到，還惹一身禍回去，眼看將近年關，他們都想安安穩穩地過個年。

在顧清言離開後，他們就聚在一起商量過，等他過來，他們才提出這個要求。

顧清婉三人都明白這些人的想法，錦上添花易，雪中送炭難。

「也行，再二十來天過年，家裡確實很忙。言哥兒，你去給大夥兒算算工錢。」顧清婉看到弟弟眼中的憤怒，悄悄扯了一把他的袖子，笑著點頭。

顧清言最討厭的，就是這些一看苗頭不對就跑的人，就算現在這些人要留下，他也不會再要。「跟我來，我去把工錢給你們算一算。」

從目前的狀況來看，麻煩事情不會這麼快解決，顧清言也覺得沒有養閒人的必要。

看著一群人跟在顧清言身後，夏祁軒冷笑一聲。

顧清婉看向夏祁軒。「笑什麼？」

「天下熙熙，皆為利來；天下壤壤，皆為利往。」夏祁軒拉過顧清婉的手，握在掌中。

「不用擔心，一切都會好的。」

顧清婉輕輕點頭，每次夏祁軒都會給她安定的力量，使得她本來焦躁不安的心，很快鎮定下來。

「祁軒，你心裡是不是已經有底了？」

聽見嬌妻如此問，夏祁軒不想隱瞞，微微頷首。「確實有，不過，現在還不能斷定。」

「我總感覺這件事不簡單。」顧清婉莫名覺得事情複雜，單從南北藥行東家不肯賣藥，再到顧清言的溫室這邊，她總覺得有一張網在慢慢朝著他們張開。

「不管這件事有多麼麻煩，我都會解決。」夏祁軒將顧清婉的手握緊幾分，給她一抹安心的笑容。

「我相信你，但是如果有什麼我能幫得上忙的，你要告訴我。」顧清婉如今只想做個站在夏祁軒身後的女人，讓他沒有後顧之憂。

過去的已經過去，她現在知道自己要做的是什麼。

夫妻之間，沒有誰強誰弱，只有剛柔並濟，才能幸福圓滿。顧清婉慢慢懂得這個道理，夏祁軒也同樣明白。

所以，他們兩個彼此都在改變自己，來迎合對方，才會有現在的相濡以沫。

天色漸漸暗下，顧清言才算好帳出來，神情疲憊地走到顧清婉和夏祁軒跟前。「你們兩個就在這裡待了一個時辰？」

今兒風大，天也冷，顧清言想不通姊姊和夏祁軒怎麼站在這寒風裡。

顧清婉笑了笑，沒有回答，問道：「算好了嗎？」

「好了，明兒一早我帶銀子過來，派了銀子就沒事了。」顧清言嘆口氣，看了夏祁軒一眼。「算算時辰，那人該回來了，但是到現在都還不見人影，不知道是不是遇到什麼麻煩？」

「不用等，直接去米鋪，阿三應該回來了。」夏祁軒說著，拍了拍顧清婉的手背。

顧清言點點頭，表示明白。

上了馬車，又直奔米鋪而去，本該是飢腸轆轆的三人，卻都沒有食慾。

到了米鋪，阿三已經回來，見到夏祁軒，便將探到的消息稟報。「稟公子，確實如您所料，河道上游的西河村水閘被周家命人放下，堵截了河水。」

「消息可準確？」夏祁軒心裡知道自己屬下不會謊報，但顧清言不知道，這話是替顧清言問的。

「屬下已經確認過，此刻周源恐怕才從孫家回去。」阿三恭聲道。

「還真是如此。」夏祁軒冷笑，隨後看向姊弟倆。「心中可有底了？」

「看來是昨日我打了孫仁義引起的一切。」顧清言苦笑。

「表面看是如此，不過真正原因還得細查才知道。」夏祁軒說著，對阿三道：「這件事還是交給你去辦，務必將事情查個水落石出。」

「是。」阿三應了一聲，退出屋子。

顧清言知道夏祁軒心思多，想必已經有了應對之策。「姊夫現在可有辦法？」

「藥材的事可緩緩，河水的事情得先解決。」顧清婉接過話，夏祁軒點點頭。「小婉說得不錯，河水的辦法我倒是有一個。」

見姊弟倆都挑眉看向自己，夏祁軒笑道：「周家堵水，想必很需要用水？」

第八十六章

「我不清楚這裡每個村子的水池是否都有兩道水閘？通常若有兩道水閘，外閘在外，能保持河水涓涓細流；另一個內閘若是開啟，河水便會洶湧澎湃，希望西河村的水閘也是如此。」夏祁軒凝思道。

「為什麼？」顧清言不明白。

「在多年前，我曾經設計過這樣的水閘，當時這方法得到陛下肯定，陛下也將此法昭告天下，讓容易水患的地方實行此法。如果他們按照我的方法設計水閘，那麼便能幫我們大忙。」夏祁軒說著，看向一直沈默不語的阿大。

夏祁軒的一個眼神，阿大便會明白，他點點頭，退出屋子。

「姊夫你也沒有把握，如果不是用你設計的水閘，可還有別的辦法？」顧清言聽了夏祁軒說這麼多，算是明白過來。他現在說的，只是推測，還沒有十足把握能解決問題。

「辦法都是人想出來的，若是此法不通，再想別的辦法便是。現在我們要做的是先回去等著，最多明兒一早，一切都會有答案。」夏祁軒的語氣很輕鬆，臉上帶著滿滿的自信，不管什麼問題，對他來說都不是問題。

顧清言點點頭，確實，就算現在說得天花亂墜，到時有可能一切都是白廢。

「今兒也不早了，我們回家。」顧清婉接過話，看向兩人。

「好。」夏祁軒溫聲頷首。

顧清言此刻心裡有些亂，還有自責，他知道發生這些事都是因他引起。因為心情不太好，回到家後，只是隨意吃了幾口飯，便回自己房間去。

見此，顧清婉嘆了口氣。吃完飯將夏祁軒送去老太太屋子說話，她便去廚房做了一道香辣馬鈴薯條，盛了一碗豬骨燉青紅蘿蔔湯和小碗米飯，送到顧清言的屋裡。

「這是你最喜歡的菜，快吃吧。」顧清婉擺好飯菜，遞過筷子到他手中。

盤中的紅辣椒和花椒散發著誘人的香味，馬鈴薯條上沾上粒粒白芝麻，加上碧綠的蒜苗，看起來就令人胃口大開。可是，顧清言放下筷子，搖頭道：「我沒胃口。」

「剛才你就沒吃什麼東西，現在又不吃，是想讓姊姊擔心嗎？」顧清婉眉心緊蹙，眼裡半是惱怒，半是心疼。「在米鋪不是還好好的，回來你就這樣，到底怎麼了？」

「沒事。」顧清言覺得心累，只想自己一個人靜一靜。

顧清婉沈默，目光盯著地爐裡的火，久久之後，才嘆口氣道：「以前那麼苦的日子都熬過來了，現在還有什麼能難倒我們？你今晚好好休息，明兒一早我要看到以前那個凡事不鑽牛角尖的弟弟。」

說著，她站起身扯了扯微皺的衣襬，朝門口走去。開了門，沒有邁步，而是回頭看向顧清言。「人是鐵飯是鋼，我顧清婉的弟弟一定不會因為一點點事情而不吃飯。」

將近亥時，小倆口回到屋裡。

顧清婉倚靠在夏祁軒懷裡，在想弟弟吃東西沒有？現在有沒有睡下？

「小婉，什麼也不要想，好好睡一覺，明兒一早就會有結果。」夏祁軒的大手在她背上輕輕滑動，安慰道。

「好，你也睡。」顧清婉說完，閉上眼睛，卻怎麼也睡不著。

屋裡很安靜，但誰也沒有開口說話，直到二更天，兩人才漸漸陷入沈睡。

翌日早晨，顧清婉起床梳洗好，便去弟弟屋裡。

看到顧清言眼圈的鴉青，不用問也知道一宿未睡，他才睜開眼睛的迷糊樣，讓顧清婉既無奈又寵溺。目光看向地爐旁的矮几上，見菜已經吃完，湯喝了半碗，這才安心了些，將碗碟端起，開口道：「想吃什麼？姊姊去做。」

「不用麻煩，大鬍子做什麼我們吃什麼。待會兒我還得去溫室一趟。」顧清言說著，倒水洗臉。

「那晚上姊姊給你們做。」顧清婉想給大夥兒燉一鍋藥膳。

洗完臉，將臉巾晾在架子上，顧清言笑道：「好，我也想吃姊姊做的菜了。」

顧清婉寵溺一笑。「梳完頭就去飯廳，我就不過來叫你了。」說完，端著碗碟離開。

顧清婉離開沒多久，顧清言剛梳完頭收拾妥當，準備去飯廳時，便聽見輪椅轉動的轆轆聲傳來，打開門正好迎向夏祁軒，問道：「可是有結果了？」

夏祁軒輕輕點頭。

「我去叫姊姊。」顧清言趕緊離開。

顧清婉此刻在廚房裡幫忙準備開飯，得知情況，便將早飯端到弟弟房間，三人一邊吃一邊說。

「兩件事情，你們想先聽哪一個？」夏祁軒吃了一口蒸餃，問姊弟二人。

「先說整件事情的原因和始末。」顧清言最想知道的就是這一點，他因為這一點，一宿未睡，現在有了結果，當然想先知道。

「這件事有點複雜，其中有好幾個人參與。」夏祁軒說道。「先說南北藥行。南北藥行的東家是周源的妹夫，他不賣藥給我們的主要原因就是周源，不過還有另一個人的關係。」

「誰？」姊弟倆停下吃飯的動作，異口同聲問道。

「曹心娥。」夏祁軒說到這個名字，滿眼的嘲諷之意。

「她？」顧清婉不敢置信，曹心娥怎麼會和南北藥行的東家弄在一起？

顧清言亦是想不通。

夏祁軒道：「這有什麼奇怪？南北藥行東家可不是什麼好人，經常出去花天酒地。」說到此，看向顧清婉。「藥行每運一次藥材，都要去衙門登記，認識一個在村子裡行為不檢點的曹心娥有什麼奇怪？」

聽夏祁軒這麼一說，姊弟倆便明白過來。

夏祁軒又道：「興許是曹心娥無意間得知南北藥行的藥材要賣給我們，便從中作梗。」

「看來給她的教訓還不夠。」顧清言眼中閃過銳利的寒芒。

顧清婉沒有說話，安靜地吃著飯菜，但心裡已經認同弟弟的話。是該給曹心娥一個深刻的教訓，否則，她不會長記性，隨後開口問道：「周源那邊可是孫正林一家的關係？」

「是。」夏祁軒點頭。

「要麼不來，要來都一起來，真是巧。」顧清言嘲諷道，不過，他也不是吃素的，就算這些魑魅魍魎一起來，他也不怕。

夏祁軒和顧清婉亦點點頭。夏祁軒放下筷子，拿出絹布擦嘴，隨後才道：「就算所有的事情一起來，我們也能解決，現在要做的就是幫周源一把。」

「姊夫的意思是，水閘是你設計的那種？你不會是想把所有水閘打開吧？」顧清言昨晚想了一宿，聽夏祁軒的語氣，是要來點猛的。

顧清婉一想到所有水閘都打開，唯獨西河村的水閘是關著的，這麼一來，西河村便會遭殃，這樣受害的是百姓，便沒了吃飯的心情，放下碗筷深思。

「想必你們已經知道我的辦法。」夏祁軒點頭，他就是要西河村受災。

顧清婉不贊同這樣做，牽連無辜百姓，不是她想看到的結果。「祁軒，這樣是不是不妥？這個季節，地裡都是小麥和油菜花，水淹過去，就什麼都沒了。」

夏祁軒雖然狠毒，但不做傷害無辜的事，他搖頭給了顧清婉一抹安心的笑容。「小婉，這點不用擔心。整個西河村的土地都被周家占著，就算西河村水淹大地，也不會造成村民的損失。」

經過夏祁軒這麼一說，顧清言才想起，是有這麼一回事，開口對顧清婉道：「姊姊，妳難道忘記了嗎？為了唐翠蘭的事，我曾經調查過，周家富有以後，開始強制收購村民們的土地，姊夫的做法倒是好方法。」

這裡沒有外人，夏祁軒不想藏著掖著，開口道：「我最終的目的，是要周家人下獄，這些年周家傷害無辜百姓，欺凌弱小，沒有人治他。正好這一次，把周家這條惡狗處理掉，想必百姓會很樂意看到這結果。」

「光是堵截水能治得了周家？」顧清婉聽夏祁軒說得很有道理，但好像這一點，不足以將周家人關押。

夏祁軒神祕一笑。「這件事我會去安排。」

顧清婉開口道：「那麼藥行和曹心娥的事情交給我來辦。」

「不急。」夏祁軒搖頭道：「小婉只管安心待在家就好，其餘的事情交給我和言哥兒。」

見顧清婉要開口反對，顧清言搶在姊姊前面道：「姊夫說得對，姊姊在家就好。」

顧清婉氣悶，她最怕的就是這兩個男人齊心的時候。見兩人態度堅決，她收拾好碗盤，端著走出房間，不再搭理他們。

顧清婉回屋裡看書，看了不到半個時辰，吳仙兒和吳秀兒來訪。看到吳仙兒，顧清婉微微訝異，她不是回船山鎮了嗎？

這一次，吳仙兒還帶了街邊買的麻辣燙，看來是上次她說了以後，吳仙兒記在心裡。

「小婉姊姊，我決定和你們一起回船山鎮。」吳仙兒一見到顧清婉，便上前挽著她的手，樣子看起來比和吳秀兒還親密。

吳秀兒見此，只是無奈地笑了笑，女大不中留。

聽到吳仙兒的話，顧清婉笑著點頭。「好。」

三人說著話到了前廳，顧清婉加炭煮水泡茶。

「小婉，我們已經去過船山鎮，我夫君吃過藥後好了很多，比以前次數要少些。我今兒過來，是想問問，還有哪些要注意？」經過上次談話，吳秀兒已經不會覺得難以啟齒。

「這事我正想找個時間去跟妳說。」病人的一切，家屬都有權知道。既然吳秀兒提起，顧清婉也不再隱瞞，把她和顧父分析的情況告知吳秀兒，也要她配合治療。

吳仙兒安靜地坐在一旁，聽著兩人說話，不時為她們斟滿茶水。

「小婉，妳說的驚魂之法可有危險？」吳秀兒一聽這名字就心驚。

顧清婉搖頭。「放心吧，不會有危險。」

「那我們什麼時候開始？」吳秀兒已經迫不及待，想要快點治好她夫君的病。這樣一來，她便有機會懷上自己的孩子，為姜家傳宗接代，不被公婆嫌棄。

「再等上幾日，不要再給姜公子服用補陽藥。」顧清婉前日聽爹說過，姜公子就是因為長期服用補陽藥，致使心火過盛。身體裡的火日積月累，轉化成邪火，性格變得扭曲，每日必行房事好幾次，才能緩解。

吳秀兒點頭。「這些我都知道，妳爹有交代過。」

「小婉姊姊，就妳一個人在家？」見兩人談完正事，吳仙兒才開口問道。

顧清婉怎麼會不知道這句飽含深意的問話，她笑道：「我弟弟去地裡了，事情辦妥想必就會回來。」

「小婉姊姊真壞，人家不是問他，他的事情才不關我的事。」吳仙兒一聽，心裡又羞又臊，低垂著頭，臉紅如蘋果，囁嚅道。

兩個女人都被吳仙兒這話逗得笑出了聲。

吳秀兒有些不好意思，自家妹妹什麼心思，她這個做姊姊的怎會不明白。但她看出顧清婉並沒有笑話她妹妹的意思，便放下心來，心裡對顧清婉的好感更多了幾分。

三人直聊到未時，姊妹倆才告辭離去。

送走姊妹倆，顧清婉直接去廚房，打算給大家做一份藥膳。

廚房裡，大鬍子忙碌著，看到顧清婉，大鬍子點點頭，繼續手上的活兒。

屋裡瀰漫著羊肉的羶腥味，雖然聞起來味道不是很好，但看到奶白色的湯頭，再加上案板上放著各式調味料，顧清婉都能想像得出很美味。

不必問，顧清婉也知道大鬍子的用心，冬天喝羊湯暖身，對身體好。既然已經做開，她便沒有必要再來分鍋做飯。

回到屋子，把該整理的都整理好，也快到了飯點。算算時辰，弟弟和夏祁軒也該回來了。

不過，先回來的不是這兩人，而是去了船山鎮的海伯。不但海伯回來，還帶來了可香。

「娘不讓我去飯館，讓我來這邊玩上幾日，與你們一起回去。」可香看出顧清婉的疑惑，開口解釋。

顧清婉心裡明白娘的意思，是想要可香過來和顧清言培養感情，於是笑了笑不語，牽著可香進門，問道：「飯館那邊誰看著？」

「娘已經讓海伯把飯館賣給別人。」可香回這句話時，都不敢看顧清婉的眼睛，因為她知道，飯館是顧家起家的根本，顧母卻為了她把飯館賣給別人。

顧清婉聽完答案，只是稍微頓一下腳步，便又恢復淡然。賣了飯館也好，可香一個女孩子掌勺實在太累。

「娘怎麼不讓強子和妳一起來玩？」說著話，顧清婉帶可香進了前廳，讓她坐下，倒了一杯水。「先喝杯水暖身。」

「娘有讓強子來，強子自己不來，說要好好學習醫術。」可香想到強子，眼裡滿是笑意和寵溺。四姊弟中，就她和強子待在一起的時間最長，在她心裡，早就將強子當成親弟弟。

聽可香這麼一說，顧清婉便想到強子認真比劃著要好好學習醫術的小模樣，忍不住笑出聲。「他就是個小人精。」

「可不是，精怪著呢。」可香談起強子，說話也自然了很多。

顧清婉笑著、笑著，臉上的笑容收斂了幾分，想到強子到現在還沒開口說話，心裡難免擔憂。若是強子一直不能言語，以後就算做了大夫，也會有很多障礙。

必須得想辦法，讓強子開口說話。

「其他人不在家嗎？」可香進來坐了一會兒，沒見到除了顧清婉之外的人，不由好奇。

「祖母和畫秋在屋子裡，言哥兒去了溫室，妳姊夫去了米鋪，其他人都有自己的事情要忙。」

可香點點頭。

聽到院子裡的聲響，顧清婉看了一眼外面，見是海伯將可香的東西移去客房，說道：「想必他們也快回來了。」

「姊姊，妳說言哥兒會不會趕我走？」可香一路上最擔心的就是這個問題。

顧清婉嗔道：「妳也是他姊姊，他怎麼可能做出這種事？」最多只是不理妳，最後一句，顧清婉自然不會說出口。

雖然顧清婉這樣說，但可香心裡還是沒底，畢竟那天顧清言說了那些話，還說她不要臉。其實，如果有得選擇，她根本不願意來這裡。

但為了顧母，她只能答應過來，即使明知道會遭到顧清言的冷嘲熱諷，她還是來了。

屋外傳來夏祁軒轉動輪椅的聲音，之後是顧清言和夏祁軒的說話聲。

姊妹倆站起身，迎了出去，出門便看到邊說邊朝前廳過來的兩人。「回來了。」

夏祁軒看到愛妻，滿臉寵溺的笑容，輕輕頷首。

顧清言的臉色和夏祁軒形成鮮明對比，他站在原地，愣怔地看著可香，半晌後才皺著能夾死蒼蠅的眉頭，道：「妳怎麼在這裡？」

可香被顧清言問得不敢回答，低垂下腦袋，手攪動著髮梢，能看出她此刻極度不安。

顧清婉見此，上前一步將可香擋在身後，瞪了弟弟一眼。「這是你對可香說話的態度？她也是你姊姊。」

看出顧清婉生氣，顧清言睨了一眼躲在姊姊身後的可香，淡淡道：「對不起。」說完，邁開步子朝他屋子走去。「我去洗漱一下。」

「洗漱完直接去飯廳。」顧清婉對顧清言的背影說了一句，嘆了口氣，看向夏祁軒。「讓阿大伺候你洗漱一下，我帶可香去飯廳。」

「好。」夏祁軒溫聲應道。

顧清婉看了夏祁軒一眼，本來陰霾的心情瞬間明朗，實在是他的樣子太逗。他嘴上雖說好，眼裡卻飽含幽怨地看著她，似被拋棄的小媳婦一般。

心情愉悅，顧清婉嘴角帶笑地離開。

晚上有羊肉凍加酥油餅，個個都吃得大飽口福。這道羊肉泡饃，是楚京人冬天最喜歡的一道菜，老太太吃得最是心滿意足。

吃完飯，顧清婉安排好可香的住房才回去。把吳仙兒拿來的麻辣燙給了弟弟，但沒說是吳仙兒拿來的，說了他不會吃。

夏祁軒和顧清言在商談事情，顧清婉沒有插嘴，只是靜靜地聽著。

「姊夫，今夜不會出什麼岔子吧？」顧清言有些擔心，雖然夏祁軒說已經安排好一切，但他還是不放心。

夏祁軒自信一笑。「我要辦的事，還從來不曾失敗過。」因為他一向不做沒有把握的事。

從弟弟和夏祁軒的話語中，顧清婉能聽出，夏祁軒已經準備就緒，就等今晚來個突襲，給周家一個措手不及。

只是她到現在還想不通，夏祁軒要怎麼把周家人關進大牢？不過看他沒有打算要說，那麼她就拭目以待。

第八十七章

第二天一早，吃完早飯，顧清言和夏祁軒一道出去。顧清婉叫上唐翠蘭和可香，去菜市場買菜。

才出巷子，便看見街道上的行人步伐匆匆，還有小跑著的。

走近一聽，才知道昨晚西河村被大水淹了半個村，沖垮不少房屋。神奇的是，除了周家，沒有一個人受到傷害。

周家人受了不小驚嚇，直到清晨水勢退去，才差人去衙門求救。問題是衙門雖然派人前往周家，卻不是救人，而是把周家人全部抓進大牢，原因是他們私自命人關掉水閘，致使百姓受災，罪大惡極。

周家人全進了大牢，下人們便將周家值錢的東西都捲款潛逃。

村裡的百姓見了，也去周家撿便宜。

西河村的百姓被周家剝削已久，不但要撿東西，還帶破壞。此刻的周家已經是破瓦爛牆，殘敗不堪。

聽到這裡，顧清婉才明白，夏祁軒葫蘆裡賣的什麼藥。不過她也很佩服，他竟然能算到這些。

這下，就算周家人從牢房裡出來，也是一無所有，從天上掉到地上的滋味可不好受，想必周家人以後也不會有什麼好下場。

「小婉，我有沒有聽錯？」唐翠蘭激動地握住顧清婉的手。

顧清婉點點頭。「沒有聽錯，是真的。」

「天哪，我不敢相信這是真的！菩薩怎能聽得到我的祈求呢？」唐翠蘭說著，淚如雨下。

顧清婉理解唐翠蘭的心情，將她扶起身。「要不要去西河村看看？」

「可以嗎？」唐翠蘭很想親眼看到周家垮臺。

「當然。」顧清婉點頭。

隨後，顧清婉去菜市場外面租了一輛馬車，和可香、唐翠蘭朝西河村奔去。

今日往西河村去的人好像特別多，馬車、行人擁擠，直到未時才到達西河村。

就算到了西河村，顧清婉幾人也沒有辦法下馬車，地上全是污泥。

很多人為了看熱鬧，挽著褲腿，踩著污泥進村，到處是腳印。

從村口，就能看到西河村邊上倒塌的房屋。

唐翠蘭站在馬車上，眺望遠方，當看到那座高樓此刻已然傾圮，激動地抓著馬車簾子。

「是真的，是真的！」隨後，眼淚顆顆滴落，那是喜極而泣的淚水。

顧清婉隨著唐翠蘭的目光望向遠處，依稀還能看到周家院子四周圍滿人。

半晌，唐翠蘭情緒安定下來，抹了把眼淚，吸了吸鼻子，開口道：「我們回家。」這四個字說得很自然，她想通了許多事情。

「好。」顧清婉對唐翠蘭這點很喜歡，是個理智的女人。

調轉馬頭，往城裡走。因為人太多了，道路不通暢，直到酉時才到家門口，雖然都餓得前胸貼後背，心情卻不錯。

今兒也奇怪，夏祁軒和顧清言早早就回來了，得知顧清婉三人從早到現在還沒回來，兩人等在門前。看到三人出現在巷口，才放下懸著的心。

「你們怎麼回來這麼早？」顧清婉看了看天色，往常兩人這個時辰才會到家。

看到三人嘴唇都乾得裂開，顧清言想數落的話又吞下去。

夏祁軒心疼地握著顧清婉冰涼的小手。「先進屋喝口水，吃飯。」

顧清婉點點頭，招呼著可香和唐翠蘭進門。

顧清言走得快，先進了前廳，去倒了幾杯茶。等幾人進門，沈著臉走出來，他是去讓海伯準備開飯。

一人喝了一杯茶，才覺得好受一些，海伯過來請他們去用餐。

也許是太餓的關係，顧清婉今日多吃了一小碗米飯，多喝了半碗湯，看得老太太直皺眉。

「婉丫頭，妳又不缺銀子，餓了街上應該有賣吃的，怎麼不買來吃？妳現在還好是一個人，以後若是有了孩子，祖母都不放心讓妳一個人出去。」老太太責備的話語，掩飾不了濃濃的關心。

顧清婉想說她們前往西河村的路上，堵得水泄不通，也沒看到賣吃食的小販，但最終沒有解釋，只是不好意思地笑了笑，自動忽略老太太最後幾句話。

吃完飯，大家都累了，各自回房休息。

「祁軒，謝謝你。」顧清婉側身向夏祁軒開口道謝。

「妳我夫妻，說什麼謝。」夏祁軒抬起手，輕輕刮了一下顧清婉小巧的鼻尖，寵溺道。

顧清婉搖頭，將頭靠近夏祁軒的胸口。「我是替翠蘭姊說的謝謝。你是不知道，她今日有多開心，這還是我認識她這些日子以來，她最開心的一天。」

「小傻瓜，妳又不是不知道原因，還要說謝。我們這樣做，大多是為了我們自己。」夏祁軒說著，將顧清婉抱緊，手指穿過她髮間，輕輕撫摸。

顧清婉知道原因是一回事，但看到唐翠蘭的開心，還有西河村百姓個個臉上發自內心的笑容，她就覺得自己的男人好偉大。

如果讓她自己去解決周家，最多是將周家一個個弄殘，但仍然還能繼續欺凌百姓。

「祁軒，你真厲害。」顧清婉說著，抱著夏祁軒，往他懷裡鑽。

夏祁軒身為一個正常男人，被深愛的女子如此讚美，還碰觸到他的身體，他自然會有反應，連忙用手將顧清婉推開些許。「小傻瓜，妳是要我的命嗎？」

顧清婉反應過來，才明白自己做了什麼。兩人雖然成親這麼久，最多就是抱一抱、親一下臉，還沒有像今日這樣過。難怪夏祁軒會一臉痛苦，想通這一點，顧清婉稍微退開幾分，也不再亂動。

「睡吧。」夏祁軒看出顧清婉眼底的希冀，心裡一痛，輕輕在她額頭上落下一吻，聲音如同哄孩子一般。他心裡有千千萬萬個想要她的聲音在叫嚷，但理智強壓著自己。他愛這個女人，就該把最好的留給她，他不要在她的一生中留下遺憾。

明白夏祁軒就算忍耐著，也不會要了自己，顧清婉在心裡嘆口氣，輕輕點頭，雙手抓著他的手臂，頭微微挨著他的肩膀，閉上眼睛睡覺。

她愛他，會尊重他的意願。

次日，姊弟倆和夏祁軒吃了午飯，帶可香和唐翠蘭出去街上買東西回來。

驀地，馬車陡然停下，顧清言穩定身形，側耳一聽，便明白前面發生了什麼事，他看向顧清婉。「前面有人在爭吵。」

顧清婉知道弟弟的耳力異於常人，挑簾往外張望，只見前方圍著不少看熱鬧的人。

「姊姊要不要去看看？」顧清言見事情不會這麼快解決，問道。

顧清婉看向夏祁軒，見他點頭，她才說好。

夏祁軒對吵架沒興趣，特別是女人吵架，遂不打算下車，就在馬車裡等著姊弟倆。

顧清婉和顧清言下了馬車，後面馬車上的唐翠蘭和可香兩人也挑著簾子往外看，看到他們，也跟著下馬車看熱鬧。

幾人擠到前面，才看到路中間有兩個女人打架，一個青色襖裙的女子與另一個身段妖嬈的紫衣女子打在一起。兩人互相撕扯對方頭髮和衣物，嘴裡都罵著難聽的話。

雖然兩人都披頭散髮，但顧清婉還是能認出紫色衣裙的女人，竟然是曹心娥。

而另一個人，唐翠蘭給了答案，青色襖裙的女人是周芳，周芳是周源的妹妹。唐翠蘭還在周家時，每次周芳回娘家，都要煽風點火，欺負她這個嫂子。

周芳就是南北藥行東家的媳婦，聽著唐翠蘭的話，顧清婉再看向與曹心娥撕扯的周芳，便明白這是個厲害的角色。既然周芳是周源的妹妹，又是南北藥行東家的女人，那麼她很樂意看這場狗咬狗的遊戲。

「妳個不要臉的婊子，勾引我男人！看我今日不撕爛妳這張噁心的臉！」周芳咬牙切齒，眼裡全是狠色，她使勁揪著曹心娥的頭髮，用長長的指甲去抓曹心娥的臉。

曹心娥的臉被抓得破皮，慘叫一聲。「哎喲！妳個該死的賤人！」隨後大喊。「張擎紅，你還不來幫忙！」

很多人都不曉得曹心娥嘴裡喊的是誰，顧清婉也不知道。隨著曹心娥的話音落下，人群中擠出一個微胖的男人，這個男人走到撕扯的兩人旁邊，抬手往周芳身上打兩拳，又抬腿踹了她一腳，這人便是南北藥行的東家。

看到這裡，顧清婉還有什麼不明白，曹心娥勾搭上南北藥行的東家張擎紅，被周芳知道，才會有現在的一幕。

隨著張擎紅的一連串動作落下，周芳痛呼一聲，倒在地上，反手按著被打的背。「哎喲，哎喲！」哭不出聲，那是痛到極致後的反應。

這還沒完，曹心娥不甘休，上前踹了周芳兩腳，狠狠地在她肚子上踩兩下。「賤人！竟然打我，也不看看自己什麼身分。」

周圍的人看到周芳哭了半天都沒嚎出來，再看到曹心娥一臉狠毒，頓時對周芳起了惻隱之心，有人想要上前勸架，卻被曹心娥凶狠一瞪。「你們誰敢幫這個賤人，把你們拉去衙門！」

小老百姓最怕的就是衙門，聽到曹心娥的恐嚇，哪還敢再上前勸架。

好半晌，周芳才「啊」一聲，隨後是歇斯底里地哭泣，她一邊哭，一邊指著張擎紅。「你個沒良心的東西！為什麼要這樣對我？平時你在外花天酒地我不說你，但你現在為了一個醜八怪這樣對我，你早晚有一天……啊……」

話還沒說完，周芳突然按著肚子。「我的肚子好痛……」她好似想到什麼，努力讓自己移開身體看向地上，果見地上有一灘血水。

周圍的人也看到了，顧清婉瞧見這一幕，想起自己前世，情緒變得不好。此時手上卻傳來暖意，她看向弟弟。「我沒事。」

「要不我們回馬車？」顧清言知道姊姊想起前世，怕她傷心。

顧清婉搖頭。「不用，我沒事。這麼精采的好戲，不看可惜。」說沒事是假的，每每想起，顧清婉的心都如同被鈍刀子割肉那般疼。

見姊姊目光恢復平靜，看著三人，顧清言才稍稍安心。

周圍的百姓指著周芳身下的血水議論著，很多有經驗的婦人一眼就明白怎麼回事。「真是作孽喔，這孩子一看就保不住了！」

「是啊，可憐……」

各種議論聲此起彼伏，有的人說著、說著，開始罵張擎紅和曹心娥。「這個女人一看就不是什麼好東西，你們剛才沒聽到那女人說了嗎？說她不要臉勾引人家男人，剛剛你們不是沒看到，她對著人家肚子踩兩腳！」

其他人都附和著點頭，直罵張擎紅和曹心娥不是東西，還有人說曹心娥不要臉。

曹心娥聽到指指點點的罵聲，讓她想起村子裡的事，心裡很慶幸在這縣城沒人認識她，遂將頭壓低了幾分，不想讓人看出她的身分。在村子裡的她，早就受夠了那種過街老鼠的日子，再也不想回到以前。

她這樣想，偏偏有人不配合她，一道聲音在人群中響起。「這女人好像是縣太爺的妹子。」

這人不是別人，是故意捏著鼻子說話的顧清言，他就是要曹心娥名譽掃地，此刻心裡已經生出一計。

顧清婉一聽便是顧清言的聲音，這才看向旁邊，卻沒有看到弟弟。往人群裡望去，只見弟弟站在另一個方向。在他身後不遠處，正好看見一輛馬車，馬車裡的左明浩朝她微笑頷首，她也輕輕點頭回應，便將目光移開。

顧清言的話，引起不小的轟動，很多人一想便明白張擎紅為何要和曹心娥一起。不過為了一點利益，便毆打自己妻子，如今還殺了自己的孩子。

張擎紅的反應很奇怪，他一直呆愣著，眼裡滿是痛苦之色，任由地上的周芳亂罵。「張擎紅，這就是報應！」

周芳一直都不知道自己有孕，張擎紅同樣不知道。兩人成親幾載，都沒有一兒半女，但因為周家的關係，張擎紅不敢休了周芳。

如今，周家垮臺，張擎紅便不那麼重視周芳，想納曹心娥為妾，在生意上能幫到自己。他毆打周芳，是想讓曹心娥覺得他重視她，以後才會全心全意讓曹先良幫他。

現在的結果，是張擎紅從來沒有想過的。

此時的周芳，不哭不鬧，知道孩子保不住那一刻，對張擎紅的心便已經徹底死了。她臉上掛著慘然的笑容，眼裡轉動著淚水，嘲諷地看著丈夫。

這樣的周芳，深深地刺痛了張擎紅的心，他現在才發現，他對周芳是有愛的，夫妻幾載，哪裡不會有感情？此時，他情願周芳大哭著和他吵、和他鬧，但周芳沒有這樣做，她緩緩從地上站起身，按著痛徹心腑的肚子，一瘸一拐地離開。

人群自動為她讓開一條道，看到周芳的樣子，不少人都動了惻隱之心。

張擎紅看著周芳的背影，想追上去，雙腿卻好似重若千斤，令他抬不動腳。他的手臂被一旁的曹心娥緊緊抓住，他閉上眼，隱藏眼底的痛，再次睜開眼那一刻，他眼底的痛已經消失殆盡，有的只是冷漠，旋即對一旁的曹心娥表示關心。「我們走吧。」說著，將她護在懷裡離開。

如果顧清婉沒看錯，剛才曹心娥臉上好像露出一抹勝利的微笑，真希望她能一直這樣笑下去，因為從頭到尾，顧清婉都將張擎紅的表現看在眼裡。張擎紅的隱忍不是一般厲害，這樣的男人，心狠起來更可怕。

好戲散場，幾人往自家馬車走。感覺到左明浩的目光，顧清婉看過去，見他微微一笑輕輕頷首，放下車簾。

顧清婉蹙起眉，左明浩的笑容雖然彬彬有禮，但她總莫名感到心裡發毛……

回到馬車上，顧清言對夏祁軒說了剛剛的情況，也把張擎紅的表現都告訴他。「姊夫，我們不能小看張擎紅。」

「放心，我有分寸。」夏祁軒道。

回到屋裡，兩人洗漱後便上床。

「小婉可有打算好，幾時回船山鎮？我們這麼一大家子，得提前做好準備才是。」夏祁軒道。

「再十天可以嗎？」顧清婉知道夏祁軒要對付張擎紅，得給他時間。

「可以，我會讓海伯著手安排。」

顧清婉本來還想問夏祁軒怎麼對付張擎紅，但想想都知道，夏祁軒不會說的。想到姜公子的事，她一個人無法完成，開口道：「祁軒，到時把阿大他們借給我可好？」

「嗯？」他挑眉，不解小婉為何突然問他要人。

顧清婉便將姜公子的情況告知夏祁軒，希望能得到他支持。

「妳是打算深更半夜去見姜公子？」夏祁軒從話語中聽到她的安排，斜飛入鬢的劍眉緊皺。

知道這個小心眼的男人又多想了，顧清婉無語，解釋道：「我是去給他治病。」

「我不同意。言哥兒也會針灸術，明兒開始妳教言哥兒醫治姜公子的辦法，其他事情我會安排好。」

只要關係到這一點，夏祁軒的大男人主義不會改。

再說，那姜公子算什麼東西，憑什麼要他的小婉半夜三更不休息，去給他治病。

要說去治病的對象是女子，他還勉強可以答應，但對方是個男人，他是萬萬不允許的。

顧清婉知道夏祁軒老毛病又犯了，無語的同時，感覺到他的在乎和緊張，想想確實不妥，半夜三更的，什麼狀況都會發生，讓弟弟去也好。

「好，明兒我教言哥兒。」

一聽這話，夏祁軒便心情愉悅地笑起來，他的小婉真好。

聽到夏祁軒不自覺笑出的聲音，顧清婉側目白了他一眼。

夏祁軒放開顧清婉的手，長臂一伸，將手放在她頭上方揮動兩下。

顧清婉會意，抬起頭枕上夏祁軒的手臂，側身面向他，笑著閉上眼。「我睏了。」

「睡吧。」夏祁軒寵溺地看著顧清婉，溫聲說道。

第八十八章

第二天吃完早飯，顧清言領著顧清婉和可香出門，夏祁軒有事去米鋪，不能同行。

原來，弟弟是帶她們去戲班子看戲，說今日有一齣特別的劇目。

今日來看戲的人好像格外多，座無虛席。後來顧清婉才知道，今日這場戲免費觀看。

「言哥兒，你今日很奇怪。」顧清婉怎麼看，都覺得弟弟一副看好戲的樣子。

顧清言吃了一塊點心，笑道：「開唱了。」用手指了指出來的戲子。

顧清婉瞋了弟弟一眼，目光隨著他指的方向看去，只見戲臺上出現一家四口，且戲子們的裝扮看起來極眼熟。

一家四口其樂融融，這時，出來一個老嫗，是給這家人說媒來了。看到此，顧清婉還有什麼不明白，這是弟弟的傑作。

「你怎麼想到的？」顧清婉湊近他耳邊低語。

顧清言笑著看向戲臺上，回道：「想來想去，在這偌大的縣城裡，用這個方法傳遞消息最快，讓所有人都知道曹心娥的不要臉。」

聽到這話，顧清婉哭笑不得。確實如他所說，縣城裡的人一旦知道這齣戲裡的曹心娥身分，她以後在這縣城也待不下去，連曹先良他們也會受到牽連。

若是以前的顧清婉，還會說傷及無辜，但現在的她，心已經變得冷漠。曹家除了曹心蕙以外，沒有一個人值得同情。

不過這樣一來，曹家人只要一想，就會明白這件事與顧家有關，不由得擔心起曹先良會不會對付他們。

想到這一點，顧清婉道：「這樣一來，曹先良會不會惱羞成怒，算計我們？」

「這點我想到了，放心吧，我編排的戲，不會扯到曹先良身上，只有曹心娥和羅雪容兩人而已。」顧清言可不是一個莽夫，這些他當然想得到。

不是他怕曹先良，而是曹先良沒有做傷害他們的事，他出手對付人家，說不過去。

顧清婉聞言，還是有些不信，遂仔細看起戲來。見戲中講的都是曹心娥和羅雪容，弟弟把母女倆所做之事原原本本，沒有絲毫添油加醋地寫進戲裡，確實未提及別人。

觀眾們看到母女倆的無恥，好多人都想往戲臺上扔臭雞蛋。見此，顧清婉便明白達到弟弟預想的效果。

最後一場戲是曹心娥到了縣城，勾搭上有錢的富商，便是昨日街道上發生的一切。

戲中的人名皆是化名，不過有一部分觀眾眼尖，看出是昨日街道上發生的一幕，指著戲臺上尖叫起來。「天哪，這不是昨日我在街上看到的事嗎？」

「是啊，我也看到了。」接著另外一個人也附和著。

有的觀眾不明就裡，問明白情況後，很多人心中便有了答案。這齣戲是真人真事，而且戲裡那個可惡的女人就是昨日和張擎紅一起的女人。

一些好事者便打探起曹心娥的身分。

「昨日聽到有個人說那女人好像是縣太爺的妹子，那女人也沒反駁，看來八九不離十了。」有個人突然開口道。

聽這人一說，大多人心裡都有了數，雖然戲中沒提及縣太爺這號人物，但都不是傻子，都知道編戲的人是怕得罪縣太爺。

戲已落幕，觀眾都看進眼裡。一張嘴不可怕，這裡不下幾十張嘴，最多明日，整個縣城的人全知道縣太爺的妹子是個不守婦道的惡婦。

戲班班頭原先不清楚此事，當得知事情嚴重性，連夜帶著整個戲班子逃離悵縣，這點顧清婉和顧清言他們是不知道的。

之後，顧清言又帶著顧清婉和可香去福滿樓。

原來，顧清言還找了說書人把曹心娥的事講出來。福滿樓這邊的情況也很熱鬧，特別是有的人知道書中那個不守婦道的女人就是縣太爺的妹子，更是跑來湊熱鬧。

姊弟仨到了福滿樓，此刻座無虛席，三人只得選擇在福滿樓對面的小茶樓品茶、吃點心。

見效果達到，顧清言心情很好。他對顧清婉雖是那樣說，其實他就是想看看曹先良的反應。

酒樓這邊的事情傳出去後，未時將過申時臨，便有衙役來福滿樓，想要封說書人的嘴，不過福滿樓的東家不是一個善茬。

「我福滿樓可沒做違法之事，你們這麼氣勢洶洶為哪般？」福滿樓東家福如海身軀筆直挺拔地擋在門口，玉冠束髮、俊朗貌美，湛藍色雲紋華袍將他襯托得高貴雍容。

衙役們知道福滿樓東家身分不簡單，他們這些小卒哪敢得罪此人。左楊是捕頭，自然要站出來說話，他上前一步，抱拳道：「福東家，我們來也是奉命行事，還請讓我們走個過場。」

「走過場？怎麼走？將我酒樓的客人全部趕走？」福如海修長的眉梢一挑，自帶一股睥睨的氣勢，給左楊等人一股逼迫感。

「福東家誤會，我們只是想請說書先生離開就好。」左楊也不好過，這福滿樓不是他這種人說闖就闖的地方，但如果不把說書人帶走，他們回去不好交代，飯碗不保。

福如海冷笑。「笑話，我福如海走南闖北，還沒聽說講故事還要被趕走的。」

左楊低垂著腦袋，不知該如何接話，心裡卻將曹先良祖宗十八代問候了一遍，都知道福如海是個不好相與的，還讓他來做這不可能的任務。

說書人說故事，他們也沒有權力讓人家不說，況且，今日只是一件家長裡短的小故事，他們怎麼都占不到一個理字。

見左楊不說話，福如海睨了他一眼。「你們走吧，別影響我酒樓生意。你們縣太爺願意來福滿樓吃飯，我福如海歡迎，若是想沒事找事，我福如海可不是好欺負的。」

話落，輕哼一聲，甩袖進入酒樓，丟給左楊等衙役一個高傲的背影。

顧清婉幾人正看著，碰巧遇到吳秀兒姊妹倆，於是一起從茶樓出來，去酒樓吃點東西。顧清言臨時有事，先行離去。眾人步伐剛跨上石階，一道聲音從後方響起。「喲，這不是姜家少夫人嗎？真巧。」

聽見這聲音，顧清婉和吳秀兒都皺起眉頭，吳秀兒轉過身，看向從馬車上下來的微胖男子。「張擎紅，我可不記得與你熟到見面打招呼的地步。」

「我張家與你們姜家也是幾十年的老朋友，怎能說不熟。」張擎紅好似看不出吳秀兒的厭惡一般，隨後看向她旁邊的顧清婉，眼裡毫不掩飾地露出鄙夷之色，嘴裡還輕哼一聲。

「二姊，我看到這個人，就有種骨頭裡都長蛆的感覺，我們快點進去。」吳仙兒是個鬼精靈，當看到張擎紅面對顧清婉的鄙夷，愛屋及烏的她，當然不高興，上前挽著顧清婉和吳秀兒便走。

酒樓裡，顧清婉幾人進了一間包間，點了飯菜，吳秀兒便開口問道：「小婉，妳和這張擎紅有過節？」

顧清婉點點頭。「嗯，我要在這縣裡開家醫館，需要藥材，便去了南北藥行。起先，他滿口答應要把藥賣給我，可是前幾天他卻反悔，說不願意賣。」

「真卑鄙！」吳仙兒義憤填膺地道：「小婉姊姊怎麼不早說？要是早說，我剛才一定會罵得他抬不起頭！」

顧清婉沒有接話，只是笑了笑。

吳秀兒卻接過話去。「小婉，這事妳應該跟我說。」

顧清婉挑眉，不解地看著吳秀兒。

「小婉姊姊，我姊夫家做的就是藥材生意，妳怎麼不早說？早說就不用看那王八蛋的臉色了。」吳仙兒搶在吳秀兒之前開口道。

這件事情，顧清婉還真不知道，她莞爾一笑。「我去南北藥行拿藥其實是圖近，我醫館就開在南北藥行東邊十字路口，哪裡想到會發生這種事。」

「小婉，張擎紅可有說過什麼原因不賣藥？」生意人，和氣生財，一個醫館要的藥量必定很大，為何張擎紅會反悔？吳秀兒心生疑惑。

吳仙兒亦是好奇地看著顧清婉。

顧清婉搖頭。「我也不知道，突然間就說不賣給我。」她說的可是實話。

吳秀兒聰明，哪裡看不出顧清婉不想說。她現在是真心想交顧清婉這個朋友，自從嫁到悵縣，沒有一個熟人，好不容易遇到一個，不但是同鎮，還是她的恩人，她這樣問，只是想幫顧清婉。

「小婉，我們船山鎮來的，可不是任人欺負的主兒。妳有什麼委屈儘管說，張擎紅為何這樣做，我不相信沒有原因。雖然我沒什麼本事，公婆又不喜，但我夫君對我好，只要我開口，他都會做。何況妳還是恩人，我夫君早就想要上門拜訪，感謝妳上次救我。但他是男子，覺得不太好，便讓我多與妳走動。」

說到此，她話音一頓，又繼續道：「何況，言少爺又救過我爹，妳現在有困難不與我說，是不想交我這個朋友嗎？還是覺得我不配？」

好一張巧嘴，顧清婉第一次見到這麼能說的女人，說得她都不知道該怎麼接話了。她不容易相信人，就算吳秀兒說出這番話，她還是不太相信她。

不能怪她防備心太重，實在是她遇到的好人不多。

「算了，妳要是想說的時候再說。不過，自家人當然要照顧自家人的生意，以後妳醫館的藥材就交給姜家藥行，價格絕對按本錢算。」吳秀兒苦笑著搖頭。

「好。」顧清婉點頭，話都說到這分兒上了，她自然要答應。

見顧清婉答應，吳秀兒端起茶杯。「我們以茶代酒，祝我們兩家合作愉快，友誼長存。」

顧清婉笑著端起茶杯與其相碰，隨後兩人都一飲而盡。

飯菜陸續上來，幾人動了筷子。

吳仙兒連連點頭，嘴裡還發出「嘖嘖」聲。「好好吃啊！」

可香淡淡地睨了吳仙兒一眼。「味道只是一般，和姊姊做的差很多。」

「對啊，我忘記了，以前很多人都說小婉姊姊做的菜好吃，可惜，那時候我沒口福。」說起這個，吳仙兒心裡就覺得難受，悔不當初。

顧清婉莞爾一笑。「妳要是有空閒，就來我家，我給妳做飯吃。」

「真的嗎？太好了，我一定去！」吳仙兒還愁沒有藉口去呢，現在有機會，當然要快快抓住。

看到這樣的吳仙兒，可香再次甩過去一個眼刀子，心裡強忍著不悅。

吳秀兒看到自家小妹的樣子，寵溺一笑，對顧清婉道：「她被我爹娘慣壞了，多擔待一些。」

「仙兒性子我挺喜歡。」顧清婉笑道。

顧清婉的話，讓吳仙兒高興得嘴都合不上，只要顧清婉喜歡她，以後她和顧清言在一起，就容易很多。

飯後，幾人步出酒樓，吳秀兒笑道：「小婉，趕明兒得空我再去找妳，或者妳要是有時間，就過來我家玩。」

「好。」顧清婉點頭。

正準備上車時，身後可香輕輕碰了她一下。「姊姊，妳看。」

停止上馬車的動作，顧清婉順著可香所指，只見姜家馬車裡下來一個虎背熊腰的男子。男子五官如刀鑿，輪廓分明，一雙黑亮的星眸裡滿是寵溺地看著車前的吳秀兒。

顧清婉還沒確定其身分，只見男子半攬著吳秀兒的肩，兩人轉身看向她，都朝她點頭笑了笑，隨後男子扶著吳秀兒上了馬車。

今日還真是顛覆了顧清婉的認知，在她心裡，姜公子一定是個滿身書卷氣的男子，沒想到竟然是這般模樣。

看兩人的樣子，夫妻倆感情一定不錯。

顧清婉回到家時，夏祁軒邊吃飯邊等著。

「祁軒，醫館的藥材去姜家藥行拿吧，吳秀兒說按進價給我。」這件事，顧清婉覺得該跟夏祁軒說。

婉。

「吳秀兒說的？」姜家藥行夏祁軒知道，他咀嚼食物的動作慢了幾分，抬眸看向顧清

顧清婉點點頭，隨後將吳秀兒說的話揀了一些告訴他。

在顧清婉說話的時候，夏祁軒腦子飛快地運轉著，當顧清婉說完，他也想到一個絕佳的辦法。「既然她有意交好，我們也不能拒人千里。都是一個鎮來這兒的人，妳又救過她，言哥兒又救過她爹，只要她不是那種沒心肝的人，都不會虧待妳。」

得到夏祁軒的意見，顧清婉點點頭，確實，如果和吳秀兒合作，只有利沒有弊。

此時敲門聲響起，打斷了顧清婉的沈思，隨後是顧清言的聲音。「姊姊，姊夫。」

「進來吧。」顧清婉對門外說了一句。

弟弟推門進來，笑著走到地爐邊坐下，看向夏祁軒。「姊夫，你有沒有跟姊姊說？」

顧清婉不明所以。「說什麼？」

一看姊姊的樣子就知道姊夫沒說，顧清言笑道：「姊夫得到消息，說曹先良準備把曹心娥送給張擎紅做妾，連禮錢都不要，直接讓張擎紅領走。看來曹先良覺得太丟人，準備把妹妹掃地出門。」

顧清婉想不明白一點，他們姊弟來縣城的事，曹先良已經調查到了，這件事只要曹先良有點腦子，就會知道是他們搞的鬼，怎麼會沒有反擊？想不明白，便問兩人。

夏祁軒繼續慢條斯理地進食，顧清言笑著回道：「這有什麼？因為曹先良怕姊夫，簡單來說，是怕姊夫手裡的金牌，要不我才不會這麼大膽。」

原來如此，這麼一說，顧清婉便明白了，突然覺得夏祁軒手裡的金牌權力很大，但她沒有開口問，這金牌到底是何方神物？反正夏祁軒想說的事，不用她問他也會說。

「曹先良這麼做，張擎紅會同意？」顧清婉想起進酒樓時還看到張擎紅，看他的樣子，好像還不知道這個消息。

顧清言搖頭。「張擎紅應該尚不知情，這只是姊夫讓人從縣衙打探來的消息。」

顧清婉點點頭，便沒有表示。

夜色深深，顧清言道：「我回去睡覺，明日姊姊不是要教我治療姜公子的辦法，得養足精神才行。」

「去吧，記得洗洗再睡，你看你一張臉都花了。」顧清婉寵溺地說著，站起身送顧清言，臨到門口，又道：「以後吳仙兒再來，對人家態度好些，她其實沒那麼討人厭。」

「我姊姊可不是一頓飯就被收買幫人說話的人。」顧清言丟下這句沒頭沒腦的話，便出了屋子。

關上房門，顧清婉無奈地笑了笑。「你看他這樣子，以後怎麼找媳婦？」

「興許是他紅鸞星未動，我還不是花了二十三年才找到妳？」夏祁軒笑道，被顧清婉瞋了一眼。

她想起今日看見福滿樓東家和姜公子的外形完全出乎她想像，便開口道：「今日見到福滿樓東家和姜公子，他們兩人的長相和我想像的完全不一樣，真是出乎意料。」

聽到這話，夏祁軒擦臉的動作一頓，一張臉蒙在臉巾裡，看不到神情。「小婉想像的是什麼樣？」

「福滿樓東家我以為是個肥頭大耳、珠光寶氣的大胖子，沒想到竟然是個神采英拔的貌美男子；姜公子則該是一身書卷氣，文質……」彬彬沒說出口，顧清婉便說不下去，因為她感覺到某人好像生氣了。

夏祁軒將臉巾遞給她，便一句話都不再說。

顧清婉覺得自己好像沒說錯什麼吧？夏祁軒又在生什麼氣？夫妻之間難道就不能說點這種話，既然他在生氣，也懶得理他。

上床後躺著回想剛才自己說錯了什麼，為什麼夏祁軒要生氣？她想了幾遍，才想到自己說了什麼。

有時候她真拿夏祁軒沒辦法，明明一句無心的話，他也要生氣，平時那些雍容氣度哪兒去了？

第八十九章

顧清婉知道自己說錯了話，悄悄挨近夏祁軒一些。

他沒有反應，閉著眼睛不說話。

顧清婉側目看著夏祁軒，突然覺得很可愛。她忍不住笑出了聲，使得小氣的夏祁軒更加鬱悶，挪動身軀，離她遠了一些。

看來是氣得不輕，顧清婉有些無語，一句話犯得著這麼生氣嗎？

她又朝裡移動幾分靠近他，用手肘輕輕碰了碰他手臂。「祁軒，你真打算就這樣生氣下去？要是生氣入睡，明日一早臉會痛的。」

顧清婉試著去握他的手，他沒有拒絕，兩人十指緊扣，這男人怎麼這麼可愛呢？顧清婉忍不住想笑，但又怕他生氣，只能忍著。

燭火搖曳，顧清婉又道：「我錯了，你別生氣了好不？」

還是不語。

顧清婉等了一會兒，仍不見夏祁軒開口。她放開他的手，起身半趴在他身上，一手在他胸口上畫圈圈。「我不該說別的男人貌美，這個世上，只有我夫君最好看。」

話音一落，某人才睜開眼看向她。「以後絕對不准再說別的男人好看。」

其實，當顧清婉說第一句話的時候，他的心就已經軟了。沒想到的是，他的小婉為了不讓他生氣，如此哄他，被人重視的感覺好幸福。

第二日吃完飯，顧清婉教弟弟醫治姜公子的辦法，為此，顧清言去抓來一隻小兔子練習。

「言哥兒，我想把萬能井的事情告訴祁軒，行嗎？」顧清婉想聽弟弟的建議。

聽聞這話，顧清言一激動，手上力度沒把握好，針扎深了幾分，把小兔子扎得亂動。他趕緊將針拔出，讓小兔子緩緩。「姊姊，妳怎麼會有這想法？」

「我……」顧清婉說不下去，她能說是她一時感動，有了這想法嗎？

「姊姊，雖然姊夫很愛妳，但他不是個好人，做事不顧慮別人，只在乎結果，又是個背景複雜的人。他現在是很愛妳，但妳能保證有一天他被利益左右的時候，不會背叛妳嗎？我們對他的瞭解知之甚少，這樣太危險，除非到了將他瞭解透澈，完全信任的時候，才可以選擇告訴他，但也不要全部告知。」

在顧清言心裡，夏祁軒就是個極度危險的人，做事算計得很精。這樣的人，做他的朋友還好，做了敵人就會死得很慘。

「我知道該怎麼做了。」顧清婉當然明白其中的道理。

「說到萬能井，最近還沒有變化嗎？」顧清言挑眉問道。

顧清婉搖頭。「沒有，平靜無波。」

「姊姊，如果我猜得不錯，看看醫館開張後井有沒有變化。」

「你是說我處理好一件事，井就會有變化？」顧清婉聽出意思。

「嗯。」顧清言點頭。「簡單來說，這是種能量，它看不到，卻能聚集起來。我以前就有這個想法，但自從姊夫來了以後，事情都被他全部攬過去處理好，妳根本沒有機會做什麼，井才一直沒有反應。」

聞言，顧清婉覺得很有道理。以前沒有遇到夏祁軒的時候，樣樣事情都是她親力親為，井才有變化。

為了驗證這一點，她得把醫館的事情攬在自己身上。

她蹲下身，看著身上扎了很多針的小兔子，抬手摸摸牠的腦袋，想到弟弟的溫室，問道：「溫室那邊你準備怎麼安排？」

「所有東西都準備好，就差人力。」顧清言現在很為難，讓他用以前那些人，他不想再用，如果再找人，還得重新解釋井水的事。更別說，能不能信任又是一回事。

顧清婉開口道：「要不把此事交給海伯？過完年你就會和祁軒去楚京，以後還是不能照看溫室，至少在用人方面，海伯很有經驗。」

顧清言陷入沈思，半晌，才點頭。「好，等姊夫回來，我找他們商量、商量。」

「這種事情慢慢來。該拔針了。」顧清婉說著，看向弟弟面前的小兔子。

顧清言聞言，將小兔子抱在大腿上，開始拔針。

正在這時，門被敲響，顧清婉側頭。「有什麼事嗎？」

「稟少夫人，吳小姐來了。」這是僕人小安的聲音。

「請吳小姐來我這裡吧。」顧清婉說著，看向弟弟，意思很明顯，不要他再給吳仙兒臉色看。

顧清言點點頭。「放心吧。」

不多時，吳仙兒被小安領著來到，這還是她第一次來顧清婉的屋子。一進門，只是隨意掃了一圈，便看到地爐邊給小兔子拔針的顧清言，頓時變得侷促不安。

顧清婉見此，忙過去牽著吳仙兒來到地爐邊。「妳二姊沒與妳一起來？」

「沒呢，二姊說妳醫館要的藥材量大，和姊夫一起去藥行了。我一個人沒事，就找妳來了。」吳仙兒乖巧地說著，悄悄看了一眼面無表情的顧清言，將手中拎著的東西遞給顧清婉，有些不好意思。

吳仙兒剛進門，顧清婉就聞到麻辣燙的味道，便明白她又帶吃的。她笑著接過放在矮几上，還故意往弟弟面前推。「妳來就來了，還帶這些東西，謝謝。」

顧清言是很愛這口，但不代表他要吃吳仙兒的東西，正想諷刺，姊姊開口道：「上次妳帶來的麻辣燙味道很好，可是同一家買的？」

聽姊姊說完，顧清言的臉都黑了。那些麻辣燙好像是他吃了，他還以為是顧清婉給他買的。

吳仙兒不明白顧清言的臉怎麼突然這麼黑，她笑著點頭輕「嗯」一聲。

小兔子身上的針已經拔完，顧清言抱著牠站起身。「姊姊，我先過去。」

顧清婉點點頭。「順便讓可香也過來坐坐。」

目送著顧清言關上房門，她看向一旁滿臉失落的吳仙兒。「我弟弟性子就是這樣，妳別放在心上。」

「沒有。其實我來之前想了很多，以為他會趕我走，這結果已經很好了。」吳仙兒知足者常樂，一瞬間的失落一掃而空。

這樣的吳仙兒，顧清婉很喜歡，只是感情的事情不能勉強。

「今兒妳就在我家吃完飯再回去。」

話音一落，吳仙兒黑亮的雙眼瞬間明亮起來，忙不迭點頭。「好！」

她喝著茶。「這茶味道真好。」

「就普通的茶葉，沒有上次在妳家喝的好。」顧清婉笑道。

「我覺得這茶就是好喝。」吳仙兒喝完，將茶杯放在矮几上，拎起茶壺為自己再倒一杯，還不好意思地笑了笑。

顧清婉笑了笑。「喜歡就多喝一點。」

「姊姊，妳叫我？」兩人說著話，敲門聲響起，隨後是可香的聲音。

顧清婉開門，將可香拉進屋。「妳一個人待著也無事，來這邊說說話不會悶。」

可香進門，看到吳仙兒也在，大好的心情瞬間沈入谷底。「妳怎麼來了？」

「我來找小婉姊姊玩。」吳仙兒笑著回道。她們兩個昨日就暗中交鋒多次，現在簡直駕輕就熟。吳仙兒微微偏頭，用鼻孔對著可香，氣得可香想上去搧她耳光，這明擺著就是挑釁。

就在顧清婉關門的短短瞬間，兩人暗中交鋒了一次，吳仙兒勝。

顧清婉讓可香坐在吳仙兒旁邊，自己緊跟著坐下，道：「妳們兩個年齡相仿，應該聊得來。」

「小婉姊姊這樣說，好像大我很多一樣，妳也才大我一歲而已。」吳仙兒笑道。

可香無聲地動了幾下嘴唇，不過，吳仙兒仍然能看懂她說的話——馬屁精！

第二回合，可香勝。

「妳們兩個聊會兒。仙兒留下來吃飯，我去做飯，妳正好嚐嚐我的手藝。」顧清婉看了看天色，起身朝外面走去。

這裡兩個人都不想跟對方待在一起，這簡直就是受罪，但可香很樂意。這樣一來，沒有外人，她就能暢所欲言，和吳仙兒對著幹。

吳仙兒雖然不喜歡可香，但她聽顧清婉的話。

等顧清婉離開，兩人瞬間卸下偽裝，狠狠地甩給對方一個眼刀子。

「不要臉。」可香很討厭吳仙兒這種主動送上門的貨。

「妳管不著，我樂意，妳想學我還學不來呢。」吳仙兒也不是吃素的，反唇相稽。

「言哥兒不會喜歡妳，妳死心吧。」可香看得出現在的顧清言根本無心男女之事，他雖然有時候很小孩子氣，那也只是在顧清婉面前，一旦離開顧清婉，他其實很穩重成熟。

顧母當初作出兩人成親的決定，可香沒有表態，是因為她默默認定了顧清言。

「這種事情不是妳說了算。」吳仙兒冷哼一聲，給自己倒了一杯茶，端起杯子喝了一口。

看到吳仙兒這麼悠哉地喝茶，可香冷聲道：「看妳這樣子，姊姊恐怕沒告訴妳。」

「告訴我什麼？」吳仙兒蹙眉問道。

「我娘已經把我許配給言哥兒，只等我及笄，我們就成親。」可香這句話一半真一半假，顧母是要把她許給顧清言，但沒說讓他們什麼時候成親。

吳仙兒根本不相信。「少騙我，妳可是顧清言的姊姊，是他們家的養女，嬸子怎麼可能把妳許給他？」

「實話告訴妳，我家和顧家有很深的淵源，只是因為某些原因後來分開。但老天開眼，讓我們兩家重遇，我娘便決定肥水不落外人田，把我許配給言哥兒。這件事姊姊和言哥兒都知道，不信妳問他們。」

可香說這麼多，就是要讓吳仙兒徹底死心。

果然，可香話音一落，吳仙兒便沈默不語，心情糟糕到極致，有種想要馬上離開的感覺，但心裡有一道聲音讓她不能走。

「妳既然已經知道真相，還不走嗎？」可香冷冷地看著吳仙兒。

吳仙兒坐著一動也不動，半晌，才慢悠悠道：「小婉姊姊讓我留下來吃飯，盛情難卻，我才不走。」

「不要臉。」可香從沒見過這種沒臉沒皮的人，不過看到吳仙兒現在的樣子，她心情極好，覺得應該已經達到自己想要的效果。

吳仙兒欲回嘴，想想又閉口，不想再和可香說一句話。

顧清婉並不知道兩人間的問題，她在廚房裡忙活著，用心做著每道菜。

快要開飯時，夏祁軒才遲遲歸家。

人回來，便是開飯的時辰，今日多了一個吳仙兒，不過並沒有影響，反而老太太被吳仙兒哄得很開心。

見此，可香氣得要死。

當吃到顧清婉做的飯菜時，吳仙兒激動了半天才說出話來。「小婉姊姊，好香，好好吃！這是我長這麼大，第一次吃到這麼香的菜！」

見吳仙兒稱讚，大夥兒都笑起來，想到他們第一次吃到清婉做的飯菜，反應和她差不多。

老太太是最開心的，稱讚顧清婉，就是稱讚她孫兒有福氣，能娶到這樣好的媳婦，她也與有榮焉。

「喜歡就多吃點。」顧清婉笑著挾了一塊肉給吳仙兒。

「好！」吳仙兒吃到這麼香的菜，被可香影響的心情好了很多。

吃完飯，顧清言準備邁出飯廳時，可香為了徹底讓吳仙兒死心，叫住了他。

「何事？」顧清言淡淡地看向可香。

沒再給可香臉色看，並不代表喜歡她。

這樣淡漠的言詞，令可香心裡很難受，但她還是強裝出一抹溫柔的笑意，走到顧清言身前，拿起絹布，準備幫他擦嘴角一粒飯，卻被顧清言擋開。「別碰我。」

說完，顧清言轉身離開。

飯廳裡現在除了唐翠蘭和幫忙收拾的吳仙兒，沒有其他人，兩人看到這一幕，心情各異。

唐翠蘭是不明白姊弟倆感情怎麼這麼差？

吳仙兒卻無比痛快。可香先前說的話，讓她已經打算放棄顧清言，但這一幕讓她又生起了希望。這表示顧清言也不喜歡可香，看樣子，不但不喜歡，還很討厭，她剛才可是看到顧清言眼底的厭惡。

這對她來說，實在太好了。內心重燃希望，吳仙兒心情大好，幫忙收拾完碗筷，便去找顧清婉告辭。

顧清婉準備去聽弟弟和夏祁軒他們談話，也沒再挽留，把吳仙兒送上馬車，便回去書房。

書房裡，夏祁軒、顧清言、夏海三人說著話，顧清婉端茶進去。

幾人都沒有說什麼，顧清言繼續道：「我想問問姊夫的意思。」

「這想法很好。」夏祁軒點頭，表示同意顧清言的要求。就算顧清言不這樣做，他也有這樣的打算，以後顧清言與他一起去楚京，海伯確實會留下來照看這邊，有海伯在，他才能放心。

隨後看向夏海。「海伯，剛才言哥兒說的你都知道了，你的意思呢？」

「老奴願意。」夏海恭聲道，如今米鋪那邊用不著他，這些天一直閒在家，人都快發霉了。忙活了半生，總坐在家裡，他還真不習慣，如今有事情可以忙，他非常樂意。

「那明兒一早吃完飯，海伯和我一起去溫室，我把所有事情都交代給你。」顧清言開口道。

夏海應下。

屋裡漸漸昏暗，顧清婉找來火摺子，點了蠟燭。夏祁軒朝她伸出手，指了指他旁邊的椅子，她順從地過去坐下。

夏祁軒看向顧清婉。「小婉，明兒妳去姜家，看看姜家是否同意與我們合作。」

「今兒仙兒來，說她姊夫已經同意，且今日他們夫妻倆還去了藥行。」顧清婉回道。

「這麼說事情應該錯不了，不過還是得去一趟姜家，把此事確定下來。」光是吳仙兒姊妹倆說的話，夏祁軒還不放心。

夏祁軒看向她寵溺一笑，隨後看向顧清言。「小婉教你治療姜公子的辦法，你學到了多少？」

「針灸本來就會，只是動作還不是很嫻熟。姊姊說的辦法就要靠阿大他們了。」顧清言聳聳肩道。

聽聞這話，夏祁軒眼神半瞇，陷入思索，半晌才開口道：「如果讓你明日就為姜公子治療，你可有把握？」

「明日？這麼急？」顧清言不明白，顧清婉也不明白，她開口道：「還是等言哥兒熟練一些再說。」

實在是她害怕出意外，到時姜公子一定會掙扎動彈，要是弟弟施針時出錯，不小心扎深或偏了，便會扎死人，那時……

「我有個計劃要實行，才會如此著急。」夏祁軒開口解釋，卻沒有說是什麼計劃，這個計劃是在他聽完顧清婉的話以後想到的。

顧清言聽夏祁軒這樣說，想必事情有點嚴重，點點頭。「如果能有辦法令姜公子扎針的時候不動，我想我應該可以。」

「這點你放心，阿大會處理好。」夏祁軒道，這樣一來，他就能將要處理的人都一網打盡。不過，事先還得安排周密才行，絕對不能出絲毫差錯。

若是中間有環節出錯，那麼，不但將會功虧一簣，還會連累小婉姊弟。

第九十章

翌日早飯後，夏祁軒與顧清言去和姜公子談藥材的事。夏海則著手溫室的事情，去找工人。

顧清婉剛回屋，小安急匆匆跑來。「稟少夫人，左家二公子來了。」

「可還有其他人？」顧清婉問的是左月，算起來，已經很久沒有見過她。

「沒有，只有左二公子。」小安恭敬道。

「告訴左二公子，就說言少爺不在，等言少爺回來，會去拜訪他。」顧清婉說完，便抱著針盒回屋。

左明浩來，她去招呼不合適，只能送客。

前廳，左明浩一身月白色棉袍，雙手負在身後，站在門口看著院子裡的幾棵李子樹，臉上帶著淺淺的笑意，看起來溫文爾雅，氣質出塵。

聽到腳步聲，他看向來人。

「左二公子，言少爺有事出去，待言少爺回來，小的會稟報言少爺您來過。」小安恭敬道。

左明浩輕輕頷首。「知道了，若是他回來，請他去左家一趟，就說我有事與他商議。」

說完，他拿過架子上的大氅繫上，戴起兜帽邁開步子離去。他今日過來，是和顧清言商談大量栽種果樹的事。

這些天，顧清言表現很奇怪，他們的合作一直以來不是很好嗎？為何會變得和他生疏起來？若是以前，顧清言隔三差五就會過去左家一趟，商量事情的。

但最近半個月，顧清言再也沒去過左家，也不過問貨賣得好不好，這其中到底發生了什麼事？

難道，他們都已經徹底接受了夏祁軒？因為顧及他的心情，才疏遠自己？思及此，左明浩的眼神黯下來。看來要趕快行動了……

這頭，顧清言和夏祁軒、姜公子在福滿樓要了一間包廂商談事情。

「我夫人所說就是我所說，她說按進價給你們，我絕對不會多要一個銅板。再說，我們兩家有這麼深的淵源，我的病還要煩勞你們，怎麼說我也做不出虧待你們的事。」姜元勳豪爽地笑道。

「一直聽聞姜公子為人豪爽，不拘小節，今日一見，名不虛傳。有姜公子這句話，我便放心了。」夏祁軒溫和地笑道。

姜元勳爽朗一笑。「客氣，這只是朋友們給面子罷了。夏公子也是人中龍鳳，言少爺少年英雄，醫術了得。」說到此，他站起身朝顧清言抱拳道：「說起這個，元勳要多謝言少爺救我妻父一命，還有令姊救我妻一命。這兩件事，都是元勳一輩子無法償還的恩情，元勳將此恩銘記，將來言少爺有事只要開口，元勳赴湯蹈火在所不辭！」

「姜公子客……」還未說完，顧清言的話語便被姜元勳打斷，只見他大手一抬。「言少爺如果不嫌棄，以後就叫我一聲姜大哥，我稱你言弟可好？」

「姜大哥。」顧清言從善如流，抱拳道。

「哈哈！好，今兒我們來個不醉不歸！」姜元勳爽朗的笑聲在整間包廂裡響起。

夏祁軒臉上帶著溫淺的笑容，對姜元勳這個人還算滿意。姜家在悵縣的地位只比左家差一點，勢力仍不可小覷。

事情談妥，姜元勳叫來小二點了一桌菜，非要和兩人喝酒。

姜元勳太過熱情，兩人盛情難卻，只能答應，並派人回去通知家人，說今兒不回去吃了。

顧清婉得知夏祁軒和顧清言被姜公子拉著喝酒，直讓他們少喝一些。

男人們在外談生意，酒桌一事總免不了。

吃完晚飯，顧清婉便去廚房忙活，為兩人煮醒酒湯。天徹底暗下，到處燈火通明，兩人才遲遲歸家。

夏祁軒還好，顧清言已經徹底喝醉，看到兩人的樣子，顧清婉又氣又無奈。

第二天，顧清婉早早起床，要為夏祁軒針灸。

「去叫言哥兒過來為我針灸吧。」夏祁軒抬手阻止嬌妻施針。

遲早都要有這麼一天，顧清婉點點頭，去喚弟弟起床。

來到顧清言的屋裡叫醒他，卻見他喝酒太多，頭昏腦脹得難受。

見到弟弟的樣子，顧清婉有些不放心，同時也心疼道：「要不你還是再休息一會兒。」

「不用了，待會兒妳給我扎幾針。」顧清言隨便洗了一把臉，關上房門後跟著姊姊過去。

有顧清婉指導，顧清言並沒有出差錯，給夏祁軒針灸完，他坐在地爐邊，讓姊姊給他扎頭。

「以後看你還敢不敢喝這麼多。」顧清婉瞋了弟弟一眼，說著朝外走去。「我去給你們煮點豬肝枸杞湯。」

「今兒去給姜大哥醫治完，我會去左家一趟，聽小安說，昨日左明浩來過。」顧清言閉著眼睛，開口道。

「哦——」夏祁軒拖著長長的尾音，心裡在想顧清婉有沒有去見左明浩？

「姊姊沒有見他，你不要動不動就吃醋。」顧清言微微掀動眼皮，瞄了夏祁軒一眼又閉上。

「你想怎麼做？」夏祁軒知道顧清言現在和左明浩已經有了隔閡。

顧清言道：「先看他怎麼說吧。海伯那邊不曉得是什麼情況？」

「想必還要兩日，要找信得過的人需要時間。」夏祁軒知道自己的妻子和小舅子有祕密，不想讓別人知道，他會幫他們保護好這個祕密。雖然不知道是什麼祕密，但他不想去問，他相信有一天小婉總會願意告訴他的。

夏祁軒是個極聰明的人，腦子一轉便知道。雖說世上之大，無奇不有，但他可不相信有什麼藥物能令萬物迅速生長。

飯後，顧清婉和唐翠蘭去醫館。

醫館已經裝潢好，打掃得乾乾淨淨，屋子裡空空如也，顯得有些冷清。

不過，唐翠蘭卻十分喜歡，這裡摸摸，那裡看看，眼睛都明亮很多。

顧清婉也很滿意，整個醫館都是夏祁軒精心布置。

「小婉，什麼時候把藥材買回來？」唐翠蘭已經迫不及待想要摸藥材，聞聞藥香味。

「明兒我便去姜家藥行。」顧清婉明白唐翠蘭的心情，她也很想快點把醫館開了，看看萬能井是不是像弟弟所說，能早點升級。她總有一種感覺，下一階段的萬能井，對她有很大的幫助。

「這次不會像上次了吧？」唐翠蘭也知道南北藥行的事，現在心裡總不踏實。

顧清婉搖頭。「不會，像張擎紅那種無恥的人還是少的。」

「確實。」唐翠蘭想到張擎紅那個人，都覺得噁心。

從醫館出來，兩人剛走到南北藥行不遠處，便見張擎紅和曹心娥從藥行出來。張擎紅走在前面，曹心娥緊追而上，去拉他的手，卻被甩開。

見到這一幕，兩人相視一眼，逕自走自己的路。

「張擎紅，你怎能這樣對我？」曹心娥癱坐在地，對張擎紅的背影大喊。

張擎紅腳步一頓，轉身看向曹心娥，一臉狠色。「如果不想被賣到青樓去，就給我老實點，張家還有妳一席之地。」

說是這麼說，張擎紅哪敢真把曹心娥賣去青樓。雖然曹先良發話，以後不管妹妹死活，但曹先良只要在悵縣，自己都不敢怎麼樣。

「張擎紅，你這個狼心狗肺的東西！沒有得到我的時候各種花言巧語，現在不把我當人看，你不得好死！」曹心娥知道自己在悵縣已經顏面盡失，現在死豬不怕開水燙，才不怕丟人。

不說還好，說到這個，張擎紅就一肚子火，他回身走到曹心娥前面，居高臨下看著她。「不得好死？我讓妳不得好死！」說著，抬腳往曹心娥身上踢兩腳，嘴裡一邊罵道：「妳害死我孩兒，還沒找妳算帳，妳還罵我，再罵我撕爛妳的破嘴！」

曹心娥被狠狠地踹了兩腳，痛得嘶聲哇氣大哭，卻不敢再罵。正哭著，眼角餘光看見一道熟悉的身影，當看清那人，頓時將滿心怨氣化成怒火，從地上爬起來，衝向顧清婉。「賤人，都是妳害我！」

顧清婉沒想到走自己的路還要被纏上，在曹心娥衝過來時，伸手一攬，抱著唐翠蘭的腰閃身避開，順勢抬腳踢飛曹心娥。「妳不要像隻瘋狗一樣亂咬人。」

她力度用得不大，只將曹心娥恰到好處地踹倒在地。

曹心娥坐在地上大哭。「都是你們，要不然我不會變成現在的樣子，是你們害我的，你們這些缺德鬼不得好死！」

張擎紅也看到了顧清婉，他沒想到曹心娥會突然發狂。當曹心娥衝向顧清婉時，他以為顧清婉會被曹心娥推倒，不料她身手如此了得！

顧清婉冷冷掃了一眼打量她的張擎紅，對曹心娥道：「一切都是妳咎由自取，怨不得人。」

話落，顧清婉朝唐翠蘭使了個眼色，兩人準備抬腳離開。

曹心娥的聲音再次響起。「不准走！妳個害人精，都是你們害我，我要讓人看看你們是多麼惡毒！」

說完，她便爬起來打算去抱顧清婉大腿，但顧清婉哪裡是她能碰到的，旋即退而求其次，去抱唐翠蘭的腿。這女人和顧清婉一起，抓住她就是抓住顧清婉。

剛抱住唐翠蘭的腿，她便放開嗓子喊。「大家快來看哪，看看這裡有個不要臉的女人，幾次三番陷害我，沒天理啊！」

唐翠蘭被曹心娥的舉動嚇得不知道躲閃，傻傻地站著，聽到曹心娥的喊聲，才知道要反抗。但她只是個弱女子，就算反抗也抵不過死死抱著她的曹心娥。

顧清婉也不是善良的主兒，隨即開口道：「曹心娥，妳有今日不是我害的，而是被妳自己，還有妳那不要臉的娘。妳被男人一腳踹開也不能怪別人，只能怪妳自己賤，才會有現在的下場。妳明知道就算歪曲事實也不可能說得過我，因為我知道所有真相，我占了一個理，而妳呢？所以妳現在要麼趕緊滾，要麼繼續鬧，然後在這縣城裡也沒有妳容身之地。我可是知道，某些人覺得太過丟人，連親人都把妳趕出來了。」

這番話聲音不大不小，恰好周圍的人都能聽見。所有人齊齊看向曹心娥，只見她坐在那裡，一臉痛苦，剛剛的氣勢消失無蹤，一個字也不反駁。圍觀的人眼睛是雪亮的，很快便想明白了。

顧清婉這番話，對曹心娥有很大的影響，她其實也知道，全部的一切都是她咎由自取，怪不得別人。

張擎紅見曹心娥此刻像霜打的茄子，頓時心生厭惡。就這點能耐，還想找別人麻煩？他走到曹心娥身邊，將她扶起，冷冷地看著顧清婉。「還真有張吹破牛皮的嘴。既然說不過她，妳又何必找麻煩？妳看，被人欺負成這樣，妳太有本事了。」曹心娥一個字不敢說，由著張擎紅扶她起身。

對張擎紅，顧清婉本來就一肚子氣，不找他麻煩，他現在還來找她碴，以為她好欺負？她嘴角含著不好意思的笑，抬手撓頭。「我沒那本事，我占了理。」

這話聽起來是向張擎紅解釋。張擎紅一聽這語氣，便覺得顧清婉是怕自己，因為他知道顧清婉家的底，弟弟剛創業，還沒在這縣城站穩腳跟，夫君只是個米鋪的東家，還是個殘廢。

「有沒有占理誰知道？還不是妳一張嘴在說，像妳這種潑皮無賴，也就只會欺負我們心娥這種老實人。」說完，扶著曹心娥轉身要走。

老實人？顧清婉聽到這話，想笑出來。在外人看來是這樣，不過只有她知道，她已經送給張擎紅一個終身大禮。

她指著張擎紅的背影。「你給我站著，今日不把話說清楚，誰也不准走。」她語氣悲憤，鼻孔冒著粗氣，看樣子非常生氣。

其實現在的顧清婉，是忍著仰天大笑的衝動。她剛才把一枝繡花針甩進張擎紅的腦子裡，不出三天，他便會變成一個傻子，這就是欺負她的下場。

「站著就站著，不想跟妳一個小女子計較，妳還有理了。」張擎紅停下腳步，半抱著曹心娥，轉身看向顧清婉。「我聽妳說，我也很想知道我們心娥這麼好的人為啥要找妳麻煩。」

希望你聽了以後，還能喊得這麼親切。

顧清婉暗暗腹誹一句，笑看著曹心娥，道：「曹心娥，妳夫君讓我說的，妳沒意見吧？」

曹心娥滿臉慌亂，嘴硬道：「嘴在妳身上，妳還是能像以前那樣，想冤枉我就冤枉我，我有什麼辦法？」她就是要讓別人先入為主，以為顧清婉胡說八道。

顧清婉哪裡不知道曹心娥的心思，她冷笑一聲。「還真是死鴨子嘴硬，到現在還說這話，看來妳真的是連最後的容身之地都不想有，那麼我就成全妳。」

「隨便說，我看妳能不能說出朵花兒來。」曹心娥已經打定主意，今日不管顧清婉說什麼，她都不承認，這裡又沒有他們村裡的人，誰知道。

顧清婉見曹心娥到現在還不知死活，一點臉面也不再給她留，便將曹心娥一連串的骯髒事從頭講起，講得仔仔細細，聲情並茂，所有人現在看曹心娥的眼神都很嫌棄。

「有什麼證據說我讓人燒妳家？這樣胡說八道，就不怕將來下地獄割舌頭！」曹心娥惡狠狠地指著顧清婉，一雙眼睛似要將她生吞活剝。

「證據？」顧清婉冷笑。「我有沒有胡說八道，妳比誰都清楚，別以為這裡沒有我們村人，妳可以打死不承認。」

顧清婉也不管曹心娥在想什麼，繼續道：「她到了縣城還不老實，勾引張擎紅，還把張擎紅的元配周芳打了一頓，連人家孩子都踹掉了，真是造孽，想必大家都聽說過吧，我可沒有胡說八道。」

說到縣城裡的事，很多人都聽說過，這件事這兩天傳得沸沸揚揚，連七、八歲孩子都知道悵縣有個無恥的女人。

被顧清婉這麼一提醒，圍觀百姓把事情串連在一起，隨後有個人「啊」了一聲。「這小娘子說的可不就是這兩天傳得沸沸揚揚的事？原來那個不要臉的女人就是這位啊！」

此人話音一落，所有人都明白過來，很多人立馬對著曹心娥和張擎紅吐口水。

顧清婉沒再說什麼，拉著唐翠蘭回家了。

到家後，夏祁軒問她這麼晚回來是發生了什麼事嗎？

顧清婉也不想夏祁軒胡思亂想，便將遇到曹心娥之事一一道出。

「嗯。」夏祁軒聽完，淡淡地點頭。

顧清婉問：「事情都順利嗎？」

「一切都好，言哥兒去了左家。」夏祁軒回道。

顧清婉明白，弟弟恐怕是打算和左明浩說開了。

第九十一章

確實如顧清婉所想，弟弟把事情告訴了左明浩。「我為什麼這樣做，你比我清楚。明明賣的價錢那麼好，卻告訴我行情不佳，只給我二十兩銀子，是打發乞丐嗎？這樣的誠意，還叫我怎麼和你合作？」

「我只給你二十兩銀子？」左明浩一臉不可置信。「怎會如此？」

他派人送去的明明是一百兩，怎麼會是二十兩？

左明浩臉色驟變，旋即起身朝外吩咐兩句，隨後轉身回屋，強忍下內心的怒火，溫聲道：「別急，我會給你一個交代。」

顧清言也想知道左明浩在搞什麼鬼。

不多時，一名小廝被兩人押進來，小廝一看顧清言，便明白事情已經敗露，他也只能認命。「二少爺，小的錯了，不該昧著良心，拿了送去給言少爺的銀子。」

顧清言認出是送銀子給他的小廝權貴，一句話不說，只是喝茶。

「為何要這麼做？你知道這樣做的後果嗎？」左明浩怒道。

「小的欠了賭坊不少銀子，如果不還，他們就要殺了小的全家。小的是真的走投無路才做出糊塗事，求二少爺開恩！」權貴痛哭流涕，苦苦哀求。

「沒有銀子，為何不開口與我說？你讓我變成不仁不義之人，讓言少爺不再信任我。」

左明浩冷聲道。

「二少爺，小的知錯了，求二少爺開恩！」權貴趴在地上痛哭，隨後又朝顧清言磕頭。「言少爺，千錯萬錯都是小的錯，不要怪二少爺，是小的豬油蒙了心，昧了您的銀子，您要打要殺都隨您，只求您別怪二少爺。」

顧清言一直淡淡地看著這一切，他沒有說話，他現在也拿不準這一切到底是不是一場戲。

左明浩知道顧清言不相信自己，按了按脹痛的太陽穴，嘆氣道：「言哥兒，你不要想得太複雜，我是個什麼樣的人，你應該清楚，我再怎麼樣也不會虧待你。」

確實，左明浩這樣做，對誰都沒有好處，難道真是這權貴賭錢急需銀子？可這也說不過去，權貴應該是左明浩很信任的人，他才會把銀子交給權貴，權貴為什麼要冒著飯碗不保，或者還會被打殺的危險來拿這些銀子呢？

顧清言黑亮的眼睛裡滿是不信，他想不通權貴為何要這樣做？就算欠人銀子也沒有理由，要麼就是權貴說謊，要麼就是左明浩欺瞞。

這兩人，到底誰說的是真話？

左明浩看著沈思中的顧清言，開口道：「言哥兒，事情變成這樣我也有責任。如果親自送銀子過去，我們就不會有誤會。我可以對你發誓，我真的沒有那樣做，不說我們的關係，就算只是純粹合作，我也是以利益為優先，怎可能做這種傻子才會犯的錯，你說是不是？」

如此頭頭是道的話，顧清言確實找不到話說。「事情既然已經弄清楚，就雨過天晴了。

我其實也很疑惑左二公子為何要這麼做，如今權貴自己承認，就沒事了。」

「你這麼說，是還願意和我合作嗎？」左明浩笑道。

顧清言點點頭。「當然。」

左明浩抬手搭在顧清言肩膀上。「好兄弟，明事理。」說著，站起身，走到門口吩咐一聲，又轉回身。

不消片刻，一名下人端著托盤進來，上面全是銀子。

「這裡是二百兩，你點一點。」左明浩將銀子推到顧清言面前。

顧清言搖頭。「這銀子？」

「權貴昧走的一部分，另一部分是左二哥給你賠不是。你要是不生氣了就收下，我們兩家關係可不能因為一個下人而鬧僵。」左明浩長眉舒展，溫聲道。

顧清言點點頭，答應收下銀子，利益為先，人永遠不會嫌銀子多。

見顧清言收下銀子，左明浩笑道：「這才是我認識的言哥兒。我說你怎麼這些日子和我生疏了，原來是因為這事，我以為你是個有事不會藏著掖著的人。」

顧清言笑了笑，他當然不會把心裡的話說出來。

左明浩繼續道：「若是你早說，我們也不致誤會這麼久。」

「最近家裡事情比較多，沒顧得上這邊。」顧清言難得解釋一句。

左明浩相信顧清言說的是實話，這些日子顧家發生不少事，他都知道一些。「既然誤會解除，以後遇到什麼困難，儘管來找我，我還是以前的二哥。」

「我不會客氣。」顧清言笑道。

左明浩隨後把鄰縣的行情告訴顧清言，又說：「昨兒我去找你，實則有事與你相商。」

「哦，左二哥請說。」顧清言挑眉，等著下文。

左明浩為顧清言斟滿茶，自己才端起喝了一口，緩緩道：「我還想再加幾間溫室，用來專門種植果樹，你說可好？」

「這種事不用跟我說都行，畢竟能多掙銀子。」顧清言道。

「不，必須與你說一聲。因為這樣一來，就要多麻煩小婉調製一些藥水才行，想必量會大些，她就會辛苦很多。」左明浩笑道。

顧清言點頭，表示明白。兩人又說了一會兒話，顧清言便告辭。

左明浩送走顧清言，到了後院一間小屋。門從裡面打開，一位男子恭敬地朝左明浩頷首。「二少爺。」

「怎麼樣了？」左明浩抬腳進門。

「還是不肯說。」男子低垂下頭。

左明浩沒有言語，走進屋子，看著滿是灰塵的地上，躺著一個血淋淋的人，渾身沒有一處完好。這一幕，並沒令左明浩色變。

他面無表情，走到血人面前，居高臨下地看著他，眼神陰鷙。「說吧，為什麼要這樣做？」

地上的血人沒有回應，緊閉著雙眼，一張臉痛苦地扭曲。

見狀，左明浩抬腳踩在血人脖頸上。「真不怕死了是嗎？何人給你這個膽子，你不可能不知道這樣做的後果，你認為我會相信你說的謊話？」

只要想到自己都能想到的問題，顧清言也能想到，左明浩就愈加憤怒，踩血人的力量又大了一些。「你真的不說是嗎？」

權貴努力睜開雙眼，看向左明浩，艱難地張了張嘴。「小的說的是實話，並沒有欺騙二少爺。」

聽不到答案，左明浩很想一腳下去，讓權貴永遠閉嘴。但他真的很在意，是何人想要破壞他和顧家的關係，於是冷聲道：「我最看重的就是與顧家合作，你作為我信任的手下之一，不可能不知道這一點，但你卻不計後果地做了，我想知道原因。」

「小的說的是實話，二少爺讓小的編造一個理由，小的也編不出來。」權貴說完閉上眼，看樣子不打算再說什麼，做好赴死的準備。

「好。」左明浩眼裡閃過陰狠，冷冷道：「既然你不願意說，我就斬斷你的四肢，割掉你的舌頭。」

說到此，他收回腳，想看看權貴的反應。

只是權貴仍然很平靜，他閉著雙眼，連眼皮都不動一下。

左明浩見此，冷笑道：「你以為這樣就完了嗎？我要讓你活下去，讓你看著你女兒是怎麼變成一個千人睡、萬人枕的婊子，讓你看著她和別人夜夜歡好，想必你會很樂意。」

他話音落下，權貴睜開滿是淚水的雙眼，痛苦道：「二少爺，小的願意說，小的只求您放過我一家老小，求求您！」

「說吧，只要你給我滿意的答案，我不會傷害你一家。」左明浩沈聲道。

「是大小姐……」短短幾個字，似是要了權貴渾身的力氣，說完他便痛哭起來。「只求二少爺能做到答應小的之事，給小的一個痛快。」同時在心裡向左月說聲對不起。

「月兒？」左明浩怎麼也想不到是左月，他抬腿踹了權貴一腳。「你騙我，她沒有理由這麼做。」

「噗！」權貴噴出一口鮮血，嘴巴張了張想說什麼，卻一個音也發不出，便斷了氣。

「給他家人一筆銀子，買副上好的棺材，好好厚葬他。」左明浩說完，陰沈著臉出了小屋。

月華院裡，滿院的梅花，寒冷的空氣中瀰漫著梅花的香氣，左月披著一件黑色大氅，站在寒風中，看著樹上開得正豔的梅花。

身後腳步聲響起，她轉過身看向左明浩，眼神平靜，如同看一個陌生人。「二哥來此有何事？」

「是妳讓權貴昧了顧家的銀子？」左明浩沈聲問道。

「我想做便做了。」左月淡淡說完，又將目光看向樹上的梅花。

「理、由。」左明浩一字一頓，背在身後的雙手死死攥著，青筋暴突，可見他極力隱忍著內心的怒火。

左月嘴角含著一抹冷笑。「我為何這樣做，你不知道？」

左明浩瞳孔微微一縮，難道……？

左月淡淡地看了左明浩一眼，眼神裡沒有當初的崇拜和仰慕，只有疏離。

「月兒，」左明浩心裡咯噔一下，艱澀地開口道：「妳——」

左月抬頭看著漸漸暗下的天色，邁開步子道：「這天氣似乎比往常要冷了。」

她的聲音輕得彷彿要消散在風裡。「那日我去別院，看到了一個人。」

左明浩聞言，目光一黯，眼中閃過一絲殺意。

「一個和小婉長得一模一樣的人，起初，我以為你只是因為太愛小婉，找了一個替身。但後來，我發現你另有所圖。」左月看左明浩的眼神很冷，比這臘月寒冬的空氣還要冷。

左明浩心虛地迴避左月的注視，訕訕道：「我能圖什麼？妳又不是不知道小婉已經嫁為人婦，我現在對她的感覺，就如同對妳一般。」

「倘真是如此，你為何要找個和小婉長得一模一樣的人？連自己都騙不了，還想騙我？」左月淡淡道。

「這一切只是妳的猜測，妳光憑自己的猜測，就使得我們兩家合作險些中斷，造成的損失妳負擔得起？爺爺若是知道妳如此任性，妳定要被爺爺禁足。」左明浩不想再說下去，說完，甩袖準備離開。左月的聲音從他背後響起。

「二哥，你到底想對小婉做什麼？若是你做了對不起她的事，我一輩子不會原諒你。」

聽到這話，左明浩背影僵了一下，旋即沈聲道：「以後不准再見顧家姊弟，我會稟明爺爺，讓妳專心學習宮規禮儀。從今日起，除非妳進宮之日，否則不得踏出月華院半步。」說罷，邁步離開。

左月是他妹妹，他不會把她如何。可是，也絕不允許她來壞他的事！

「你這樣做，不就是怕我給他們通風報信？若是我要那樣做，何至於繞那麼大彎子要權貴動手腳提醒他們？」左月低語一聲，轉身回屋。

顧清言回到家便直接去姊姊屋裡，把左明浩說的話，還有權貴的事都說一遍，最後道：「我想了一路，始終想不通權貴為什麼要這樣做，理由根本不足。」

聽完弟弟解釋，顧清婉輕輕點頭。「確實如此，總感覺這件事有些怪異。」

夏祁軒陷入沈思，在這一點上，他也想不明白。

「要不，我去找月兒聊聊，看能不能從她那裡得到有用的消息。」顧清婉想著有一段時間沒見到左月，她或許會知道些什麼。

顧清言和夏祁軒想了想，便同意顧清婉的提議，實在是這件事太蹊蹺，如果不弄清楚，如同吞了一隻蒼蠅般難受。

顧清婉第二天一早收拾妥當，去找左月。

左家偌大的客廳裡，只有幾名下人打掃，顧清婉坐在椅子上，默默地喝茶，心生奇怪。往常她來，都會直接帶到月華院，但今兒一來，卻領著她到客廳。

等了好一會兒，一名丫鬟匆匆走進來，對顧清婉屈膝一禮。「大小姐染了風寒不便見客，大小姐說等她好些，會上門拜訪。」

顧清婉開口道：「我會岐黃之術，若是方便，我去給月兒看看。」

「大小姐找了悵縣最有名的大夫看過，已經歇下了。」丫鬟恭聲道。

一聽這話，顧清婉便明白，左月不想見她，遂知趣地道：「那請告訴妳家大小姐，待風寒好後，隨時歡迎去我府中作客。」

「是。」丫鬟屈膝應聲。

顧清婉微微頷首，起身離開。

剛踏出門口，便見左明浩從外歸來。他一襲白色雲紋華袍，氣質儒雅，看到顧清婉，眼裡有著恰到好處的驚訝，隨後轉變成笑意，溫聲道：「小婉，可是過來看月兒？」

顧清婉點點頭。「可惜沒見著她。」

「月兒偶感風寒，怕過了病氣，才不見妳。等她好些，定會去找妳玩。」左明浩道。

與左明浩，她也不方便說太多，便道：「好的，若是沒什麼事，我先告辭了，今兒還有事要忙。」

「好。」左明浩點頭。

「小婉，池裡的水快要見底，到時又要麻煩妳了。」

左家溫室的池子很大，一池水能收貨三次果蔬，算一算，水是快見底了。顧清婉停下腳步，看向左明浩。「談什麼麻煩，這是我應該做的，等該調藥的時候，派人通知一聲便是。」

聞言，左明浩眼神一閃，笑道：「好的，還有權貴的事，妳和言哥兒不要多想，真不是我的意思。就算是為了家族利益，我也不可能那樣做，請相信我。」

「左二公子是個什麼樣的人，我們還不瞭解嗎？言哥兒沒有怪過左二公子。」顧清婉臉上帶著禮貌的微笑。

左明浩見顧清婉不似說謊，才放下心來。

然而不管是丫鬟還是左明浩的話，都讓顧清婉心裡疑惑更多，為什麼左月不願意見她？她哪裡知道，現在的左月被軟禁在月華院，身邊只有一個老婆子伺候著，見不到別人。

就連那個丫鬟都是左明浩的人，去稟報只是走個過場。

回到家裡，顧清言在給夏祁軒針灸，顧清婉便將左家的事情告知兩人。

三人內心都有疑惑，卻釐不清情況，從他們知道的事情裡，確實有很多疑問，夏祁軒沈思半晌，開口道：「防人之心不可無，以後，左家的事我們能避則避，除了溫室，都不要再有任何瓜葛。」

姊弟倆贊同地點點頭，經過權貴的事，他們心裡都有了疙瘩，兩家關係再也恢復不到往昔。

到了下午，姜元勳送來兩張請帖，一張是宴請夏祁軒和顧清言明兒去福滿樓吃飯，感謝顧清言治好了他的病，另一張是邀請顧清婉明兒前往姜家品茶。

第二日，顧清婉便帶著可香一同前去姜家，夏祁軒和顧清言則去福滿樓。

和左家的恢宏華貴相比，姜家處處布置得精緻簡約，卻又不失大氣。

「小婉姊姊，妳別看我二姊家不怎麼好，其實他們家有很多銀子，可是悵縣數一數二的家族。」吳仙兒挽著顧清婉的手臂進入拱門，見顧清婉四處打量，怕她不喜歡這裡，趕忙解釋。

姜家祖訓，勤儉持家，忠厚誠實。

顧清婉笑著點頭。「我知道。」

吳秀兒無奈地笑了笑。「這丫頭，就是話多。」

吳仙兒俏皮地對她姊姊伸了伸舌頭，淡淡地瞥了一眼後面的可香，雖然不喜歡可香，但來者是客，她不會做那種無理取鬧的事。

吳秀兒領著三人到了前廳，喚來丫鬟端上茶水、點心。

顧清婉今兒來，順便把所需藥材的清單給吳秀兒。「藉著過來妳這邊品茶，我把這個帶來了。」

看完藥材清單，吳秀兒輕輕點頭，將清單收好。「自從知道妳需要不少藥材，我當家已經派人去鄰縣裝運，不出三日，藥材便會過來。」

「有心了，到時可得麻煩妳與我一起去點貨，藥鋪的事我全權處理。」顧清婉道。

吳秀兒一聽這話樂了，笑道：「我正想用這件事來練手呢，有什麼不妥的，妳得說出來。」

聽這話的意思，吳秀兒以後會慢慢學著做姜家的生意？顧清婉笑道：「這可是好事啊。」

「我有想做生意的念頭，還虧得妳呢。」吳秀兒感激地看著顧清婉。以前的她，只想相夫教子，自從認識顧清婉後，她便有了其他想法。

顧清婉有點想不明白，姜家這麼有錢，卻願意讓吳秀兒去拋頭露面？這姜公子得有多寵吳秀兒。

吳秀兒見顧清婉露出疑惑之色，便明白她的想法，開口道：「只能接觸女子，比如妳這種情況。」

這麼一說，顧清婉便明白了。

幾人一邊吃點心，一邊品茶、聊天，倒也愜意。

第九十二章

福滿樓裡，姜元勳訂了最好的包廂，點了一桌的菜，要了一壺上好的女兒紅。

姜家祖訓是以勤儉持家為主，但對待客人，姜元勳一向豪爽大方，這也是為什麼他就算偶爾對客人發脾氣，也沒人介意的原因。

無人知曉姜元勳有時候會無端發脾氣的原因，如今病症一好，姜元勳整個人看起來更有精神，還帶著一股不羈的霸氣。

「言弟，我要說的話都在這杯酒中，謝謝！」姜元勳端著酒杯，魁梧的七尺男兒，眼裡隱有淚花閃動，看來他內心並不平靜。

顧清言端起酒杯沒有推辭，一飲而盡。

一來二去，幾杯酒下肚，姜元勳招呼二人吃菜。

這時門外的走廊響起一道聲音。

「掌櫃的，把你們這裡最好的菜和酒趕緊上來。」

「是，是，請稍等片刻，兩位客官裡面請。」

「孫大哥裡面請，今兒我們兄弟可得好好喝一杯。」

隨後是隔壁包廂關門的聲音。

三人進食的動作都慢下來，顧清言聽到這說話的聲音，眼裡滿滿的嘲諷和嫌棄，看向夏祁軒。「姊夫，這說話的人像不像張擎紅？」

夏祁軒還未開口，姜元勳便接過話去。「可不就是張……擎紅。」他本想說的是張王八，怕兩人會笑話他，忙住口。

「剛才張擎紅嘴裡喊的孫大哥，可是孫家人？」顧清言問道。

姜元勳點頭。「張家和孫家關係一直不錯。在悵縣，能讓張擎紅如此恭敬的，除了孫家還能有誰。這兩個都不是什麼好人，湊在一起定沒好事。」

「聽姜大哥的語氣，你們關係似乎不怎麼融洽？」顧清言隨意問了一句，其實，他這是明知故問。

姜元勳真心把顧清言當兄弟，這也沒有什麼好隱瞞的，開口道：「不瞞賢弟，張家與我姜家同是悵縣藥商，中間肯定會發生一些不愉快的事，這樣長年累月下來，我們兩家有了解不開的恩怨。」

「原來如此。」顧清言點點頭。

「孫大哥，小弟一直有件事不明白？」說話間，隔壁傳來張擎紅的聲音。

隨後是一個淡淡的「嗯」聲。

「孫大哥為何要對付顧家姊弟倆？」

「他們霸占了我的東西，我就要他們無處容身。」

隨後是張擎紅略帶驚訝的聲音。「顧家姊弟竟如此大膽，敢霸占孫大哥的東西。孫大哥，你也是菩薩心腸，何不直接找人弄死他們？」

「你以為我不想？但事情並不是這麼簡單，聽說顧家姊弟身手不錯，何況若是他們死在這悵縣，縣衙只要仔細調查，就會查到和我孫家有過節。我現在做的一切，就是要他們在這悵縣無處安身。」

兩人的說話聲，雖然刻意壓低，但隔壁三人還是能聽到。

顧清言的耳力非比尋常，夏祁軒和姜元勳又都是有內力的人，只要他們有心，就算是悄悄話，也能聽得清清楚楚。

聽到隔壁的話，姜元勳皺眉，一臉陰沈。顧清言和夏祁軒都沒開口，靜靜地聽著。

那邊兩人，一個是張擎紅，一個是孫正林，都是他們的仇人。

聽著孫正林添油加醋地講述顧家姊弟如何霸道，如何無恥地霸占孫家的土地。說到最後，孫正林語帶憂傷地問道：「張老弟，你若是我，遇到這種事會怎麼做？」

「孫大哥，我要是你，就直接找人弄死他們。你要是早告訴我，我會找人一把火燒了他們家藥鋪，弄死那對姊弟！」

「其實我不願意直接和顧家姊弟面對，還有個原因。」

「什麼？」

「那個姓夏的，雖然是殘廢，但身分好似不簡單。」

隔壁安靜下來，三人相視一眼，姜元勳仔細打量起夏祁軒。夏祁軒坦然自若，任由他打量。

須臾後，隔壁響起張擎紅的聲音。「孫大哥，要不我們這樣做……」

後面的話雖然是附耳的悄悄話，但三人都聽得清清楚楚，姜元勳緊緊抓住桌邊。

夏祁軒一直在觀察姜元勳，從他的行為能看出，姜元勳並不像表面那樣是個大老粗，有這份隱忍，是個做大事的人。

隨後三人都沒了食慾，結帳後離開。

姜元勳匆匆告辭，要去安排布置，防止小人作祟。

顧清言和夏祁軒則是回家去。馬車裡，顧清言對夏祁軒豎起大拇指。「姊夫，多虧你的巧妙安排。」

「不，這不是我安排的。」夏祁軒笑道。

「不是？」顧清言皺眉，想不明白，夏祁軒不是讓阿二和阿三模仿兩人的聲音，說的內容也就和這差不多？

「或許這就叫天意，有神相助。我本來是安排了這麼一齣，但根本沒派上用場。」夏祁軒心情愉悅。

顧清言現在也不得不相信命運這東西，笑道：「這樣一來，孫家和張家就不用我們再對付，姜家自會對付他們。」

「我們現在要做的就是推波助瀾。」夏祁軒已經有了另一個安排。

想到孫正林說的話，顧清言滿是冷意道：「既然孫正林不想我們在這悵縣有容身之地，我們何不來個以彼之道還施彼身？」

「不錯，在我們去楚京前，必須把這邊的事徹底處理，才能無後顧之憂地離開。我不想像上次一樣，離開後給你姊姊留下那麼多麻煩，張家和孫家的事情必須解決。」夏祁軒悠悠道。

待馬車停穩，顧清言挑開車簾從馬車裡探出頭來，看到顧清婉和可香等在門口，笑道：「還以為妳們難得出去，會多玩一會兒呢。」

顧清婉笑道：「正事說完，就不知道該聊什麼，乾坐著沒話說也不好，便回來了。你們怎麼這麼快回來？」

顧清言笑著跳下馬車，將頭伸到姊姊耳邊。「今日發生了很有趣的事，待會兒與妳說，妳聽了想必會很開心。」

推著夏祁軒進門，顧清言便要和他們一起回屋坐會兒，可香只好先回自己屋子。

三人圍著地爐喝茶，顧清言笑得合不攏嘴。「姊夫不是安排阿二和阿三喬裝打扮成孫正林和張擎紅說話嗎？目的是要讓姜元動聽到他們圖謀不軌。但世上的事情就這麼湊巧，根本不用他們兩人出馬，孫正林和張擎紅這兩個正主兒自己出現，真是天意。」

聞言，顧清婉也一臉驚訝。「他們說了什麼？」

「孫正林說要讓我們在這悵縣無容身之處，張擎紅說要找人弄死我們。」顧清言說到這裡，眼底滿是冷意，嘴角則勾起嘲諷的笑。「不過，他們最後說要把姜家的藥材給劫了，讓姜家損失不說，還能使我們買不到想要的藥材。」

「這麼說，那些人也知道姜家去進藥材的事？那姜公子聽到這話，是什麼反應？」顧清婉就算猜也能知道，姜公子當時的臉一定很黑。

「這悵縣說大不大，說小不小，特別是對手，都時時刻刻知道對方的行動。張家也是藥材商，自然知道姜家的情況，姜大哥這會子，怕是去想對策整治張擘紅這惡賊了。」顧清言說著，看了夏祁軒一眼。「姊夫說我們接下來要做的就是幫助姜家對付這兩家人。」

顧清婉贊同地點點頭，看向夏祁軒。「祁軒，你想要怎麼做？」

「他們既然要我的小婉在這悵縣無容身之處，我自然是以彼之道還施彼身。」夏祁軒冷冷地道。

聽到這話，顧清婉莫名很心安，輕輕點頭，為夏祁軒斟滿茶水，開口道：「明兒我和言哥兒去左家溫室，你要不要與我們一起去？」

她這樣問，是不想讓夏祁軒誤會。左明浩現在在家，明日去溫室，一定會見到，夏祁軒不喜歡她見到左明浩。讓他跟著去，他便不會胡思亂想。

夏祁軒哪裡不明白嬌妻的意思，笑道：「明兒我有事要做，妳和言哥兒去便好。」不是他不願意跟著去，實在是時間不多，再幾天便要回船山鎮，他要儘快把孫、張兩家的事情解決，給他的小婉一個太平日子。

第二天，吃完飯，夏祁軒去找姜元勳商量事情，姊弟倆便去溫室。

到了溫室，左明浩熱情地招呼姊弟倆進茶棚喝茶，顧清婉不想耽擱太久，推辭道：「剛從家中喝了茶出來，現在不渴，我還是先去調藥水。」

「也好。」左明浩一言一行都是那麼彬彬有禮。

「姊姊，那妳進去，好了出來叫我就行，我和左二哥談會兒事情。」顧清言留下來是想看著左明浩，左明浩輕功了得，若是他們姊弟都進了溫室，誰知道左明浩會不會在暗處偷窺他們。但後來也是這個決定，讓他悔恨不已。

顧清婉點頭後，拎著藥箱進入溫室。

挑開溫室的簾子，沒想到還有一道門，這使她微微皺起眉頭，以前好像沒有這道門？但她沒多想。剛推開門，一股特別的香氣襲來。

這香氣令她心裡不舒服，隨後仔細一聞，又沒有了，只有滿室花香。這溫室裡全是盛開的果樹花，香氣襲人。

將門關上，拎著藥箱走向裡邊的池子，剛走幾步，顧清婉便感覺雙腳有些乏力。一陣暈眩襲來，頓感不妙，欲出門求救，整個人反癱倒在地，渾身無力。

想要喊顧清言，她嘴唇掀動，卻一個音也發不出來。

她努力支撐著意志，不讓自己徹底暈過去。雙眼朦朧間，只見溫室後面，一道小門被打開，快速朝她這邊走來幾個人。

走在前面的是兩個膀大腰圓的婆子，婆子後面是個女人。當看到那女人時，顧清婉瞬大雙眼，滿臉不可置信——那個女人，跟她長得一模一樣！

兩名婆子將顧清婉的衣物脫下，遞給那名女子，那女子快速把顧清婉的衣裳穿上，隨後拎著藥箱朝池子走去。

而顧清婉也被兩名婆子換上衣裳，隨後一人揹著顧清婉，復從來時路退出。顧清婉在離開溫室那一刻，終於閉上眼睛。

池子邊站著的女子，和顧清婉一模一樣。她靜靜地看著水中的自己，眼淚順著臉頰滑落。「爹，娘，女兒不後悔這麼做。公子答應過女兒，以後會善待您們，只要您們過得好，女兒所做都是值得的。」

話落，女子縱身跳進池子，在水中掙扎一會兒，便沒了動靜。

溫室裡恢復寧靜，只有樹上綻放的花朵，靜靜地散發著誘人的香氣。

溫室外，顧清言和左明浩有一句沒一句地聊著。

顧清言心裡一直想著姊姊，算算時間，應該出來了。

「左二哥今日心情好像特別好。」如果不是和左明浩特別熟悉的人，很難看出，他今日眼裡總是帶著笑意，眼角上揚，可見心情不錯。

「當然好，因為從你的談話中，我能感覺到你對我沒了芥蒂。」左明浩說道：「很多合作者我都可以失去，唯獨不願意失去你。」

顧清言笑而不語，這話是真是假還有待印證。

時間緩緩過去，顧清言開始焦急，按照往常，這時間應該已經放滿一池子的水，但今日姊姊怎麼沒動靜？想要進去看，又怕左明浩跟進去，看到姊姊的祕密。

越等越急，越等越不安，驀地，他從矮椅上站起身。「左二哥先坐，我去看看姊姊好了沒有。」

不等左明浩說話，他便走向溫室。

推開門，一陣花香撲面。他不太喜歡香味，用手搧了搧鼻子前方，眼睛望向溫室深處池子那邊。這間溫室裡都是果樹花香，看不真切，於是邁開步子跨進門檻。

見溫室裡靜悄悄的，顧清言頓時有種不好的預感，腳下步伐加快，朝池子那邊走去。

溫室裡太安靜了，顧清言從來沒有這麼不安過。他撥開一根根開滿果樹花的樹枝，腳下加快，眼中滿是急切，嘴裡大喊。「姊姊，妳在嗎？應我一聲啊！」

喊聲落下，整間溫室裡沒有一丁點回應。

走到池子不遠處，顧清言眼裡出現恐懼，池子邊靜靜地放著顧清婉拎進來的藥箱，卻不見顧清婉，他眼裡有不安、有害怕、有恐懼，緩緩地朝池子走去。當看到池子裡的「顧清婉」時，他驚恐地大喊。「姊姊！」隨後縱身跳下池子。

這個池子裡的水極深，顧清言全然忘了，他根本不會游泳！

跳下水的他，在水中奮力掙扎，充血的眼睛看著漂在不遠處的人，嘶吼道：「姊姊——」

他猛地喝了一口水，立刻嗆得咳嗽，又連喝了兩口水。就在他緩緩往下沈時，身體一輕，被人拉起，隨後被人抱著騰飛而起，落在地面。

他劇烈地咳嗽，把喝進去的水吐了一些出來，還沒緩過勁來，便又撲向池子。「姊姊！救我姊姊啊！」

左明浩看到這樣的顧清言，內心有一瞬間不忍。但為了自己的計劃，只得將內疚嚥下，再次運行輕功，下水將已經沒了氣息的「顧清婉」拖出水面，放在顧清言面前。

「姊姊，醒醒好不好？妳一定是在逗我對不對？」顧清言抱著「顧清婉」痛哭流涕。「求求妳醒來，好嗎？我不想玩這個遊戲，我不想玩！」

抱著的屍體儘管已經僵硬冰冷，但顧清言仍然不停喊著、哭著。「快醒醒，我們回家好不好，我求妳了……

「別人可以死，但妳不可以，妳還有好多事沒做，我不相信妳此生只是這點命，姊姊，我不相信，求妳醒來吧！姊夫在家等我們呢……」他將「顧清婉」的臉貼著自己的臉，不停說著，眼淚從未間斷。

「言哥兒。」左明浩蹲下身，剛碰到顧清言的手臂，他便如被毒蛇碰到一般，一下甩開。

「不要碰我，離我遠點！」

顧清言也不知道為什麼此時此刻，內心極度憎恨左明浩，厭惡到骨髓。

左明浩一直都知道顧家姊弟感情很好，並沒有怪顧清言。他的表現也讓左明浩更加放心，因為顧清言和顧清婉感情這麼好，都沒看出這是假的顧清婉，那麼一切便會如他所想那般順遂，他又如何不放心呢？

「言哥兒，你要節哀。」

「節哀，哈哈！」顧清言聽到這話，突然很想笑。他心痛得快要窒息，但嘴裡卻哈哈大笑著，眼淚順著臉頰滑落，隨後抬手就朝自己臉上搧，一邊罵自己。「我恨，我好恨自己，為什麼不跟著一起進來！」

左明浩見此，上前去拉顧清言的手，這才看到他兩頰通紅，腫了起來。他攥著顧清言的手，開口道：「人死不能復生，你又何必如此？」

顧清言先是無動於衷，最後心裡靈光一現，看向左明浩，目光越來越冷，隨後抓住他的衣領，大力搖晃。「是不是你？要不怎麼會這樣？我不相信，以我姊姊的身手，不可能會好好的掉下池子！」

左明浩不反抗，任由顧清言抓住他搖晃，他神情也極度憂傷。「發生這樣的事你懷疑我，我理解。但請你冷靜地想想，你應該知道我對你姊姊的心意，我怎麼會傷害她分毫？」

顧清言不想再聽左明浩說話，抱起「顧清婉」，提著藥箱離開。

左明浩趕忙跟上去，幫顧清言撥開擋路的樹枝。

馬車旁，小五候在哪裡，當看到顧清言抱著「顧清婉」出來，神情悲傷的一幕時，他急忙跑過去。「言少爺，這是怎麼了？」

顧清言一句話也沒說，逕自抱著「顧清婉」，繞開小五，朝馬車走去。低頭時，雙眼含淚，溫柔地看向「顧清婉」，道：「姊姊，我們現在就回家，姊夫在家等我們。」

第九十三章

小五眼眶一紅，忙跑到馬車旁，固定好車凳，讓顧清言上車。

左明浩跟在後面，想要上車，被顧清言冷冷的一個眼神制止，遂道：「這件事我也有責任，讓我跟你一起去。」

「不需要。」顧清言淡漠地說完，對小五道：「駕車吧。」

「是。」小五抹了把淚，看了左明浩一眼，甩動馬鞭，駕車離開。

直到看不見左家溫室後，只聽馬車裡一聲號哭響起。「啊！都怪我，都怪我！為什麼不跟著一起進去？我為什麼不跟著一起進去？」隨後是拳頭捶打在身上的聲音。

小五聽見這聲音，也跟著大哭起來。他很想進去安慰顧清言，但無人駕馬車，他只得一邊大哭，一邊趕馬，朝馬車裡喊。「言少爺，小五求您，不要這樣傷害自己！」

「姊姊，對不起！」他抱起「顧清婉」痛哭流涕，他只知道現在好難過，想要陪著姊姊一起死。但是，不能，他要回去，讓姊夫好好安葬姊姊！

馬車在顧家門口停下，小五立刻跳下馬車，哭著朝屋裡跑。「來人啊！快來人啊，大娘子出事了！」

隨著他的哭喊聲，在屋裡閒聊的老太太和畫秋，還有看醫書的唐翠蘭、學做針線的可香、擇菜的張婆子、王婆子，皆停下動作。剛開始，他們都以為聽錯了，聽清楚後，齊齊從屋裡出來朝前院跑。老太太一臉焦急，一邊跑一邊問：「發生了什麼事？」

全部人齊聚在前院，看到跪在地上痛哭的小五，跑過去七嘴八舌地問。

「婉丫頭怎麼了？」

「小婉出什麼事了？」

每個人的語氣都充滿擔憂之情，小五抹了一把眼淚和鼻涕，哭道：「大娘子沒了……」

老太太顯然不相信這話，她一把抓住小五的衣裳，拎他起來。「你說什麼？給我把話說清楚！」

小五一邊哭，一邊道：「我說的是真的，現在大娘子就在馬車裡，妳們去看看就知道了。」

此話一落，老太太一個踉蹌，險些摔倒，好在畫秋眼明手快拉住她。她穩定身形，急急忙忙朝外跑，其他人趕忙跟上，每個人都不相信這件事。

老太太剛跑出大門，看到馬車靜靜待在那裡，車裡傳出顧清言的聲音。「姊姊，我們回家了，妳快睜開眼睛，我們下車好不好？」

老太太一聽這話，頓時心肝一疼，號哭著跑向馬車，挑開車簾，便見顧清言滿臉淚水抱著「顧清婉」。她哭聲停止，就那樣看著馬車裡已經沒了氣息的「孫媳婦」。

畫秋和唐翠蘭幾人趕過來，同樣看到這一幕。

可香一聲哭泣，頓時引起幾人反應，個個都哭起來。老太太雙腿一軟，暈厥過去，畫秋連忙扶著。「老夫人！」

「快，快把老夫人送進去休息！」唐翠蘭學了這麼一段時間的醫術，懂得一些，一邊哭著和畫秋扶老太太進屋。

可香剛抹了一把淚，又見老太太被畫秋和唐翠蘭扶著出來，腳步不穩，整個人比以前更蒼老，她一邊哭喊著。「婉丫頭，我的婉丫頭啊！」

「快來人哪，你們快點派人去糧鋪通知祁軒，快點啊！」老太太雖然傷心，還不忘記安排，畢竟她曾經也是一家之主。

聽見老太太吩咐，小五撒腿就跑，去給夏祁軒報信。

顧清言抱著「顧清婉」下馬車，一步一步朝大門走去。

老太太吩咐張、王婆子找來木板搭在院中，讓顧清言把「顧清婉」先放在上面。意思是要先找掌壇師回來，去把「顧清婉」的魂引回來才行，不能把魂留在池子裡。

顧清言什麼都不懂，只能由著老太太安排。所有人忙碌起來，只有他跪在「顧清婉」身邊，到現在他還無法相信，姊姊已經死了。

他滿心的自責、悔恨，怪自己不跟著一起進溫室，如果跟進去，這一切是不是不會發生？

「小婉。」就在顧清言傷心難過時，背後響起夏祁軒的輪椅聲和顫抖的嗓音。

顧清言回過神，緩緩轉身。「姊夫……」喊完這一聲，他一個字也說不出來，淚水大顆大顆落下。

夏祁軒轉動輪椅，行至「顧清婉」身前，看向木板上靜靜躺著，早已僵硬的「妻子」，他先是表情悲慟，旋即凝眉，眼裡閃過冷意。

「她不是小婉。」

一句話，震驚了所有人。

顧清言看了「顧清婉」一眼，問夏祁軒。「你說她不是姊姊？」

夏祁軒沈聲道：「小婉的右眼角下有顆很小的淚痣，這人沒有。」

顧清言和可香、老太太都湊近「顧清婉」的臉看，幾人睜大雙眼仔細瞧，瞧了半天，異口同聲問道：「這個人是誰？」

隨後齊齊看向顧清言。

顧清言還不敢相信，這簡直是從地獄到天堂的經過。「姊夫，你確定嗎？」

「你姊姊的一切都印在我心裡，還有，依我對小婉的感情，不可能人死了都沒感覺。我看到此人，卻沒有絲毫觸動。我要你把今日的事情都說一遍，不要有半點遺漏。」

顧清言點點頭，將他和顧清婉去了溫室的事，仔仔細細地敘述，其間也沒有發現左明浩有任何異常。

夏祁軒目光一黯，眼中閃過殺意——能在左家溫室動手腳，神不知，鬼不覺地用冒牌貨換了他的小婉，且有動機的，左明浩必然是其中之一。

每個人心中答案一致，就在這時，小五跑進來。「少爺，左月小姐來了。」

「左月？她來幹麼？消息倒是靈通。」顧清言自從知道死的人不是姊姊，就已經站起身。此刻冷冷地看了一眼死掉的「顧清婉」，冷笑一聲，怕是左明浩告知左月的吧？

話音方落，便見左月穿著大氅，戴著兜帽進來，腳步急切。當看到院子裡站著那麼多人，剛要問他們站在院中做什麼時，便看到躺在木板上的女子。

「妳來此做甚？」顧清言憎恨左明浩，現在左月也連帶被討厭。

「這是怎麼了？」左月沒有直接回話，緩緩走向木板上躺著的女子，走到旁邊蹲下身，趴在她身上便哭。「小婉！到底發生了什麼事？為什麼會這樣？」

「為什麼會這樣？那要問妳二哥，妳不要在這裡貓哭耗子假慈悲。」顧清言冷聲道。

「我二哥？」左月流著眼淚，抬眸看向顧清言，隨後睜大雙眼。「你是說這一切都是我二哥弄的？」

「左月，妳就不要裝了，不是妳二哥是誰？」顧清言看著左月的眼神，就像看到一條臭蟲那樣噁心。

「我還是來晚了嗎？」左月不傻，自然能看出顧清言對她的厭惡，這裡所有人看她的眼神都不善。她說著，趴在「顧清婉」身上哭起來。「小婉，對不起，我終究來晚了。我早就提醒過妳，妳怎麼不防備我二哥呢？嗚嗚……」

因為傷心難過，她說得斷斷續續，但眾人都聽見了。

顧清言開口問道：「妳說什麼？妳提醒過姊姊？什麼時候的事？」

左月抹了一把淚。「有一天我發現二哥對你們姊弟有不好的企圖，我便讓權貴送銀子的時候故意少送，目的就是要讓你們防備我二哥。」

「妳是說權貴少送我銀子，是妳指使的，目的是提醒我們？」顧清言不敢置信地問道。

「原來如此。」夏祁軒垂下眼簾，掩去目光的冷意。「左小姐今日前來，又是為何？」

「我這些日子一直被禁足在月華院，我買通教習嬤嬤，換裝成丫鬟才能出來，目的就是要你們防備我二哥，怎知依然來遲一步。」左月說著，看向木板上躺著的「顧清婉」，眼淚止不住地流下。

「妳說的可是真話？」顧清言還不敢相信左月，怕她是左明浩派來故意演戲的。

「我左月在此立誓，若有半句謊言，天打雷劈，死後永不超生。」左月一臉堅定，舉起手發誓。

老太太這些日子吃齋唸佛，聽到這樣的毒誓，微微皺起眉頭。

「好，姑且信妳。我現在要妳幫忙，可以嗎？」顧清言問道。

「什麼？」左月疑惑地問道。

「這個人不是我姊姊，我要妳回去，幫我找姊姊。」顧清言說著，看向夏祁軒，夏祁軒朝他點頭，也支持他這樣說。

「你是說她不是小婉？確定嗎？」左月問道，見顧清言點頭，旋即想到了什麼。「我知道她在哪裡了。」

「妳知道？」眾人異口同聲。

「在我家別院，我當時看到一個和小婉長得一模一樣的人，想必就是她了。」說著，左月指了一下木板上的女子。

夏祁軒和顧清言一聽，相視一眼，齊聲道：「馬上帶我們去。」

左月點頭。「走。」說著，便邁開步子。

「祖母，此人就交給您處理了，我和言哥兒跟著去便可。」夏祁軒臨去時，對老太太道。

老太太點頭。「一定要把婉丫頭救回來。」

夏祁軒上了顧清言的馬車，阿大去安排人手，一行人朝左家別院疾馳而去。

天色越來越暗，左家別院中，一處幽靜的小院，屋裡香爐的青煙裊裊，瀰漫著安神的香氣。

屋裡很安靜，只有燭火忽暗忽明。

左明浩坐在床前，看著床上靜靜昏睡著的顧清婉。

「小婉，妳真是個神奇的女子，世間怎麼會有妳這麼一個寶呢？妳這樣的人，任何人都想要擁有。」

當初，剛知道顧清婉的血液能使人傷口快速癒合時，他就認為她絕對不會這麼簡單。再到後來暗中觀察，發現顧清婉擁有神泉的事，更是令人驚嘆。

只要顧清婉成為他的人，為他所用——

左明浩是個心思透澈的男人，有的東西，只要稍微推敲，便能想明白。顧清婉這樣的一個寶，他怎麼也要想辦法得到。

隨著時間推移，左明浩看了一眼外面的天色，臉上的笑容更大。看來顧清言和夏祁軒都沒發現異常，想必此刻都抱著替身傷心不已吧？
收回目光，左明浩算算時辰，顧清婉快要醒來。從懷中拿出一個瓷瓶，倒出一顆藥餵進她嘴裡，才滿意地點頭。
這樣一來，顧清婉就會徹徹底底成為他的人。
當婆子告訴他，顧清婉還是處子之身時，他整個人都快飄起來，這一切真是天意。
顧清婉的眼簾輕顫，緩緩掀開。她試著動了動，卻是渾身無力。
「為什麼？」她怔怔地看著床帳，臉色冷然。
「妳醒了，身體可有不適？」左明浩並沒有回答，而是露出關切之情。
顧清婉不說話，淡漠疏離地看著他。
這樣的眼神，令左明浩內心煩躁，但想到剛才餵她吃的藥，便放下心來。「我心悅妳已久，這麼做，當然是為了妳。」
聽到這樣的話，顧清婉沒有欣喜，有的只是噁心，她一雙眼裡滿是嘲諷。「你想要的，是我的能力吧？」
左明浩微笑頷首。「我想要的，當然是完完整整的妳。」
「你不就是看中我調製藥水的能力？放了我，我可以無償提供給你，否則，大家來個魚死網破，你什麼也得不到。」顧清婉怒道。
左明浩溫柔地輕笑。「擁有妳就擁有一切，這不是更完美？」
顧清婉心中一沈，整個人的氣息都冷了很多。「你是在作夢嗎？」

「是不是作夢妳很快就會知道。妳這樣一個奇女子，不但帶著一身神力，血液能使人傷口癒合，還擁有能令萬物復甦的神泉，換作任何人，都會想要得到妳。」

顧清婉聞言一震，左明浩是怎麼知道的？

她咬咬唇，驀地想起，當初左明浩為救她重傷，她給他服用過自己的血。以左明浩的精明，恐怕早有懷疑。

「你早就開始策劃這一切？」顧清婉有些懊悔，她太大意了。

左明浩點頭。「不錯，為了得到妳，我可以付出一切，哪怕是左家現在擁有的，我都可以用來換。」

「你簡直是瘋子。」顧清婉試著動了動，身體仍舊無力，掙扎幾下徒勞，只能作罷。

「為了妳，變成瘋子也值得。」左明浩說著站起身，去放下床帳。

看到這一幕，顧清婉害怕了，她驚恐地睜著雙眼。「你要幹什麼？」

「這還用問？當然是要把妳變成我的女人。」左明浩手上未停，動作緩慢。

顧清婉努力搖頭，想要挪動身體。「你不能這樣做，我會恨你一輩子的。」

床帳放下，左明浩坐在床邊，看著顧清婉，道：「我有什麼比不過夏祁軒？他能給妳的我都能給，他不能做到的我也能做，難道妳就甘心一輩子這樣？」說著，他眼裡出現憐惜之情，抬手緩緩撫上顧清婉的臉。「妳到現在還保持著完璧之身，不就說明他不行？」

「祁軒不是不行，他是因為太愛我，不想讓我留下遺憾。你比不上祁軒一丁點的好，你這樣噁心的人，不要把自己和他相提並論，因為你不配！」顧清婉歇斯底里地道，只是她沒有力氣，說出的話顯得有氣無力，對左明浩沒有一丁點威脅感。

左明浩聽完，嘆了口氣。「是，我不該和他比，他那個樣子，妳還能如此愛他，想必有他的長處。不過今日以後，妳就是我左明浩的人。」說著，手在顧清婉的臉上輕輕撫摸，隨後朝她脖頸的衣領移去。

顧清婉搖頭，眼裡是滿滿的抗拒。「左明浩，若是你敢動手，一旦有機會，我一定要你下地獄！」

到了此時此刻，顧清婉心裡對左明浩已經恨之入骨，說話不再留餘地。

「妳現在說不要，待會兒便會求著我要。」左明浩舉起雙手，微微一笑，還真的坐在床邊，什麼也不做。

他什麼意思？腦中靈光一現，顧清婉開始感受身體的異樣，隨即眼中爬滿恐懼。此刻，她身體裡的血脈好似在跳動著，小腹有異樣的熱度，她喃喃開口。「你對我做了什麼？」這一刻，顧清婉暗怪自己，沒有多學學施毒術。

「一種能令妳我共赴巫山的藥，一會兒妳就知道它的妙處。」左明浩溫聲道，溫柔地看向顧清婉一起一伏的胸口，他能感覺到她的呼吸越來越不平穩。

如果現在能動，顧清婉一定會一把捏碎左明浩的脖頸，她恨聲道：「你真卑鄙，你這樣做什麼也得不到！」

「有的事情，不賭一把誰知道結果。」左明浩說著，緩緩俯低身子，俊臉湊近她的臉，彼此間的呼吸都能感覺到。

當灼熱的氣息噴在臉上，顧清婉內心一陣反胃。「左明浩，離我遠一點！你敢碰我一下，除非你讓我一輩子躺著，否則，只要有機會，我會殺了你！」

「等做了我的女人，妳就會捨不得。」左明浩用鼻尖輕輕摩擦著顧清婉小巧的鼻尖，隨後嘴唇在她鼻尖蜻蜓點水，他閉上眼睛，感受內心的悸動。

今生，還從未這麼想要得到一個女人。

顧清婉知道，說什麼也沒用，乾脆緊緊閉上嘴巴，不再說一個字。讓自己冷靜下來，壓制住身體裡的燥熱，她相信，夏祁軒一定會來救她。

她一直都相信，那個男人，會在她需要他的時候出現。

「妳不用想了，夏祁軒和言哥兒現在大概還抱著那個替身傷心。」左明浩看出顧清婉的想法，話音未落，臉色便沈下來，以他的能力，自然能聽見有人闖進這個院子。

第九十四章

左明浩深深地看了顧清婉一眼，起身挑開床帳走出去。

顧清婉沒有內功，不能聽到外面院子裡的動靜，但她看出左明浩的臉色並不好，是不是祁軒來了？

不一會兒，外面響起刀劍相鬥的聲音，還有左明浩的話。「夏祁軒，你根本配不上小婉這樣美好的女人，你若是真的愛她，就該讓她離開你。」

「小婉是我的女人，該怎麼愛她，不用你教。左明浩，放了小婉，我可以不計較你做的這些，依然讓她和你們左家合作，若是不然，我要你整個左家陪葬。」夏祁軒的聲音也隨之響起。

「二哥，我求你，別傷害小婉。我只有小婉這麼一個朋友，你如果傷害小婉，我不會原諒你。」左月帶著哭音說。

左明浩滿是憤怒的聲音響起。「我以為這世上最懂我的就是妳，為何還要帶他們來？」

「二哥，我不能讓你一直錯下去。你這樣做，根本得不到小婉，小婉還會恨你一生一世，二哥難道要這樣的結果嗎？愛一個人就要看到她幸福，二哥，趁現在還沒有鑄成大錯，回頭好嗎？」左月苦口婆心地勸說。

外面安靜下來，想必是左明浩在沈思。顧清婉聽著幾人的談話，猜想，恐怕是左月帶他們來的。
「二哥，難道你真的想看到小婉一輩子恨你嗎？你應該瞭解小婉，放手吧，她不屬於你，她的幸福不是你能給的。」左月的聲音再度響起。
左明浩站在門口，手中緊握寶劍擋著眾人，此刻，他眼裡滿是痛苦之色，內心天人交戰。從見到夏祁軒那一刻，他就知道，他的計劃已經破滅。
左明浩雖然不甘心，但他知道這樣下去，什麼也得不到，左家也會被牽連。夏祁軒的身分，他多多少少能猜到一些。
「這一切只是我個人所為，不要牽連左家。」
這句話代表左明浩已放棄顧清婉，他的意思很明確，要夏祁軒不要追究左家，他一人做事一人當。
「我答應你。」就算有千萬個想要將左明浩凌遲的心，但夏祁軒怕越是耽擱下去，顧清婉越是危險。此刻，不管左明浩有什麼要求，他都會答應，一切等將顧清婉救出，再找左明浩算帳。
「君子一言。」左明浩說著，讓開身子。
見此，左月當先衝進屋子，推開門四處張望。看到床帳放下時，她在內心默禱，希望二哥還沒做出無法挽回的錯誤。
床上，顧清婉聽到動靜，先開口。「是月兒嗎？」她這樣問，是猜想，夏祁軒坐在輪椅中，行進必定會有聲音。弟弟雖然擔心她的安危，卻不會貿然進來。

「小婉！」話音一落，左月便挑開床帳，趴在床邊大哭。「對不起，對不起！」

「月兒別哭，這不怪妳。」顧清婉明白，這都是左明浩自己一人計劃，不關別人的事。

「不，怪我。我應該直接給妳送信，不該只讓權貴昧下銀子提醒你們，還是要怪我自私，這不是我所料的結果。」左月是真的自責，看到自己最好的朋友被她二哥算計，她比誰都難過。

「小婉，以後妳還會不會交我這個朋友？妳一定討厭死我了對不對？」

顧清婉現在身體裡的異樣感越來越重，小腹處的熱度越來越高，都快燒到頭了，她虛弱地道：「要，妳這麼好的姑娘，我怎會不交妳這個朋友？」如果她所料不錯，沒有左月，夏祁軒和弟弟就算察覺到另一個她是假的，一時半會兒肯定無法這麼快找到她。

說到此，顧清婉微微頓了一下，又道：「我現在很難受，等我好點再說好不好？」她是真的快要壓制不住身體裡的渴望，她現在只有一個念頭，要見到夏祁軒。

「身體不舒服嗎？是哪裡？」左月一聽這話，才反應過來。顧清婉一身力氣，此刻還躺在床上，一定是她二哥做了什麼。

「我沒什麼，把他們叫進來吧。」顧清婉現在整個身體燥熱難耐。

顧清言和夏祁軒跟著進來。夏祁軒隨即為顧清婉把脈，查出身體異常，若是發現得早，還能服用解藥，現在只能靠他的內力了。「言哥兒，左小姐，你們先出去，我要替小婉解毒。」

二人擔憂地看了顧清婉一眼，便走出房間，帶上房門。

屋裡只有兩人，顧清婉的眼神變得迷離，雙頰緋紅，偏偏她身上無力，動不了。

「小婉，妳中了春藥，我必須用內力為妳祛除身體裡的藥物，其間會有些疼，妳要忍著。」夏祁軒心疼地看著顧清婉，眼底滿滿的自責，如果今日他跟著去，一定不會發生這麼多的事。

她虛弱地道：「祁軒，除了內力解毒，可還有別的辦法？」

夏祁軒沈思半晌，輕輕點頭。「有。小婉，妳明知道我的心思，為何這樣說？」他哪裡看不出顧清婉的想法，他情願在顧清婉正常的情況下要她，也不想在此刻有一絲不圓滿。

「祁軒，要我好不好？我真的不在乎那些，有你，此生就不會有任何遺憾。」顧清婉輕喘道。

顧清婉此時神志漸漸模糊，迷迷糊糊間，聽到夏祁軒好似對外說了一句，方圓兩里之內不能有人在。隨後感覺床上有重物落下，衣領一鬆，被緩緩解開。

當衣裳褪盡，一陣涼意襲來，使她稍稍回復了下神志，正好感覺到被人抱住，她知道是夏祁軒，很安心。

感覺到觸摸，聽著低語情話，好似從遙遠的地方傳來，隨後身體一痛，這種感覺，她前生經歷過。

她知道，這一刻，自己徹底成了夏祁軒的女人。

隨著夏祁軒抱著她一次又一次，她身體裡跳躍的東西似得到了滿足，慢慢地平息下去。

顧清婉覺得好像作了一場夢，一場很長、很長的夢。夢中，夏祁軒一次次要了她的身體，好像感覺不到累一般，沒有一刻停息。

她陷入他編織的雲團裡，和他一起共赴雲雨巫山，享受那份極致的快樂……

當顧清婉睜開眼，看到的是一張放大的俊顏。他眼神溫柔如春水，帶著憐惜。「妳醒了？」

顧清婉身體傳來一陣不舒服的感覺，雙腿間似是火燒一般。她輕輕點頭，將頭靠近他胸口。「祁軒。」這一刻，她才有了做女人的感覺。

「小婉。」夏祁軒伸手擁住她，動作十分小心，將她圈在懷中，顯得她如此嬌小動人。

顧清婉緊緊依偎在夏祁軒的懷中，身體某處雖然很疼，但從未感覺如此踏實、幸福。

夏祁軒二十三歲的人生中，從來沒有和女人如此親密過，一旦開葷，便如同不會饜足的猛獸，只要肌膚相觸，就能挑起身體裡的慾望。

兩人此刻未著寸縷緊緊相擁，就這麼一下動作，他立即有了反應。

顧清婉正享受這份安定踏實的幸福，突然感覺大腿處傳來硬硬的觸感，先是一愣，旋即便明白過來。當即一陣臉紅，掙扎著要起身，一邊隨意問道：「現在什麼時辰？」

夏祁軒哪裡不知道顧清婉想要逃，他抱著她纖細的腰肢，使她逃不開。「申時三刻。」

顧清婉聽到這話，才回想她還清醒的時候已經是天黑，現在申時，也就是說他們兩個已經在一起一宿半日了。難怪她作了好長的夢，夢到夏祁軒一直要她。

想到此，她看向夏祁軒，他回她一抹寵溺的笑容，一點也看不出精神萎靡的樣子。不說她的身體能不能承受得住，他怎麼能一直不休息？

她正要開口，突如其來的吻封住她的嘴，她試著推開他。「祁軒，你不累嗎？不要鬧了，讓我起來。」

「我現在又想要小婉了。」他簡單地回了一句，繼續吻她。

這樣的回答令顧清婉無語，這個男人不是不願意和她洞房嗎？現在停不下來是怎麼回事？

「祁軒，不要，你不累我累，我好疼。」顧清婉推開夏祁軒。

一聽這話，夏祁軒便不再繼續，掀開被子，關切的眼神溢於言表。「小婉，妳哪裡疼？」

不是說自己很聰明嗎？這時候又成呆頭鵝了！顧清婉氣急，白了夏祁軒一眼，隨即附在他耳邊低語。「你要了那麼久，我畢竟是第一次，當然會疼。」

「對不起。」夏祁軒從未碰過女人，並不知道這一點。此刻他滿心自責，他是開心了，可小婉卻很疼，都怪他不好。

「你不要這個表情，我不喜歡。女人都會有這一次，搽點藥隔上幾天就好了，我又沒有怪你。」顧清婉看出夏祁軒的自責，安慰道。

但夏祁軒還是很自責，他坐起身，自己穿上衣服，雙手在床上微微一撐，整個人便穩穩地騰飛進輪椅中。

這一幕，令顧清婉半天回不了神，這就是內功？這麼一來，夏祁軒就算沒有人服侍，也能生活自理？難怪昨晚，屋裡只有兩人，夏祁軒也能上床和她洞房。

她一直想學內功，偏偏事情繁多，這段時間都給忙忘了。看來，得找個時間，好好學一下。

夏祁軒出去一趟又回來。「小婉，我讓人給妳準備沐浴的水，洗了身子再穿衣裳。」

「我衣裳呢？」顧清婉看了一圈，沒有看到她的衣裳。

「那些衣裳不是妳的，我已經毀了。」夏祁軒說到這個，眼裡閃過一絲冷意。

「那我穿什麼？」顧清婉想到自己沒衣裳穿，頓時不樂意了。

夏祁軒很少看到表情瞬間多變的顧清婉，覺得甚是可愛，嘴角帶著寵溺的笑意。「為夫自然會安排好一切。」

門打開，兩名婆子抬著嶄新的浴桶入內，隨後幾名丫鬟提著熱氣氤氳的水桶進來，將熱水倒進浴桶中，直到快要添滿才作罷。

左月雙手捧著衣裳，遞給夏祁軒，看了一眼房間裡，小臉微紅地轉身離開。

夏祁軒轉動輪椅行至床前。「小婉，能自己下床沐浴嗎？」

此時，他問這樣的話，內心是難受的。如果他有健全的身體，就能抱小婉去沐浴，這也是他當初想到的一點。

「我可以。」顧清婉沒有看出夏祁軒的異樣，掀開被子，準備下床。見他一眨不眨地看著她身體，她小臉頓時通紅。「你能不能不要這樣看著我？」

夏祁軒回過神來，輕笑一聲，忙閉上眼。「這樣可以嗎？」

顧清婉見此，捂住胸，紅著臉走過夏祁軒面前，進入浴桶。當火辣辣的某處沾到溫熱的水，一陣疼痛襲來，令她輕呼。

夏祁軒睜開眼，看到顧清婉已經坐進浴桶中，雙手緊緊抓住浴桶邊緣。她光潔白皙的背對著他，看不到她的表情，但他能猜到幾分，現在應該在極力隱忍著不適吧？

他轉動輪椅行至浴桶前。「小婉，是不是很難受？」

適應了水溫，已經感覺不到疼痛，顧清婉回頭看向夏祁軒，輕輕搖頭。「不痛了，真的，我沒事。」

儘管顧清婉多次強調她沒事，夏祁軒還是心疼，拿起帕子為她擦背。感覺到顧清婉的僵硬，他輕聲道：「小婉在為夫面前，還放不開嗎？」

從成親到現在，這還是夏祁軒第一次為顧清婉搓洗。一直都是顧清婉為他洗澡，今日倒過來，還是有些放不開。

她沒有回話，用沈默來回答害羞。

夏祁軒為顧清婉搓洗身體的動作不停，似是看不到她害羞一般。當洗到某處，顧清婉不自覺夾緊雙腿，紅著臉道：「我自己來。」

「好。」夏祁軒將帕子交到顧清婉手中，輕笑著轉動輪椅，去拿乾布巾。

沐浴完，擦乾身子，夏祁軒從懷裡拿出一個瓷瓶。顧清婉才記起，夏祁軒身上經常備有藥膏，伸手去接，卻被他避開。「躺好，我為妳搽。」語氣溫柔，卻不容反駁。

顧清婉只好躺下。夏祁軒見她雙頰緋紅，令他一陣心猿意馬，開口道：「小婉，我們已經是夫妻，妳怕什麼？把腿張開一些，我為妳上藥。」

聽到這話，顧清婉微微張開雙腿，閉著雙眼咬著唇。當夏祁軒的手觸碰到她那處時，她心跳如擂鼓。

此刻的夏祁軒，眼裡滿滿都是心疼，他手上蘸著藥膏，為顧清婉一點點地塗抹，動作輕柔小心。沒想到他的不節制，會讓她這裡變得紅腫一片，一看就很疼。

搽完藥，顧清婉立即去拿衣裳穿上，再這樣下去，她都快要羞死了。

夏祁軒心疼地將顧清婉抱緊，在她耳邊低聲道：「從今以後，我再也不會讓妳受這樣的苦。」話語雖輕，卻含著深深的堅定。

顧清婉坐在夏祁軒懷中，閉上眼享受這份溫暖，久久，才低語道：「我相信你。」半晌後問：「言哥兒呢？」

「在隔壁院子，現在可是要叫他過來？」夏祁軒道。

顧清婉連忙搖頭。「待會兒吧，等我收拾一下。」她剛才看到床上一片狼藉，床單上還有點點紅花。

她準備將床單摺好帶回家，卻被夏祁軒搶先一步抓過來。她驚呼道：「你幹什麼呢？」更多的是不好意思。

因為，夏祁軒正抓住落紅處，手微微一用力，便將落紅處與整個床單分離，隨後將其摺疊揣進懷裡。

顧清婉想不明白夏祁軒收著這個做什麼？對男子來說，這都是污穢之物。「這東西你放在身上做甚？快扔掉。」

夏祁軒笑了笑，並不理會，轉動輪椅朝門口行去。「我去讓言哥兒準備，我們回家。」

顧清婉見此，覺得無奈卻又一臉幸福地搖搖頭。

「我不同意把信交給姊姊，關於妳二哥的一切，以後我都不想再對姊姊提起。」隔壁正廳裡，顧清言冷冷地道。

左月在心裡嘆了口氣，沒有因為顧清言的態度而不悅。她二哥做了這種事，換作任何人，都會生氣。

就在昨夜，左明浩妥協之後，回去左家，在左老爺子面前請罪，被左老爺子指責恩將仇報，最終把他逐出，從此不得再踏入左家半步。對她二哥來說，這是最大的懲罰。

「言哥兒，不是我替我二哥說話，他對小婉的心你應該知道，最終，他也沒做出傷害小婉的事。他只是一時糊塗，如今也得到了相應的懲罰，從此有家不能回，你就看在往日的情分上，原諒他好嗎？」

左月神情悲傷，說不出的難過，以後再見她二哥就難了。

見顧清言不語，左月繼續道：「就只要把信交給小婉好嗎？小婉選擇看或者不看是她的自由，這樣，至少我能給他一個交代。」

第九十五章

顧清言思索半晌，不情不願地道：「看在妳的面子上，這次就算了。」

左月輕「嗯」一聲，心裡明白，這恐怕也是最後一次了。

夏祁軒主僕緩緩行來，看向左月身後的顧清言。「準備一下，我們回去。」

「姊姊現在沒問題了吧？」顧清言知道姊姊中毒，卻不知道中的是什麼毒。

「沒事了。」夏祁軒輕輕點頭。

「我去幫小婉收拾，你們在馬車上等著。」左月見此，繞過夏祁軒，朝隔壁院子走去。

顧清言目光看著遠處忙碌的下人，道：「左明浩計劃這麼多，目的只是要和姊姊在一起，你相信？」

夏祁軒也在猜想這點，最大的可能就是左明浩知道小婉血液的祕密。但是如今，左明浩離開了，這個答案無法確定。

顧清言斜睨了一眼沈默中的夏祁軒。「看來你也不知道。」

馬車裡，顧清言摸了摸懷裡被他揉得發皺的信，最終還是沒有拿出來。「姊姊，左明浩對妳說了什麼嗎？」

顧清婉聞言，便清楚弟弟的意思，抬眸看了夏祁軒一眼，開口道：「他看重我調製藥水的能力。」餵左明浩喝血的事，夏祁軒到現在還不曉得，一旦被他知曉，又要生氣，她只能撒謊，隱瞞一部分。

馬車裡的氛圍越來越冷，這是夏祁軒發出的冰冷氣息，還真如他所料，左明浩怕是猜到了什麼，才會想要將小婉占為己有。

顧清言聽完，思索了一下。「姊姊，是不是妳那次用血餵左明浩喝了以後，他就開始計劃了？」

此話一落，姊弟倆都能感覺到溫度驟降，夏祁軒的聲音也隨之響起。「還有這種事？我怎麼不知道？」

他臉上帶著淺淺的笑意，但眼裡沒有一丁點笑意。

顧清言這才反應過來，想要改口已經不能，趕忙解釋。「姊夫，你別生氣。上次我遭孫正林陷害，被關進大牢，姊姊夜探縣衙，驚擾了衙役，左明浩替姊姊擋了箭。姊姊出於內疚，才把自己的血給左明浩喝下。她哪裡知道左明浩是這樣的人。」

夏祁軒只知道顧清言被關進縣衙，海伯拿金牌救人的事，並不知道這一齣。越聽顧清言的話，內心越憤怒，他想不到，所有人都在隱瞞自己。

「祁軒，我真的沒想到會是這種結果，以後我再也不會這樣做，不要生氣好嗎？」左明浩的事，讓顧清婉警醒，瞭解什麼祕密都不能隨意暴露於人。

特別是她這種情況，看來，溫室的事情也得調整一下才妥當。

夏祁軒很少聽到顧清婉用這般楚楚可憐的語氣和他說話，本來很生氣，但聽見這聲音，便心軟了。他抬手理了理她鬢角的碎髮，眼裡滿是疼惜和無奈。「以後再不能這樣了。」

得知左明浩喝過小婉的血，不吃醋是假的，但更多的是無奈，他知道這一切都不能怪小婉，要怪只怪人心難測。

兩人深情款款，彼此對視。

顧清言看到兩人間眉目傳情，有種想要立馬跳下車的衝動，只能輕咳一聲，打破這粉紅氛圍。「姊姊，這是左明浩給妳的信，他昨晚連夜離開了悵縣。」

想了想，顧清言還是將信拿出來，主要是看姊姊的想法，每個人都有選擇權。

顧清婉接過信，沒有立刻拆開，而是看向兩人。「昨晚發生了很多事？」

「嗯，左明浩昨夜回去，在左老爺子面前請罪，被左老爺子趕出左家，從此以後不得踏入左家大門。」顧清言點頭，簡短地把昨晚的事講給姊姊聽。

顧清婉輕輕點頭，看向夏祁軒，用眼神詢問可不可以看左明浩的信。

夏祁軒道：「想看就看，事情總該有個結局。」不是他大方，而是他知道，左明浩再也沒有機會和他爭小婉。

顧清婉拆開信看起來，信中都是道歉的話，說他鬼迷心竅才會做出這些事，要求她原諒等等。最後說希望還有一天能再相見，到那時，一笑泯恩仇。

顧清言好奇信中內容，接過去看，看完嘴角一撇，不屑地冷笑一聲。

夏祁軒就算不看信也能猜到幾分，再看到顧清言的表情，更確定信裡的內容。

馬車剛到巷口，便聽見老太太的聲音。「婉丫頭可一起回來了？」

馬車緩緩停下，外面傳來阿大恭敬的聲音。「回老夫人，少夫人安然無恙。」

顧清婉挑開車簾走出馬車，看到雙頰凍得通紅的眾人，兩眼泛著淚光，哽咽道：「祖母，孫媳不孝，讓您老擔心了。」

「回來就好，回來就好，婉丫頭，妳受苦了。」老太太亦是雙眼閃動著淚光。

顧清婉搖頭，喉嚨發脹使她一個字也說不出來。這一刻，堅強如她，眼淚也忍不住往下掉。

畫秋、可香、唐翠蘭、夏海等人的眼眶都紅紅的。

「外面怪冷的，我們回家。」老太太牽著顧清婉的手便往回走，顧清婉順勢扶住老太太，畫秋見狀，連忙走到老太太另一邊扶著。

左月下了馬車，神情不自然，眼裡有幾分擔心。好在她的擔心沒有維持多久，便見顧清婉笑著走向她，懸著的心才放下。

顧清婉挽著左月，走到老太太跟前。老太太伸手握住左月的手，一臉感激。「孩子，謝謝妳，以後我們夏家人永遠都是妳的朋友。就算將來妳進了宮，妳若願意，我夏家可做妳娘家人。」

老太太恩怨分明，對於有恩之人，自當傾心相報。她明白昨日是因為有左月，才避免了最壞的結果。

這就是老太太最感激的地方，別看她將近七十歲，整天什麼都不關心，實則心裡什麼都清楚，左月年後要進宮的事，她也知道。

以左家這種門楣，左月到了宮中，生存困難，但有了她夏家，那就不一樣了。左月是個心思剔透的，一聽這話，當即朝老太太跪下。「月兒在此拜謝祖母。」見左月這麼開竅，老太太也樂呵呵地笑起來，看了一眼已經被阿大他們服侍下馬車的夏祁軒，笑道：「走吧，進屋去。」

顧清婉和左月一人一邊扶著老太太進門，有說有笑，畫面很溫馨。

剛進大門，一陣陣濃濃的艾草香味撲鼻而來。畫秋怕顧清婉不理解，解釋道：「昨兒言少爺不知道那女子是假的少夫人，便將其抱進院中停放，老夫人說這是祛除晦氣，反正也就幾天，以後這院子就不住了。」

一行人魚貫進入前廳，顧清婉道：「祖母，我已經回來，您可以放心了，回屋好好睡一覺吧。」她看出老太太眉宇間的疲憊，還有眼睛裡的血絲。

老太太確實累了，昨日就沒有好好睡過，現在還真是強撐著。見大家都平安無事，她便放心了。點點頭，站起身，道：「好，祖母老嘍，身體不如你們這些年輕人。不過你們該去補覺的也去補一覺，身體第一。」

見此，眾人起身相送。

左月握住顧清婉的手，道：「小婉，我出來也一會兒，該回去了。」

「留下吃了晚飯再回去。」顧清婉開口挽留。

「不用，爺爺想必等急了，我要回去給爺爺說一聲。」左月說著，便朝其他人微微頷首後離開。

顧清婉見狀，連忙送左月出門。

門外，吳秀兒姊妹聽說顧清婉出事，便趕過來。

到了顧家門口，又見不少小廝和幾名馬夫，再看車輛上的標誌，便知道是什麼人，才沒有貿然進去。

「姜少夫人，吳小姐。」左月見過幾人，面色自然地打起招呼。

吳家姊妹都點頭微笑回應。

「小婉姊姊，妳有沒有事啊？」吳仙兒得知顧清婉出事，擔心不已，上下打量著她。

顧清婉笑道：「沒事，我這不是好好的嘛。」

以姜家在悵縣的地位，有什麼消息都會很快知道。

因久未見面，左月又留下來。顧清婉笑著請三人進門，去了西房偏廳，那裡平時是用來接待女客的。

屋裡燒著地爐，一點都不冷，三人圍著地爐坐。

「小婉，妳準備什麼時候開醫館？」左月好長時間沒見到顧清婉，這事她都不知道。

顧清婉道：「年後開，年前先把藥材都準備好。」

「等醫館開張，可得通知我一聲。」左月不想顧清婉與她生疏了，連忙開口。

「我的醫館開張，怎麼少得了妳。」顧清婉無奈地笑了笑。

一聽這話，左月開心地笑起來。

「我也要。」吳仙兒怕把她落下，輕晃著顧清婉的手臂撒嬌。

吳秀兒笑著，心裡卻有些疑惑，不是聽說左明浩對小婉不利嗎？從她來到這裡，小婉和左月關係好像還很好，一點也看不到絲毫間隙。當下忍不住好奇，對顧清婉道：「小婉，聽說妳被左明浩推進水裡差點淹死，可是真的？」

聽聞這話，顧清婉和左月相視一眼，都懵了。難道事情傳出去是這樣的嗎？她們沒再解釋，輕輕點頭默認。

這件事還多虧左老爺子安排，現在外面的人都在說左明浩對顧清婉表情意，顧清婉烈女不更二夫，寧為玉碎，不為瓦全，左明浩禽獸不如，把她推進池子差點淹死。

好在左老爺子大義滅親，將左明浩趕出門，從此不得踏入左家半步，真是大快人心。

「當初在船山鎮的時候就有傳言說左明浩對小婉姊姊別有用心，小婉姊姊不同意，沒想到這畜生竟然把小婉姊姊推進池子！」吳仙兒義憤填膺地說著，恨恨地瞪了左月一眼。

左月小臉發燙，開口道：「小婉，我走了。回去的時候跟我說一聲，到時候我來送妳。」

顧清婉知道左月的心情，起身相送後，回轉地爐邊坐下，吳仙兒便開口。「小婉姊姊，她二哥那樣對妳，妳還理她。」

「仙兒。」吳秀兒忙制止吳仙兒，隨後對顧清婉道：「仙兒口沒遮攔的，別跟她一般見識。」

顧清婉笑著搖頭。「仙兒性子我瞭解，怎麼會介意？」

姊妹倆又和顧清婉聊了一會兒，見顧清婉安好，便告辭離開。

夜裡，小倆口坐在地爐邊閒聊，顧清言也過來。

一進門，便滿臉笑意。「姊夫，你和姜元勳是不是已經開始了？」

夏祁軒笑著頷首。「只有處理好，我才能安心離開。」

「難怪今日我回來的時候，看到張家和孫家人在大街上狗咬狗。不過，你們的辦法不會就這麼簡單吧？」顧清言說著，坐在地爐邊，接過姊姊倒的茶。

夏祁軒笑道：「當然不會這麼容易放過他們。」

顧清婉安靜地聽著兩人談話，看樣子夏祁軒和姜元勳兩人聯手，沒打算放過這兩家人。其實想一想，有些對不起孫爺爺。

半晌，顧清婉開口道：「祁軒，你安排的事，我不該過問，可我想知道你們準備怎麼對付孫家？」

「小婉，妳總是這樣心軟。孫家不仁，我們為何不能對付他們？孫爺爺有我們照顧，妳還擔心什麼？」夏祁軒不想再留後患，就算有孫爺爺，他也不會手下留情。

顧清言贊同道：「姊姊，我支持姊夫。以前我們做事總是顧忌太多，才會留下不少麻煩。而且就算我們不對付孫家，孫家也會對付我們，他們對付我們的時候可沒有顧及孫爺爺和我們的關係。」

顧清婉知道他們這樣做，是想給她安穩的日子。

況且，就算不對付孫家，孫家人也不會在乎孫爺爺。想通一切，顧清婉豁然開朗。

「行，你們自己看著辦。我明兒去姜家藥行點藥，言哥兒和我一道去吧。」

顧清言想都沒想，便點頭答應。

第二日，顧清婉姊弟到了姜家藥行，吳仙兒看到顧清言跟著一起來，有些害羞。

「先進裡屋坐會兒，我讓人把藥裝車。」吳秀兒悄悄碰了一下站著一動不動的吳仙兒，對顧清婉道。

吳仙兒反應過來，上前挽著顧清婉的手，甜甜道：「小婉姊姊，妳可以放心，二姊點藥的時候我都盯著的，量只多不少，而且都是鋪子裡最好的。」

「妳二姊我自然信得過。」顧清婉任由吳仙兒挽著，一起進門，回頭朝弟弟使眼色，讓弟弟跟上。

進了裡屋，吳秀兒招呼姊弟倆喝茶，又笑問道：「醫館那邊可安置妥當？可有需要幫忙的地方？」

「一切都安排好了，可香和翠蘭姊已經先過去。待會兒藥材一到，分放好，一切便就緒了。」顧清婉回道。

吳秀兒看了吳仙兒一眼。「要不讓仙兒跟著過去幫忙，反正她閒在家裡也沒什麼事。」

顧清言搶在姊姊前面開口。「我家人夠，就不煩勞吳小姐了。」

此話一出，吳秀兒尷尬地笑了笑，顧清婉有些不好意思，瞪了弟弟一眼。

吳仙兒滿心委屈，眼裡隱隱有淚光閃動，旋即又展顏一笑。「多一個人，多一雙手，我是過去幫小婉姊姊，又不是幫你。」

顧清言被姊姊一瞪，哪裡還會說什麼，只是淡淡地睨了吳仙兒一眼。「隨便妳。」

「這孩子，被寵壞了。」顧清婉拿弟弟也沒辦法，平時都待人有禮，但只要看到吳仙兒和可香的時候，總是會區別對待，也不知道怎麼回事。

吳秀兒笑著搖頭。「現在孩子都這樣，仙兒還不是一樣。」

被說的兩個人臉色都有些不好，卻沒有開口反駁。

雖然顧清言不喜歡吳仙兒，但直到吳仙兒跟著上了馬車，他也沒再說過什麼話。

目送馬車離開的吳秀兒卻一臉無奈和擔心。看樣子，仙兒的情路坎坷，她得知顧清言對吳仙兒沒有感情時，也竭力反對過。

可惜，吳仙兒就一根筋，她這個姊姊也沒有辦法。

不過，自從見過顧清言之後，她便妥協了，只要顧清言有一天想通，接受仙兒，那麼仙兒將會是很幸福的女人。

只是看樣子，路還很長。

馬車在醫館門口停下，糧鋪裡的阿四和夥計們也出來幫忙搬藥材。

顧清婉便安排把藥材放進藥櫃中。

這些全部交給唐翠蘭和可香、吳仙兒打理。

顧清婉則負責指導她們。

而她弟弟，負責將不常用的藥材裝進藥庫，還得負責分放停當，寫好標籤，以後拿的時候方便。

第九十六章

顧清言儘量把藥材放低一些，方便以後拿取。每一樣的標籤都寫得特別詳細、清楚，使人一看就明瞭。

當放好最後一樣，回過神來時，屋裡已經漸漸暗下。門口有一道身影晃動，他微微蹙眉，看向站在門口的吳仙兒。「有事？」

「小婉姊姊讓我來給你點蠟燭。」吳仙兒不安地道，難道剛才她偷看他，被發現了嗎？

顧清言沒有拆穿吳仙兒，淡淡道：「不需要了。」說罷，便抬腳準備離開，卻被吳仙兒突然伸手抓住手臂，他轉頭看向她。「妳知道什麼叫做男女授受不親嗎？」

吳仙兒嘟著嘴，點點頭，手卻沒有放開。

「妳想怎麼樣？」顧清言皺起眉頭，很想一把甩開，又覺得太沒紳士風度。

「言哥兒，當初答應醫治我爹的條件，是讓我做你的女人，我答應了，為什麼你反而又不願意？我哪裡不好，你告訴我，我可以改。」吳仙兒想到自己快要及笄，如果言哥兒再不表態，她該怎麼辦？

顧清言嘆了口氣。「妳很好，不需要改，是我的問題。如果妳願意等我，我會娶妳，但沒有時間期限。」

他並不愛吳仙兒，可女人的名聲何其重要。他當初只是開玩笑，那話卻是在大庭廣眾之下說的，他若不娶吳仙兒，她又能嫁給誰呢？

「言哥兒，你說什麼？我是不是聽錯了？」吳仙兒一臉不敢置信，她眼淚嘩啦啦地流，擦也擦不乾。今日言哥兒不是依然對她那麼冷淡嗎？剛才那話真的是他說的？

顧清言輕輕點頭。「妳沒聽錯，我會娶妳，只要妳願意，妳家人願意。不過，不是現在。」

「太好了！我願意，我知道你才十三歲，等你兩年我都願意。」吳仙兒哭著、哭著，張開手臂撲進顧清言的懷裡。如今的顧清言雖然才十三歲，但身高不低，吳仙兒在他懷裡，顯得很嬌小。

顧清言推開吳仙兒。「妳是女子，就不能矜持點嗎？」現在的他，真擔心以後吳仙兒對別的男人是不是也這麼隨便，他的決定是不是太早了？

「人家不是太高興了嘛。」吳仙兒抹了一把淚，試探地問道：「言哥兒，你怎麼會突然同意要娶我？」

「妳認為我是那種隨便決定終身的人嗎？」顧清言故意沈著臉說完，轉身就走。他不想再和這丫頭多說，外面姊姊她們還在呢。而且，那邊牆角如果沒看錯，有個人影晃了一下。

吳仙兒很開心，樂得嘴都合不上，擦乾喜極而泣的淚水，哼著小曲跟在顧清言身後。

在兩人離開後，轉角處，一道身影倚靠在牆上，用手捂住嘴，肩膀顫抖，無聲哭泣。

顧清婉看到顧清言出來，笑問道：「都好了嗎？」隨後才看到弟弟身後樂呵呵的吳仙兒，見此，又看向她弟弟。

「都好了。」顧清言走到姊姊跟前，壓低聲音道：「我被她強迫的，沒有辦法，只好答應娶她。」

顧清言說話的語氣似玩笑，但顧清婉知道不是開玩笑，而是認真的。她笑看了一眼吳仙兒，對顧清言道：「被強迫也要你願意才行。總之，你自己的事由你自己決定，姊姊支持你。」

吳仙兒現在心情很好，想要跟她姊姊分享喜悅，便準備告辭。「小婉姊姊，天黑了，我該回去了，要不二姊會著急。」

「今日真是太感謝了，那我讓言哥兒送妳回去。」顧清婉說著，朝弟弟使眼色。

顧清言既然決定要娶吳仙兒，將來吳仙兒就是他的女人，便沒有拒絕姊姊的安排，看向吳仙兒。「走吧，我送妳回去。」

「小婉姊姊，我走了。」吳仙兒跟在顧清言身後，一臉幸福地告別。

顧清婉進了走廊，便聽見低低的哭泣聲，心中便明白幾分。嘆了口氣，她腳步沒有故意放輕。

興許是聽到她的腳步聲，可香便停止哭泣，從轉角處走出來。「姊姊。」

雖然只有兩字，顧清婉仍能聽見濃濃的鼻音。她走到可香面前，故作不知地問：「怎麼了？」

「姊姊……」可香撲進顧清婉懷裡哭。

顧清婉抱著可香，拍背安撫。「別哭，有的事不是我們能決定的。」

「姊姊，為什麼言哥兒不喜歡我？為什麼？我哪裡不好？他竟然答應要娶吳仙兒，我好不甘心！」可香真的很傷心，她自問是個出得了廳堂，進得了廚房的女子，模樣也不比吳仙兒差啊！

更何況她娘出身自京城富貴人家，要不是為了守護顧父的祕密證據，爹娘才不會早死，她如今也是個千金大小姐，哪一點不如吳仙兒了？

「可香，感情的事情無法勉強，不是妳的，不要強求。」此時，顧清婉除了說這話，不知道該說什麼。

「他呢？」可香抹乾眼淚，從顧清婉懷裡退開。

「送仙兒回去了。」顧清婉如實回道。

「不用說，也知道是姊姊讓送的……」可香說著，低垂著頭朝外走去。她現在很不明白，為什麼顧清婉幫外人，都不幫她？顧清婉明明知道她的心意！

顧家人欠她這麼多，她都不計較了，如今只有這麼一個小期望，也不肯滿足她嗎？說什麼都是一家人，根本是騙人的！如果她能和親娘的娘家聯繫上，是不是就再也不會被人瞧不起，受盡委屈了？

在她身後，顧清婉皺了皺眉，察覺出可香的不對勁……

回到家，可香找唐翠蘭過來聊天。

「可香，妳是不是有心事？如果願意，說給我聽聽。」唐翠蘭開口道。

可香看了唐翠蘭一眼，雙手擰著衣襬。「我就是想不通，為什麼言哥兒不願意娶我？我樣樣都比吳仙兒好，為什麼不娶我？」

「命運這東西很捉弄人，凡事想開些，日子才好過。妳還小，這種事急不得，或許以後會遇到比言哥兒更令妳動心的男子呢。」唐翠蘭有感而發，苦笑道。

「是啊，好的永遠是別人的。」可香嘲諷地笑了笑。

唐翠蘭看著可香，心裡咯噔一下，剛才她好像從可香眼裡看到一絲恨意，那恨意從何而來？難道只是因為顧清言不娶她？

氣氛變得有些沈寂，可香道：「翠蘭姊，後日要不要和我們一起回去過年？」

「不了，後日你們走後，我就搬去醫館。我一個外人跟你們回去算什麼事，總歸不太好。」唐翠蘭笑道。

「難道我姊姊沒有讓妳和我們一起回去過年？要是姊姊開口，就不會有問題的。」可香說這話，蘊含深意。

都怪顧清婉沒有阻止顧清言，如果她肯開口，顧清言一定不會娶吳仙兒的。她現在想想，或許這些都是顧清婉的主意，因為，顧清婉和吳家姊妹走得近。

她話裡的意思，有挑撥之嫌，唐翠蘭哪裡聽不出來，遂笑道：「小婉今兒就跟我說了，讓我和你們一同回去過年，我拒絕了。小婉理解我的處境和心情，同意讓我住在醫館。」

唐翠蘭的話，無疑讓可香本就不好的心情更糟糕。「姊姊確實挺『善解人意』的，言哥兒說什麼就是什麼，有時候我好羨慕他們姊弟倆的感情，我畢竟是外人，感情自然不如他們好。」

唐翠蘭假裝不理解，笑道：「是啊，我長這麼大，都沒見過姊弟感情這麼好的，確實令人羨慕得緊。」

可香的衣襬被她捏得變形，她還不自知，臉上帶著咬牙切齒的笑意。

「哎喲，時辰過得真快，就不打擾妳休息了，明兒我們再聊。」唐翠蘭說著站起身，心裡嘆了口氣。可香畢竟年紀還太小，肚子裡藏不住事情，看樣子是因愛生恨了，希望將來不會做出對顧家姊弟有害的事，或許有必要稍微給小婉提醒一下才行。

可香也沒挽留，目送唐翠蘭離開。「砰！」一聲把門關上，隨後啐了一句。「都不是什麼好人。」

次日，顧清婉和唐翠蘭去醫館忙完，等了不多時，顧清言便前來接她們二人。將東西裝了車，三人上車回去。車上，顧清婉對弟弟道：「你待會兒讓小五過去姜家，通知仙兒一聲，說我們明兒回去。」

「好。」顧清言點頭應道。

「今日可見到可香了？」今兒早上可香沒有出來吃飯，遂才這樣問弟弟。

顧清言淡淡道：「沒有。」

顧清婉又讓弟弟不要對可香態度太差，畢竟是一家人，抬頭不見低頭見，顧清言不時地

「嗯」上一聲。

稍後回到家，顧清婉便去了可香屋子，敲響了門，好一會兒門才打開。

「姊姊有事嗎？」

「可香，妳到現在都沒有吃東西，有沒有什麼想吃的？我去給妳做。」顧清婉看到可香雙眼腫如核桃，心裡難受，本該是和和睦睦的一家人，被她娘一句話弄成現在這地步。

若是可香以後想通還好，若想不通，那不是害了人家嘛。

可香淡淡道：「我不餓，姊姊還是去關心該關心的人吧。」

可香已經決定，她就是要餓著，餓到明日回船山鎮，讓顧父、顧母看到她的慘樣。

「可香，我不關心妳關心誰？妳是我的妹妹，我們是一家人。」如果是以前可香說這些話，顧清婉一定轉身就走，但現在不能。可香做不了她弟媳，但仍是她的妹妹，以後都是一家人，這已經是改變不了的事實。

可香冷笑一聲，嘲諷道：「真當我是一家人，就不會任由言哥兒作出那種荒謬的決定。妳身為姊姊，又不是不知道娘的心意，為何還要和吳仙兒來往，為何要讓言哥兒那樣做？」

顧清婉沒想到可香對她有這麼深的成見，她現在說什麼，可香都聽不進去。「不管何時何地，我們都是一家人，我還是妳姊姊。我先出去，若是餓了就告訴我，我給妳做吃的。」

「不用妳貓哭耗子假慈悲。」可香冷聲道。

話音一落，一道憤怒的聲音傳來。「這是妳跟姊姊說話的態度？快點跟姊姊道歉！」

看到顧清言，可香並沒有要道歉的樣子，而是將頭轉向一邊。

「真是沒教養！」顧清言氣得罵了一句，拉過顧清婉。「姊姊，她既然這樣，以後妳也別理她。」

可香大怒。「我沒教養？都是被你們一家人害的！要不是你們，我一樣有爹、有娘，不會比你們差！」

顧清婉轉身看著可香，這一刻，發現可香的臉是如此讓人厭惡。

顧清言亦是如此，姊弟倆的眼神越來越冷，看得可香很不自在，但話已經出口就收不回。她看著姊弟倆，挺了挺胸。「難道我說得不對嗎？」

姊弟倆都沒有說話，顧清婉直接轉身離開。

吃完飯，明兒要回船山鎮，大家各自回屋早早休息。

小倆口上了床相擁，說著枕邊話。夏祁軒為了讓顧清婉開心，將孫、張兩家的事情告訴她。「小婉，以後這帳縣不會再有孫家和張家。」

顧清婉知道這是夏祁軒安排的結局，她對過程沒興趣，對結果倒是有點興趣。「他們怎麼樣了？」

「當然是讓他們一無所有嘍。」夏祁軒說著，在顧清婉額頭上落下一吻。

顧清婉相信以夏祁軒的智謀加上姜家的人，是可以做到這一點，但要在短時間內做到讓兩家一無所有，那得用什麼辦法？不由心生好奇。「你是怎麼做的？」

「以小婉的聰慧，應該能猜到，有什麼東西能令人一夜間一無所有？」夏祁軒寵溺地看著顧清婉問道。

「你真高看我，我怎麼猜得到呢？」顧清婉嘴上說著，腦子裡卻思考起來，能在這麼短的日子裡，應該不會是什麼光彩的事，隨後問道：「先告訴我，你們用的是正道還是歪門邪道？」

「傻瓜，妳就不會說好聽點，什麼叫做歪門邪道？對付那種人，不管用什麼方法，都是正道。」夏祁軒說著，用食指輕點顧清婉鼻尖。

既然夏祁軒這麼一說，顧清婉便想到了。「用偷。」

「小婉為何這麼想？」夏祁軒挑眉，眼角上挑，看得出他此刻心情很愉悅。

「被我猜對了？」顧清婉笑起來。

「今日看到小婉笑，真不容易。」夏祁軒感慨地說著，將顧清婉擁進懷中，用下顎在她頭頂上輕輕摩挲。「不愧是我夏祁軒的女人，一猜就中。」

顧清婉又道：「不對啊，就算偷了，縣衙那兒可是有底的，他們去報官就沒用了。」

「妳忘記為夫的金牌了？就算沒有這金牌，有姜元勳在，給曹先良一點銀子，到時收回去的土地曹先良還能昧上一些。曹先良現在最急需的就是銀子，如今，有孫家和張家這麼多東西，他非常樂意幫助我們，不愧是悵縣第一好縣令。」

這樣一來，以後悵縣沒有張家和孫家，一切就順利了。

顧清婉一直都知道夏祁軒想要在離開前，把一切麻煩都解決，讓她留在悵縣的時候，不會遇到麻煩，只管專心行醫。

想到此，一陣感動湧上心間，顧清婉揚起頭，送上一個香吻。只是蜻蜓點水般的輕觸，正準備抽身時，卻被夏祁軒伸手抱住，一手將她後腦勺固定著，任由他索吻。

翌日清晨，天還未亮，大夥兒都早早起床，收拾妥當。吃完飯，吳仙兒也被她二姊送過來。

見到顧清婉，吳秀兒這次熱情好多，眼睛時不時地看向顧清言，竟有點丈母娘看女婿的意味。

可香就沒這麼好了，才一天不見，現在變得憔悴不已，蓬頭垢面。讓她去梳洗，她也不理人，逕自上了馬車。當看到吳仙兒那一刻，眼中的厭惡之色毫不掩飾，看得吳仙兒心裡直發毛。吳秀兒也讓顧清婉在路上多擔待一些。

顧清婉如何不明白吳秀兒的意思，怕可香把吳仙兒欺負了去，別說是她，就算是言哥兒，恐怕也不會讓可香欺負吳仙兒。

老太太和小倆口一輛馬車，三個人有說有笑，說得最多的，是老太太希望顧清婉能快點為夏家開枝散葉。

快過年了，回船山鎮的人不少，一路上有許多行人和車輛。一切都很順利，趕到船山鎮時，才申時正二刻。

小倆口和老太太回府後，各自回屋整頓。

顧清婉先是鋪床，床還沒鋪好，便聽聞顧清言過府。

「你這是怎麼了？」小倆口去前廳見到顧清言，只見他面色如常，眼底卻隱隱有怒氣。

顧清言憮憮地道：「姊姊，我想在妳這邊住。」

顧清婉和夏祁軒相視一眼，都能猜到發生了什麼。顧清婉問道：「是可香的事情？」

「還能有誰。」顧清言說起可香，眼裡就是嫌棄和厭惡之色。

「她做了什麼？」顧清婉想不通，可香到底做了什麼，竟然能把弟弟逼得不願意回家。

顧清言滿肚子的氣。「姊姊，妳不知道，她早上故意頭不梳、臉不洗，黑眼圈很明顯，爹娘看到她那樣子，問我發生了什麼。我說什麼都沒發生，她倒好，大街上那麼多人，她哇一聲就哭起來，說我不願意娶她，她說還不如去死算了，爹娘不問青紅皂白就罵我。」

顧清婉凝眉，可香這樣做實在過分，有什麼不能進屋再說，非得把事情弄得這麼糟糕。也不知道她到底在想什麼，如果真愛言哥兒，就該好好表現，把弟弟的心抓住，而不是這樣胡鬧。

「反正我不要回去，妳要是不願意收留我，我現在就去悵縣。」顧清言雖然說的是氣話，但也是心裡話。他算是看出來了，照這樣下去，年都過不安穩，他可不想大過年的，每天待在家裡愁雲慘霧。

聞言，顧清婉瞋了弟弟一眼。「你在胡說什麼，姊姊怎麼不願意讓你留下？你若是願意，就先住下，明兒我回去和爹娘談談。」

「有什麼好談？爹娘現在肯定是幫著可香。」只要一想到顧父、顧母，顧清言內心就是滿滿的無奈。

「爹娘這樣做，是因為他們覺得欠了可香一家。大家坐在一起，把事情都說開不就好了嗎？非得弄得那麼糟糕，見面都尷尬，何況我們始終是一家人，總不能一直這樣下去。」顧清婉語重心長地道。

顧清言聞言，沈思了一會兒，點點頭。「不過，今晚我不回去。」

「好，只有今晚。明日回去和爹娘談好以後，你就得回去住。」顧清婉心疼弟弟，不忍他現在回去受氣。

「我知道。」顧清言也不想讓姊姊為難。

顧清婉對夏祁軒道：「祁軒，你陪言哥兒說說話，我去給他收拾一個房間出來，再去準備晚飯。」

「舟車勞頓，讓大鬍子做飯便可。」夏祁軒心疼地道。

顧清婉想了想，道：「也好，祖母早就嚷著說餓了。等我收拾好屋子，也不知道幾時了。」

這頭，顧母帶著可香回屋梳洗。「可香，讓妳受委屈了。」顧母心裡雖然疼自己的兒子，但欠張家太多，她不得不多心疼可香一些。

可香已經梳洗乾淨，整個人又恢復了青春靚麗。連吃了兩碗飯，聽見顧母的話，心裡有些小得意，她現在已經掌握了顧父、顧母的心。

她就算不愛顧清言，也要把他死死抓在手裡，誰叫顧家人害得她這麼慘，她又怎能讓他們好過！

「娘，我不委屈，只是想不通而已。言哥兒為什麼不願意娶我？是我哪裡不夠好？我可以改的。」說著，可香眼裡溢滿淚水，委屈不已。

顧母見狀，心疼地將可香抱在懷裡。「可香很好，是言哥兒做得不對。放心，娘答應妳，一定會讓言哥兒娶妳，他要是不娶妳，我就不認他這個兒子。」

「不要，我不要娘為了我和言哥兒不和。家和萬事興，娘，答應我，不要和言哥兒吵架好不好？和他好好說。」可香說這話時，眼裡閃過一抹算計的光芒。

第九十七章

可香這麼懂事，顧母越是心疼。「這次娘說了算，娘一定會讓言哥兒娶妳。」

「那娘答應我，不要和言哥兒吵架。」可香開口道。

「好，娘不和他吵，和他好好說。他現在一定是去了小婉那邊，明日總會回來，我就不信連我這個娘他都不要了。」顧母道。

可香緊緊抱著顧母，嘴裡直叫娘。

母女倆說了一會兒話，顧母從屋裡去廚房。

現在的顧家，做的都是大鍋飯，孫爺爺和順伯、全伯他們都在一起吃。

廚房裡，強子乖巧地燒著火，顧父在切菜，見顧母挑簾進來，一句話也沒說。

「你是不是有什麼話要說？」顧母看出顧父的神色不太好，問著話走到顧父旁邊，接過他手中的菜刀。

「沒什麼。」顧父嘆了口氣，去角落抱了一顆白菜放在桌上。

「言哥兒大了，脾氣也跟著大，說都不能說一句，說上一句就離家出走，你的兒子應該要管管。」顧母一邊切菜，一邊道。

顧父走到灶膛前，挨著強子坐下，幫忙燒火。「當初我就說妳的決定太草率，沒有事先跟孩子商量，到時候會弄得不愉快。妳就是不聽，現在弄成這樣，妳說該怎麼辦？」

「怎麼辦？他再大也是我兒子，不聽老人言，吃虧在眼前，可香就是個好的，他有什麼不滿足？」顧母聲調高了幾分，看起來有些激動。

「剛才妳沒聽可香說，言哥兒以後要娶的是吳鎮長的小女兒嗎？」顧父道。

「我不同意，看他怎麼娶？不說可香好不好，光說我們家欠他們張家的，言哥兒就該娶可香！」顧母「砰」一聲放下菜刀，把強子嚇了一跳，顧父趕忙抱緊強子安慰。

顧母看了兩人一眼，開口道：「明日他們姊弟肯定會回來說這事，你把牙給我咬緊，你要是敢鬆口，我跟你拚了。」

「月娘，妳這又是何必呢？言哥兒才是我們的兒子。」顧父無法理解妻子怎麼想的。

「對，就因為他是我們的兒子，才要替我們分擔。父債子還，自古以來就是如此。你欠雲山夫妻一條命，是我們把人家害得那麼慘的。現在可香只是想要嫁給言哥兒，有什麼不對？可香又不是不好！」顧母氣得不想再和顧父說話，邁開步子朝外面走去，走到門口時停下腳步。「明兒你看著辦，這頓飯我懶得做，你愛做就做。」說完，便離開廚房。

顧父放開強子，對強子道：「你幫爹爹燒火，爹爹做飯。」雖然他心裡一肚子火，聲音卻很溫和，一臉慈祥。

第二天，早飯後，老太太帶著夏祁軒、顧清婉等一行人從夏家出發去顧家。

到了顧家，馬車剛停穩，顧父和強子便上前迎接。兩人知道今日他們會過來，一直等在門口。

「老夫人。」顧父見到老太太，恭敬地喊道。

「月娘呢？」老太太被畫秋攙扶下馬車，左顧右盼，沒有看到顧母，開口問道。

「月娘在屋裡收拾。」顧父回了一句，正好見女兒抱著夏祁軒下馬車，兒子也跟著跳下車，他面含微笑。「回來啦，家也不回，是要成野人了？」

「爹。」三人異口同聲地喊道。

顧父笑著點點頭。「走，都進屋去，老夫人請。」

一行人步入大門，顧母和可香才出了二進門。見到老太太，顧母笑著走到老太太一邊，攙扶她進門。「我就說一早哪來的喜鵲，原來是有貴客臨門，老夫人快屋裡請。」

老太太側目看了顧母一眼，微微皺起眉頭。「伯母都不喊了，是不是覺得現在日子好過，就不認我這老太婆？」

「我不是怕孩子們又瞎猜嘛。」顧母在老太太面前說話，帶著幾分小女兒姿態，如同女兒在母親面前一般。

老太太朝後看了身後幾人一眼，低聲道：「兩個孩子精得很，恐怕早就知道些什麼。過完年言哥兒就要跟著祁軒去楚京，或許還會遇到『他們』，妳看著辦。」

「言哥兒要去楚京？」這個消息，顧父、顧母都不知道，若是知道，顧母一定會反對。此刻她震驚不已，聲音也提高幾分，引來幾人的注意，她才看向姊弟倆。這兩個孩子，現在有事都不與他們商量了。

一行人進了門，在客廳裡按長幼尊卑坐下，顧母忍不住開口問顧清婉。「言哥兒要去楚京的事，怎麼不告訴我和妳爹？」不用想，這個決定一定是這個好女兒安排的。

「本來要告訴您們的，當時因為可香的事就沒提，想著回來以後再與您說也一樣。」顧清婉回道。

顧父亦是一臉驚訝，他是聽顧母說才知道。聽顧清婉說完，他開口道：「孩子大了，是該出去走走，有祁軒在，不會有什麼危險。」

「你倒是好說話，我不會答應。」顧母一看父子幾人齊心，和她離心，再想到可香的事，就更加不悅。

「我能說句話嗎？」顧清言見爹娘又要吵起來，開口道。

眾人目光齊齊看向顧清言，他才道：「我已經是大人了，做什麼事都有自己的理由，都是經過深思熟慮的。不管是仙兒的事，還是要去楚京，我希望可以得到爹娘的支持。就快要過年了，大家安安穩穩把年過了好嗎？」

「不是娘要反對你，而是你作的決定實在太兒戲，婚姻大事豈可兒戲，你怎能擅自作主？你私自許諾吳仙兒，可香的事娘又不是沒與你說過，去楚京你也不事先與我們商量。你現在大了，爹、娘管不了你了是不是？」顧母越說越激動，想到兒女心裡都沒她這個娘，便滿肚子委屈，她逃荒躲難這麼多年，到底為了什麼？

顧清言嘆口氣，心平氣和道：「娘，剛才姊姊都跟您解釋了，作出這個決定的時候，本來是可以與您們說的，但因為可香的事，我實在沒有心情說。去楚京是因為姊姊已經為姊夫治療，您應該聽爹說過，姊夫的治療一旦開始，就不能間斷，我跟著去自然有我的道理。」

夏祁軒附和道：「這個決定，娘若是覺得不妥便說出來，我們大家再商議。如果是擔心言哥兒的安危，大可放心，小婿定會護言哥兒周全。」

顧母沈默，腦子裡有自己的想法，但看樣子根本說不通，沒人願意聽她說。

「月娘，若是妳不願意讓言哥兒去楚京，那麼就算了。」老太太說著，隨後抹了一把老淚，一臉悲哀道：「老太婆我快要進棺材的人，今生還不知有沒有可能看到我的孫兒站起來。」

聽到這裡，顧母連忙站起身，走到老太太身邊，安慰道：「老夫人，您別傷心，我願意讓言哥兒去楚京。」

「月娘，我一直都知道妳是個善解人意的好孩子，謝謝！」老太太激動地握住顧母的手。

顧母嘆口氣，事到如今，有的事，看來已經瞞不住，便開口道：「月娘懇求老夫人，到了楚京，不要讓『他們』看見言哥兒。」

「放心吧，我還不知道嘛。就算妳不說，我也會這麼做。」老太太拍拍顧母的手。

兩人的話使顧清婉和顧清言姊弟倆相視一眼，還真如他們所料，看來他們的娘和娘家人一定不和，連提都不願意提起。

顧母點點頭，從老太太手中抽回手，看向顧清婉。「這件事情就這樣吧，但是可香的事必須解決。你們姊弟一條心，我倒是想聽聽妳怎麼說。」

顧清婉淡淡道：「娘，要和言哥兒過一輩子的人是他將來的媳婦，他自己作什麼決定我們都無權干涉。如果娶一個自己不想娶的，每天吵吵鬧鬧對誰都不好，為何不讓他自己作主呢？」

顧清婉的這番話，無疑是火上澆油。可香坐在下首，袖中的雙手緊攥成拳，指甲死死地掐進肉裡，也不覺得疼。

可香此刻滿心憤怒，顧清婉算什麼東西，憑什麼左右顧清言的想法？說這些話明顯就是針對她，她現在恨顧清婉恨得入骨，卻不能表露分毫，她噌一下從椅子上站起身。

所有人都被可香的動作吸引，齊齊望向她。

可香竭力遏抑怒火，最終把怒意壓下，眼裡轉動著淚水，一臉委屈。「姊姊，妳為什麼要針對我？我才是妳的親人，妳的妹妹啊！」

顧清婉一臉懵懂，她剛才說了什麼嗎？為什麼可香要說這番話？

夏祁軒皺起眉頭，眼裡滿是冷意，老太太亦是陰沈著臉。

顧清言則不同，這輩子，他最在乎的人就是姊姊，此刻見可香質問顧清婉，氣得眉毛倒豎。「妳什麼意思？姊姊剛才好像沒有說妳什麼吧？」

「終於說實話了，我在你眼裡就這麼一文不值？吳仙兒在你眼裡就這麼好？」可香滿臉淚水。

顧清言冷冷道：「對，妳在我眼裡什麼都不是，仙兒什麼都好。」

「言哥兒，原來你就是這樣欺負可香的，你個忤逆子，看我今日不打死你！」顧母看到可香哭得可憐，兒子說話語氣也難聽，跑去找棍子，準備打顧清言。

顧父連忙追出去。

老太太沒想到事情會發展到這一步，她本來還想過來找月娘好好談談，說說她的辦法，現在想想還是算了。看月娘的樣子，恐已被可香那丫頭給矇騙，再加上顧家欠張家恩情，月娘怕是要一錯到底了。想到此，老太太站起身，對顧清婉和夏祁軒道：「祖母老了，禁不住折騰，先回去休息，你們年輕人的事情自己解決。」

顧清婉連忙上前扶住老太太往外走，夏祁軒也趕緊轉動輪椅跟上。

顧清言見此，狠狠地瞪了可香一眼，追上幾人。

一行人從前廳出去，出了二進門，老太太低聲對顧清婉說了幾句，顧清婉輕輕點頭應下。「孫媳記住了。」

老太太隨後看向一旁的顧清言。「剛才祖母說的可願意？」

「實在沒辦法的時候，只能按祖母說的做了。」顧清言嘆口氣。

「行了，你們都回去吧，讓阿大先送我回去，待會兒過來接你們。」老太太說著，讓三個年輕人回屋，怕顧父、顧母進屋時看到他們都走了，不太好。

目送老太太的馬車離開，顧清婉推夏祁軒進門，顧清言跟著，三人一邊走一邊說。

「要不你先去孫爺爺他們的院子，待會兒說好了你再過來。」顧清婉怕娘待會兒真的打顧清言，讓弟弟過去躲一躲。

顧清言滿不在乎。「她要是為了一個心機女打我，就讓她打吧。我早就有很多話要說，正好，今日把話說清楚更好。」

顧清婉也不知道，娘怎麼變得這麼陌生，一點都不通情達理，也不會替他們考慮。
三人進到客廳後，顧父、顧母已經回來。顧母陰沈著臉，旁邊豎著一根棍子。
顧父問道：「老夫人回去了？」
顧清婉和夏祁軒點頭，回道：「祖母年紀大了，坐上一會兒就要休息。」
這說的是客套話，真正原因大家都知道，卻不說破，顧父讓幾人坐下。
顧母看向顧清婉。「什麼事情都是妳在搞鬼。妳現在嫁出去了，嫁了祁軒這麼好的人妳是有福了，就不在乎別人的幸福是不是？整天在妳弟弟面前說這說那，到底安的什麼心，妳是看不到家裡這邊好過是不是？」
這話說得真傷人，顧清婉很想轉身離開，但不能，遂開口道：「娘，您說什麼？」
「說什麼，說妳是攪家精！」顧母怒目瞪著顧清婉，冷聲道。
顧清言再也聽不下去，噌一下站起身。「姊姊，我看這個家已經沒有我們容身之地了，我們走吧。」
「爹，我們今兒就先回去吧。」顧清婉站起身，對顧父道。
顧父也知道現在的情況，點點頭。「好。」
說著，顧清婉推著夏祁軒，朝弟弟使了個眼色。三人準備離開，卻被顧母叫住。
「還真的眼裡都沒有我這個做娘的，也沒有這個家了，想來就來，想走就走。」顧母見幾人停下腳步，陰沈著臉道。
「您到底想怎麼樣？」顧清言轉身問道，他聲音很冷，冷得沒有一絲感情，沒有一點溫度，這一切，都是他娘逼的。

顧母一聽這話，氣笑了。「我想怎麼樣，我想知道你們想怎麼樣。你們一回來就在家裡吵，是不是想把這個家給吵散才甘心？」

「想把這個家弄散的是您，從我們回來，您不管家裡有沒有客人，想說什麼就說什麼，把老夫人給弄走，現在還要把我們氣走，這不就是您一直在做的事嗎？」顧清言沈聲道。

「娘，你們不要再因為我的事情吵架了，我不想看到你們再吵。都是因為我不好，我不說了，我什麼也不要了，既然言哥兒不願意娶我，就不願意娶我吧！」可香哭得淚流滿面。

「妳就是個攪屎棍，裝什麼好人？」顧清言嘲諷地看著可香，眼裡滿滿的厭惡之色。

本來顧母就覺得可香委屈、可憐，再聽到兒子的話，更加生氣。「顧清言，你說話是不是太難聽了，她也是你的姊姊，你怎能說這些話？可香從頭到尾就沒有說過你一句壞話，你怎能說話如此難聽！」

「娘，算了，言哥兒說的也是事實，如果不是因為我，就不會發生這許多事。我的命本就該如此，能得到爹和娘的疼愛，就該滿足了，不該再奢求能嫁給言哥兒。」可香說著，又低垂下頭抹眼淚。

「胡說，什麼妳的命就該如此，娘以後吃什麼妳吃什麼，絕對不會少妳一點，更不會再讓妳受委屈，言哥兒不娶妳也得娶！」顧母走到可香面前，抱著她安慰。

「要娶妳娶，我看到她就想吐！」顧清言冷聲說完，抬腳往外走。隨後走到門口，停下腳步轉頭看向可香。「早知有今日，當初就不該救妳！」

說罷，顧清言便朝外走去，對身後的小倆口喊。「姊姊、姊夫，我們走了，這種家，不要也罷。」

顧清婉轉頭看向她爹和強子，見強子滿眼不捨，爹暗自朝她點頭，給她使了個眼色，讓她今日先回去。她點點頭，隨後看向抱在一起哭的顧母和可香，嘆了口氣，推著夏祁軒離開。

等夏祁軒的輪椅聲遠去，顧母痛哭失聲，一下坐在地上。「天哪！我這是造了什麼孽！」

「娘，別哭了，您還有我和強子呢。」可香看似安慰的話，實則將顧清婉姊弟倆排除在外。

顧父見狀，也不去勸顧母，牽著強子就走。還沒邁出門檻，卻被顧母一把拉住。「你這個沒用的東西，兒子、女兒現在不要他們的娘，你一個屁都不放。是不是真的希望這個家散了，這樣就能娶年輕漂亮的？」

「放手！」顧父甩開顧母，神色冷淡，牽著強子就走。

屋裡冷清下來，顧母哭得更傷心，她被可香扶坐到椅子上，趴在桌上哭。

一旁的可香面目猙獰，又是恨，又是笑，眼神陰鷙。

顧清婉和夏祁軒、顧清言三人回到夏家，坐在客廳裡沈默著，沒有一個人先開口。

屋裡瀰漫著茶香，半晌後，顧清言看向姊姊和夏祁軒。「姊姊，對不起，讓妳受委屈了。」想到娘今日的不可理喻，他也是滿心無奈。

「沒什麼，娘只是一時想不開而已。」顧清婉搖頭輕嘆。

顧清言可不這麼認為。「我看，她當可香是親生的，我們倒成了外人。」

「這年不會就這麼過吧？」顧清婉只要一想到整個年，大家都過得不安穩，就煩躁不已。

「總有辦法解決。」夏祁軒開口道。

在顧家，他雖然從頭到尾沒有多說話，但每個人的言行他都記在心裡，特別是可香。

下午，夏祁軒讓阿大去把顧父和強子接到夏府，三人說話商量，顧清婉在廚房裡忙活。

顧清婉也想聽幾人說什麼，但廚房裡離不開人，只能作罷。

開飯時，大家圍桌而食，老太太和畫秋、顧清婉三人一桌，顧家父子三人和夏祁軒一桌，隔著屏風交談。

老太太說話直來直往，吃了一口菜，道：「愷之啊，不是我說你，你和月娘都不是笨的，怎會看不出可香那丫頭在耍手段？弄得這個家一點都不安寧，言哥兒有家不能回？」

顧父沒動筷子，喝了一口酒，回道：「老夫人有所不知，月娘一直對雲山夫妻倆心懷愧疚，哪怕知道可香耍心機，仍是不忍苛責。」

第九十八章

「凡事都得有個度，分清孰輕孰重，自家的孩子才是親的。別說老太婆我說話難聽，可香那丫頭，一看就不是老實本分的。你若是想要這個家安寧，就回去跟月娘好好說，有的事不是不能變通。今兒我還和婉丫頭、言哥兒說過，如果可行，就讓吳仙兒做大，可香做小，兩個都收了不就成了？男人三妻四妾很正常的。」老太太吃著飯菜，一邊對屏風外的顧父說道。

「這……可香怕是不會同意。」顧父又不笨，哪裡看不出可香的心。

「有什麼不同意，她不是口口聲聲說家和萬事興嗎？又說不爭不搶，讓她做個妾怎麼了，如果她是個好的，真為這個家考慮，一定會答應。如果不答應，不就有好理由把這親事取消？就說到時去了楚京，老太婆我親自給她物色一個人中龍鳳。」老太太掌管夏家後院多年，處理這種事最在行。

對於老太太說的辦法，眾人都覺得可行。顧愷之把老太太的話記在心裡，吃罷晚飯，夏祁軒派人送顧父和強子回去。

回到家裡，顧母陰沈著臉坐在燭光中，見到丈夫進門，斜睨了父子倆一眼，冷嘲熱諷地道：「做好人就是不一樣，有兒子、女兒、女婿孝順。」

「月娘，我們就不能平心靜氣說說話嗎？」顧父一聽妻子說這話，堵心。

「我現在不就是心平氣和，我有高聲大氣地喊嗎？」顧母陰沈著面孔，臉色難看到極致。在她心裡，認為兒子、女兒都和她離了心，現在還把顧愷之也拉過去了。她一個人孤零零受到父子幾人排擠，心裡怎麼不氣。

「妳吃飯了嗎？」顧父不想和顧母吵，夫妻倆同患難多年，感情早已深入骨髓，他不願說傷人的話。

你在外面吃了大魚大肉，還會關心我有沒有吃？顧母在心裡腹誹一句，但聽到丈夫的聲音很溫和，帶著滿滿關心，她也軟化幾分，開口道：「吃了。」

「我去哄強子睡覺，晚上我跟妳說。」顧父說完，牽著強子回屋去睡。

強子脫了衣裳、褲子上床，便比劃幾下。

顧父心疼地撫著強子的頭。「爹爹再陪你一會兒。今日吃到姊姊做的飯菜，味道是不是和以前一樣好？」

強子笑著點頭，小手比劃幾下。

「想要天天吃到姊姊做的飯菜？爹爹送你過去。」顧父寵溺地笑道，如今的顧父，早就把強子當成親生兒子，還是最小、最疼愛的兒子，寵溺得不行。父子倆每天在一起，寸步不離，感情深厚。

強子搖頭，手又比劃了幾下，表示他不去，要陪著爹爹。

「那爹爹晚上勸勸你娘，把你娘勸說好了，哥哥、姊姊就能回家，到時候讓姊姊給你做好吃的。」顧父笑道。

強子點點頭，小手推著顧父，意思是讓顧父快去勸顧母。

「傻孩子，早點睡，明兒我們一起去接哥哥、姊姊。」顧父說著，摸了摸強子的小腦袋，看了一眼蠟燭，站起身。「爹爹不吹蠟燭，你快睡覺。」說著，便出了屋子。

回到房間，顧母坐在床邊，看他進門，淡淡道：「孩子睡了？」

顧父點點頭，走到床邊坐下。「月娘，孩子有家不能回，真的是妳願意看到的嗎？」

聽聞此話，顧母給了夫婿一個白眼，不滿道：「虎毒不食子，哪有不疼自己子女的？我又不是那種無情無義的人，你我夫妻多年，竟然看不出我的真實想法？」說到此，她一臉失望。

「我現在都看不懂了，妳明明知道可香的小心思，還要對咱們的孩子那麼過分。」顧父嘆口氣，一邊脫衣。

「我們家欠雲山夫妻的，一輩子還不清。可香如今落得無人照顧的地步，我們就要多疼她一些。」

「妳這麼想是沒錯，但可香不是個好的。如果以後她要把我們這個家給弄散，妳是不是也同意？」顧父說著上床進了被窩，坐在床上看著顧母。

「哪能呢？我又不是傻子。」顧母白了顧父一眼，側躺下身面向他。

「現在這個家再這樣下去，就要散了。」顧父說著，也躺下身。

顧母沈默不語，她也知道自己對兒子和女兒有些過分，但一看到姊弟倆淡漠的態度，她就一肚子火。

「月娘，妳比我聰明，可香現在每句話都暗含深意，有挑撥之嫌，妳就不能有個分寸？」顧父見妻子沈默不語，怕是心裡在想事情，開口道。

「確實，可香有挑撥之嫌。那你看得出可香眼裡的恨嗎？如果我們家對她不好，沒人再幫著她，你想她會變成什麼樣子？以後會成為一個滿心只有恨的人，我不想她成為那樣的人，我想幫雲山夫妻照顧好她，想讓她平平淡淡、安安穩穩地過一生。」顧母嘆口氣說道。

「那言哥兒呢？」顧父淡淡道：「妳就忍心看他婚後夫妻不睦，日子不順？」

「感情都是相處出來的，以後他就知道了。」

顧父見她這樣固執，便將老太太的法子說出來。

聽完，顧母搖頭。「以可香現在的心思，定不會想做妾。」

顧父點點頭，覺得妻子的擔心是對的。如今可香的心處於極度不穩的狀態，稍微處理不好，後果難料。

「那就讓她當正妻，仙兒做妾。」顧父想到此，提議道。

「我們現在的身分地位，憑什麼讓仙兒這麼好的女孩做妾？吳鎮長恐怕也不允許。」顧母想了想，開口道：「要不這樣吧，明兒你去和言哥兒商量一下，看看能不能先穩住可香，說只娶她一個。等他從楚京回來後，再跟可香商量，娶仙兒做平妻，反正他們現在年紀尚小，時間還有的是。」

聽完這話，顧父立即搖頭否決。「這恐怕不行。兒子今兒還說了，如果妳執意讓他娶可香，就不回這個家。但婚姻大事沒有父母作主成何體統？於是想讓我背著妳去給吳家說親，他打算先給仙兒那孩子一個名分。」

顧母狠狠地捶打丈夫兩拳。「好啊，你們父子倆竟然想要背著我做這種事。」

「這不是告訴妳了嘛。妳應該瞭解兒子的心情，他當初一句戲言，讓整個船山鎮都知道仙兒是他的女人。眼看仙兒快及笄了，如果我們家再不表態，仙兒就會像小婉當初一樣，難做人。」想到女兒的遭遇，顧父一陣心酸，嘆了口氣。

顧母不是不知道這個道理。「這麼說，兒子就是考慮了這些，才作出這個決定？但是他在作決定的時候，就沒想想老娘為他安排的事，我怎麼會害他？」

「妳在給他安排親事的時候，也沒考慮他的感受，妳當時又不是不知道仙兒對兒子的心思。」

「我見可香是個出得廳堂、進得廚房的孩子，便想著以後餓不死兒子，你又不是不知道兒子愛吃。還有就是對雲山夫妻的愧疚，可香若是以後嫁給言哥兒，我們就能一直照顧她，哪知道會弄成如今這般為難的地步。」顧母說著，也是一陣唉聲嘆氣。

「那這事明兒我去找兒子商量，順便把人接回來。還有幾天過年，總不能讓他待在外面。」顧父說著，想了想，又道：「還有，兒子回來後，有什麼話好好說，不要再吵架。」

「我知道了。」顧母點頭應下。

兩人沈默下來，半晌後，顧母嘆了口氣，顧父不明所以。「事情不是都想通了嘛，怎麼還嘆氣？」

「事情多了去，這件事一天不解決，總是個問題。我想得可多了，言哥兒要和祁軒去楚京，到了楚京，我很擔心那家人。你又不是不知道他和那人長得像，任誰一看都看得出他的身分，到時候我擔心那家人對付言哥兒，祁軒總不能時時保護他。」兒行千里母擔憂，顧清言還沒出門，顧母就想了很多。

「那就讓他少出門，儘量待在夏家，直到回來為止。」顧父想了想，就只有這個辦法。

「好像也別無他法，但能行嗎？」顧母喃喃道。

「船到橋頭自然直，別想這麼多，睡吧。明兒一早我就去夏家找兒子商量，看怎麼解決這件事。」顧父拍拍妻子的肩膀，閉上眼睛。

顧母抬眼看了看心寬的顧父，在他懷裡動了動身體，轉個身背朝裡面，嘀咕了一聲。

「兒子現在恐怕都不願意看到我這個娘了。」說完，一陣心酸。

屋裡很安靜，也不知道顧父睡著沒有。半晌後，他才動了動嘴皮子。「讓他知道妳的想法，他就明白了，睡吧。」

第二天，剛吃完早飯，顧父便帶著強子過去接顧清言。

「你娘的意思是，先安撫可香，答應娶她一個。等你從楚京回來，再找可香談談，讓她接受仙兒做你的平妻。」顧父說道。

「我不同意。」顧清言一聽就無法接受，這完全違背他的想法。他就是考慮到他去了楚京後，吳仙兒在鎮上不好過，才答應先給她名分。如果現在答應娶可香，吳仙兒以後怎麼辦，在鎮上怎麼做人？

既然他要吳仙兒做他的女人，就不能讓她因為他而受委屈，這是一個男人的責任和擔當。

屋裡變得沈默，顧父嘆了口氣，問道：「你想要怎麼做？」

「讓我和可香好好談談，我不會讓爹娘擔心的事發生，這次會處理好。」

既然顧清言這麼說，只能選擇相信他。

在這件事情上，顧清婉不便說什麼。感情的事太複雜，她管不了。

午後大家一起回到顧家。顧母今日態度不像昨日，看到姊弟倆，嘴巴動了動，沒說出一個字，最終化為長長的一聲嘆息。

顧清婉讓夏祁軒陪她爹說話，自己走到娘身前，挽著她一隻手。「娘，好久沒有吃您做的飯了，今晚想嚐嚐娘做的飯菜。」

「好，那娘去叫可香一起買點菜回來。」顧母說著，便要去找可香，卻被顧清婉拉住，只聽她低聲道：「言哥兒要找可香說話，我陪娘去。」

顧母想了想，自從女兒成親後，母女倆就很少一同上街買菜，遂點頭道：「好。」

而顧清言則敲響了可香的門，開口道：「我想和妳談談。」

「爹、娘呢？」可香打開門，看了一眼顧清言的身後。

「娘和姊姊出去買菜，爹在客廳和姊夫說話。」顧清言冷淡地道。

「進來吧。」可香淡淡地說一句，轉身進屋。

顧清言跟進去，坐到椅子上。「妳也坐，我們談談。」

可香沒說什麼，走到桌子另一邊坐下。

兩人遙遙相對，顧清言道：「可香，妳對我是什麼心情，恨還是愛？」

可香思忖半晌，淡淡道：「談不上愛，恨多一些。」

「這麼說，妳根本不想嫁給我？」顧清言問道。

可香沈默，沒有說話。

顧清言嘴角微勾，揚起一個嘲諷的笑意。「妳現在揪著此事不放，無非就是想要報復我們一家。妳認為我們都欠妳，妳就要把這個家弄得雞犬不寧。」

說到此，可香要開口，卻被顧清言抬手打斷。「別否認，爹娘或許不知道，但我看得出來。在得知身世之後，妳就已經恨透了這個家，妳現在做的一切都是在報復，妳看準了我的性子不會娶妳，而妳不愛我，卻執意要嫁給我，這是何苦？」

「沒錯，我就是要報復你們家，是你們害得我這麼慘，我為什麼不能報復？就算現在讓你爹娘都知道我的真實想法又如何？你們家欠我張家是事實，一輩子都還不清！對，我就是不愛你，卻要嫁給你，讓你整天生活在水深火熱中，哈哈，想想我都覺得很開心！」可香臉上滿是陰狠的笑容，配上陰鷙的眼神，怎麼看，都像惡鬼。

「報復？妳真天真。」顧清言冷冷一笑。「我娶了妳，夫為妻綱，做丈夫的想整治令人厭惡的妻子，方法多的是。我不把妳當人看，妳能有好日子過？只要稍有不順從，我立刻休了妳。」

「你認為爹娘會讓你休了我嗎？你們顧家欠我們張家，一輩子也還不清。」可香一點也不怕顧清言威脅。

「我娶了妳，就當是還妳爹娘的恩情。妳做了顧家兒媳，卻攏不住丈夫的心，當公婆的還能替妳出頭不成？呵，妳只記得顧家欠你爹娘的，卻忘了我們也救過妳。如果我們不救妳，妳可能已經餓死了，可能走在路上被人打死，也可能被賣到窯子裡去。妳還有機會叫囂，還有機會報復嗎？別以為全世界都欠妳。如今，爹娘記著恩情還好說，如果妳真要把這個家弄散，妳說他們會怎麼做？」顧清言的話雖然說得無賴了些，卻很有道理。

如果顧父、顧母不記張雲山夫婦的恩情，可香算什麼？

可香沈默不語，只是冷冷地看著顧清言，眼裡的怒火似要灼傷他。

顧清言才不怕可香，又開口道：「世界上沒有真正的傻子，只是妳現在做的一切，還沒有到爹娘的底線。如果觸及他們的底線，妳想他們會如何？對妳的那點愧疚和疼惜會立馬煙消雲散。」

「你們內心就不會受道德的譴責嗎？」可香很生氣，她氣自己的無力，顧清言的話，她找不到言詞來反駁。

「道德？妳都能做得如此過分，家都要被妳折騰散了，我們還談什麼道德？」顧清言冷笑一聲，又問道：「那麼，妳現在可想好了，想好怎麼做才是最好的選擇嗎？」

「我怎麼做不需要你來教，你給我出去，我想要靜一靜。」可香指著門口，閉上眼不想看到顧清言。

顧清言站起身，拍了拍衣襬，淡淡道：「妳好好想想吧，到底該怎麼做。」

可香沒有說話，靜靜地坐在那裡。

顧清言略一沈吟，又道：「妳就算要恨，也該恨那個害死妳爹娘的人。姊夫說會帶妳同去楚京，到時候我們一起去把凶手找出來，為妳爹娘報仇。」

說完，顧清言抬腳離開。

走到門口時，又停下腳步。「娘和姊姊出去買菜，我們一家人許久沒有一起好好吃頓飯，如果想通了，今晚我們等妳一塊兒吃飯。」

關上房門，屋裡傳出嚶嚶的哭泣聲，顧清言嘆口氣，去了前廳。

夏祁軒和顧父在說話，見顧清言進門，都止了話，齊齊看向他。

「該說的我已經說了，就看她的吧。」顧清言在椅子上坐下，端起先前的茶，一口氣喝完，冰涼的茶水進了喉嚨，一陣清爽襲擊心間。講了這麼多話，他口乾得不行。

雖然不該過問，顧父還是很好奇兒子到底跟可香說了什麼。「你是怎麼和她說的？」

「爹，您放心吧，我自有分寸。如果她能想通，那麼萬事大吉，以後一家人還和以前一樣，和和睦睦；如果不行，恐怕我們家要失去一個人了。」顧清言現在也不知道可香會作出什麼樣的決定。

第九十九章

聽了兒子的話，顧父沒有說什麼。他也覺得，倘使可香執意要這樣下去，就不適合再待在這個家裡。

「若是可香選擇離開，我會派人先送她去楚京。」夏祁軒淡淡道，他絕對不會讓事情走到無法收拾的地步。若可香當真不肯甘休，他會提前讓她離開。

顧清言贊同夏祁軒的決定，如果不得已，只有這個辦法對大家都好。

「現在我們說什麼都還太早，還是等可香自己決定。」顧父嘆口氣，道：「不過，在那之前，得去將秀雲的骸骨請回來，再讓可香一併帶回楚京，畢竟，楚京才是秀雲的根。」

「這些天沒有好日子嗎？」顧清言想到爹在離開悵縣的時候說過，要把白秀雲的骸骨遷走，卻沒有見他們去做，恐怕只有這個原因了。

顧父點點頭。「快要過年，掌壇師傅說年後再談。畢竟秀雲這種客死異鄉之人，身上會有怨氣，對人不好，所以等你們臨走的時候再說。不過如今看來，若可香選擇的是要恨我們，便只能請掌壇師傅早點把秀雲的骸骨遷出來。」

抛開可香的事，顧清言又提到孫爺爺，讓顧父幫孫爺爺把墓碑建成最好的三碑五帽。

顧清言剛說完，夏祁軒便接過話去。「爹儘管找人修建便是，銀子全部由我出。」

「這不太妥。」顧父搖頭拒絕，照顧孫爺爺是他們顧家的事。再說，顧家姊弟幾人受孫爺爺那麼多恩惠，怎能讓夏祁軒出銀子？

「爹莫要拒絕，我出銀子除了因為小婉，還有一個很重要的原因。」夏祁軒說著，見岳父用奇怪的眼神看向他，他苦笑道：「一言難盡。」

顧清言知道夏祁軒要說什麼，遂沒有開口，靜靜地讓夏祁軒將孫家在悵縣的事情敘述給顧父聽。

聽完後，顧父點點頭。「好，那爹就不與你爭了，到時你把銀子送過來就好。」他知道，夏祁軒這樣做，是圖一個心安。

幾人又說了一會兒話，便聽到外面交談聲，顧清言笑道：「娘和姊姊回來了，但是吳仙兒來做什麼？」說到吳仙兒，顯出幾分不悅，不是他不想見吳仙兒，而是此刻，吳仙兒來不合適。

主要是怕可香又折騰起來，弄得大家都不開心。

顧清婉進門看到弟弟，問道：「怎麼樣了？」

「還不曉得，等會兒才知道。」顧清言回了一句，隨後皺起眉頭，低聲問道：「姊姊，妳怎麼把吳仙兒帶來了？妳明知道現在她來不合適。」

「你知道仙兒跟我說了什麼嗎？」顧清婉想到吳仙兒剛才在來的路上說的話，身為顧清言的姊姊，她是感動的，就連她娘，都感動得紅了眼眶。

「說什麼？」顧清言看到姊姊的神情很認真，且看他的眼神有些許責怪。

夏祁軒和顧父亦是好奇地看著顧清婉。

顧清婉嘆口氣，道：「仙兒說她愛的是你這個人，就算讓她做妾她也願意，她爹娘那邊，她會去說。她能說出這樣的話，心裡是多麼看重你。你應該知道，在家裡，她是個被捧在手心裡的寶貝，可是從我的認知裡，她在你面前，愛得很卑微。」

「這真是她說的？她怎會說這些話？」顧清言心情很複雜。

「當然是我試探她的。」顧清婉嘆了口氣，想到吳仙兒一路上，一直表示她真的願意做妾，只要能跟弟弟在一起，沒名分也可以，真是個傻丫頭。

顧清言內心極震撼，不知道吳仙兒為何這麼愛他，他到現在還很糊塗，他有什麼值得吳仙兒如此付出？

看到顧清言沈默，顧清婉對夏祁軒和顧父說了一聲去做飯，便走出客廳。告訴弟弟這些，是想讓他正視自己的內心，以後該用什麼態度對待吳仙兒。

吳仙兒是個好女孩，值得弟弟去愛。

未進廚房，便聽見吳仙兒說著甜人心肝的話，哄得顧母笑呵呵。

她挑簾走進廚房，笑道：「看娘的樣子，喜歡仙兒可要比喜歡我多些。」

顧母嗔笑道：「仙兒嘴甜，說話好聽，哪像妳？任誰都會喜歡仙兒。」

顧清婉並沒有生氣，娘的話半是玩笑、半是認真。她本來就是暮氣沈沈的性子，夏祁軒說了她很多次，本性難移，她生性冷漠，改不了。

她這樣的性子，從地獄裡爬出來那一刻，就已經深入骨髓。

「小婉姊姊，我就很喜歡妳，我二姊也喜歡妳。」吳仙兒見顧清婉不說話，以為她在生氣，連忙哄人。

顧清婉笑起來。

三個人在廚房裡說說笑笑，忙活著，倒也熱鬧。

一頓飯很快做完，快要擺飯時，顧清婉對吳仙兒道：「仙兒，去客廳讓言哥兒喊孫爺爺他們過來吃飯。」

「好。」吳仙兒從來到顧家就一直在廚房幫忙，別看她一直和顧家母女說說笑笑，心心念念的卻是顧清言。聽到這話，應了一聲，迫不及待地跑出去。

等吳仙兒出了廚房，顧母便嘆口氣。「早先就知道仙兒是個好姑娘，只是沒想到，她對言哥兒是這樣死心塌地。」

「是不是覺得自己當初的決定太草率？」顧清婉笑道。

「妳這個臭丫頭，現在是來看老娘笑話。」顧母嗔笑道。

「仙兒對言哥兒的心您也看到了，身為言哥兒的姊姊，我是不會讓他委屈了仙兒。」顧清婉表明態度。

顧母沈默一會兒，點頭道：「就看言哥兒是怎麼和可香說的。不過娘可以答應妳，絕對不會委屈仙兒。」

擺好碗筷，孫爺爺他們已經過來了。眾人各就各位，按長幼輩分坐好，唯有可香的位置是空著的。

每個人心裡都涼了一截，顧父嘆口氣。「吃吧，菜涼了，味道就不好了。」

話音未落，便見可香走進飯廳，她站在門口。「幾天沒有沐浴，想著今兒和大家一起吃飯，便去沐浴後才來。讓各位久等了，不好意思。」

這話只是個由頭，大家心知肚明。不過看到可香出現這一刻，所有人都安心不少。

「沒事，剛剛好。」顧清婉笑著走過去，挽著可香坐下。

可香感激地看了顧清婉一眼，剛才如果沒人說話，她其實是很尷尬的。

剛坐下，可香又站起身，她拿起酒壺，為大家倒滿酒。隨後舉起杯子，對顧父、顧母跪下。「這杯酒，我敬爹、娘，可香這些日子以來任性了，給您們二老添了麻煩，懇請爹、娘原諒可香的過錯，可香以後都不會再做這些糊塗事。」

「好孩子，快起來，爹、娘從沒有怪過妳。」顧母本來就疼可香，如今，看到她想通，心都柔軟成一片。

可香沒有起來，喝光杯中酒，磕頭道：「謝謝娘，謝謝爹。」磕完頭，她站起身倒滿酒，看向顧清婉。「姊姊，對不起。」

「可香，我們是一家人，沒有人怪過妳，一家人哪有不磕磕絆絆的？」顧清婉上前安慰可香。

可香用袖子抹了一把淚，看向顧清言。「言哥兒，二姊給你賠罪，原諒二姊好不？」

這話，就是承認了她在這個家的地位和身分。

顧清言一聽這話，笑起來。「妳是二姊，我壓不過妳，妳以後可不准再欺負我。」

一笑泯恩仇，顧家本是愁雲慘霧的天空，瞬間撥雲見日。

強子坐在顧父旁邊，見到哥哥、姊姊們有說有笑，也樂得呵呵直笑。

吳仙兒坐在那裡，她是個極聰慧的女子，哪裡看不懂可香已經不和她爭顧清言，心裡開心得不得了。她站起身，走到可香身邊，低聲喊了一句。「二姊，謝謝妳。」

兩人一直就是水火不容，不過現在不同了，可香已經放下。她抹了一把淚，從顧母懷中出來，看向吳仙兒。「好好對我三弟。」

「好。」吳仙兒羞紅了臉，這是不是代表顧家人都認同了她？

可香露出友善的微笑，卻沒有人發現她袖中緊握的拳頭……

在顧家人心裡，確實已經認可了吳仙兒。如今可香的事情解決，就得選個日子，請媒人去吳家一趟。

看似放下心結後的可香，變得很明事理。顧清婉不知道她是真的想通，還是另一個計劃的開始，她真心希望可香能真正放下，得到幸福。

吃罷飯，男人們移到客廳喝茶，女人們收拾著。

顧父喝了口茶，看了夏祁軒一眼，笑著望向孫爺爺。「孫老爹，今兒祁軒說了給您修山的事。」

聽聞這話，孫爺爺用詢問的目光看向顧父。

夏祁軒和顧清言都安靜地喝茶。

「說給您修三碑五帽，銀子由他和小婉出，我的意思是，到時碑上加上祁軒的名字，您看呢？」這事得問問孫爺爺才成。

「那還用問我，這是應該的。我現在無所求，一切你們看著辦便是。」孫爺爺一臉慈祥。

想到這些，孫爺爺笑著看向顧清言。「言哥兒，你決定要娶仙兒了，打算怎麼做？孫爺爺什麼時候能喝到你的喜酒？」

顧清言道：「吳家那邊也知道這件事，待過完年找個媒人上門去，先把一切說定，等上兩年再說。」

「兩年？那姑娘願意？」顧父和孫爺爺他們都不知道顧清言的打算，認為兩年實在太長了。

十三歲成親的男孩子可多了，顧父和孫爺爺都支持顧清言早點成親。

「她說等多久都沒問題。過完年我就得和姊夫去楚京，不知道那邊的情況，所以只能暫時這樣決定。」

「唉，再過兩年，孫爺爺不知道能不能喝得上你的喜酒？」孫爺爺想到自己年歲大了，感慨地道。

兒子大了，有自己的想法，顧父不想干涉，他只要支持就好。聽到孫爺爺的話，皺起眉頭。「孫老爹，您身體還硬朗得很，定能喝上。」

孫爺爺連連擺手。「能活到哪天算哪天，我可沒打算要活那麼久。」久病床前無孝子，他年歲大了，不想拖累別人，自己的孩子都靠不住，別人越對他好，他越是不好意思。

顧清婉她們過來客廳這邊，在門外聽到孫爺爺的話，推門進來，接過話，道：「孫爺爺，您可一定要長命百歲才行。」

孫爺爺一向嚴肅，聽見這話，臉上出現少有的笑容。「要我長命百歲也可以，快點生個娃娃，我給妳帶。」

此話一落，顧清婉小臉瞬間通紅，有些不好意思。悄悄瞄了夏祁軒，見他望過來，瞋了他一眼，趕緊避開他灼熱的目光。

今年過年，一大家子人不少，置辦的年貨自然也少不了。整整一天，才將過年吃的菜和用的東西買齊全。

忙起來時日就過得快，不知不覺便到了年三十。除夕這天，夏家那邊貼完對聯，掛好燈籠，幾人便一起去了顧家。

顧家這頭人多，一大家子在一起圍爐，整個年夜飯吃得很舒心、熱鬧。

夜裡，顧家人守歲，夏家這邊也得有人，顧清婉和夏祁軒他們只得回去。

老太太和畫秋上了年紀，將近子時便熬不住睡下。夏祁軒不想顧清婉熬夜，讓她也回去睡覺。她拗不過夏祁軒，只能回房歇息，這一覺睡得很踏實。

第二天一早，幾人又過去顧家那邊。下廚的還是顧清婉，好在所有東西都已經準備好，做起來方便，三桌菜也花不了多少時間。

正在廚房忙活時，小五急匆匆跑來，進門便道：「大娘子，不好了，有人來鬧事！」

聽到這話，顧清婉皺起眉頭，心想，大過年的誰來鬧事？遂問道：「是誰？」

「孫正林。」小五見過孫正林，認識這個人。

是他？顧清婉心中咯噔一下，看來這個初一會過得不順了。旋即解下圍裙，跟著小五走出廚房。

外面，顧家一家子還有孫爺爺、老太太、夏祁軒他們都在，一大群人堵在門口。

顧清婉走到夏祁軒旁邊，低頭在他耳邊低語問怎麼回事。

夏祁軒悄聲道：「讓孫爺爺給他銀子和地。」

「孫爺爺怎麼說的？」顧清婉又問。

「孫爺爺讓他滾。」

兩人你一言，我一句，說話聲音都極低。

「爹，兒子求您了，您大發慈悲，給我一點地和銀子好不？您對外人那麼好，為什麼不能給我一點？」孫正林苦苦哀求。

此時的孫正林，穿得破破爛爛，一張臉上烏漆墨黑，頭髮亂糟糟，有幾分乞丐的樣子，看起來確實淒慘。

「你這個畜生，大過年的想鬧哪齣？還不給老子滾！」孫爺爺幾乎是用吼的。

「爹，您怎能如此絕情？兒子如果不是走投無路，不會來求您，也不會大過年的來丟這個人。我是真的吃不上飯，現在孫家一家老小，都在等我拿銀子回去開飯。爹，您就行行好，當是打發一個乞丐，好嗎？」孫正林哭得一把鼻涕一把淚。

「我所有的地都給了人，銀子更是沒有，現在吃穿用度都是愷之他們給的，你走吧！」

孫爺爺不耐煩地道。

「爹，您怎能如此狠心？今日來，是想著您始終是我爹，不會不管我。可是我錯了，我不該來丟這個人，你就看我一家餓死街頭吧！」孫正林說著，抹了一把臉，起身狠狠地看了孫爺爺一眼，邁開步子便要離去。

「等等。」顧清婉突然喚住孫正林的腳步。

所有人都不解地看向顧清婉，只有夏祁軒明白她想做什麼。

孫正林看向顧清婉。「我不要你們施捨！」說罷，便要離開。

顧清婉的話又響起。「不是我施捨你，是我有些事要告訴孫爺爺，你先在門房等會兒。」

顧清婉說著，走到孫爺爺身邊，低聲道：「孫爺爺，小婉有些話要與您說。」

「好。」孫爺爺經歷過大風大浪，一看顧清婉的樣子，便知一定有很重大的事要說，他淡然地點點頭，在顧清婉的攙扶下，回屋裡去。

顧清婉和夏祁軒、顧母、顧父、孫爺爺去客廳說話。

顧清言招呼孫正林去門房坐著，沒有茶水，也沒有點心。

客廳裡，顧清婉將孫爺爺扶坐好，隨後看向夏祁軒。「祁軒，你來說吧。」

夏祁軒明白顧清婉的意思，在心裡把孫正林那邊的事情理了理，便對孫爺爺如實道出，孫正林在背後搗鬼，指揮周家和張家整蠱顧家姊弟，又要讓顧家姊弟在縣城無容身之地。

「畜生！」孫爺爺痛心疾首，恨鐵不成鋼。他知道顧清婉是什麼樣的人，如果不是孫正林先出手，顧清婉是不會回擊的，這一切都是那畜生自作孽，怨不得別人。如果按照夏祁軒所說，那麼，孫正林如今是真的一無所有了，他是幫還是不幫？

幫，他要怎麼幫？不幫，他始終是孫正林的爹，孫正林可以無情無義，狼心狗肺，但他不行。

第一百章

「孫爺爺，小婉決定告訴您這些，是您有權力知道。當初回來的時候沒同您講，是因為祁軒和言哥兒都擔心您老的身體。但如今孫正林找來，不告訴您實情，說不過去。管不管孫正林由您決定，無論您怎麼做，我們都支持您。」顧清婉見孫爺爺沈思，便知道他在思考。

顧父和顧母兩人的想法相同，夫妻多年，一個眼神就能瞭解對方意思，顧父開口道：「孫老爹，要不把可香和強子的地還給您，您再來分配。」

「不，給他點銀子，打發走吧。只此一次，下不為例，以後再來就沒有了。」孫爺爺擺手道。

幾人都不知道孫爺爺說的銀子是多少，最終由夏祁軒決定。「孫爺爺，給一百兩可足夠？」

「夠了。」孫爺爺淡淡地點頭，如果那畜生是個有本事的，一百兩夠他從頭再來。

夏祁軒聞言，便明白孫爺爺的意思。哪有父母真希望兒女不好的呢？孫爺爺給孫正林銀子，第一是為了考驗孫正林，第二是想讓他受點罪。

若是按照孫正林的生意頭腦，這一百兩綽綽有餘。

拿到銀子的孫正林，心裡暗自發誓，以後一定要把失去的一切奪回來。他到現在，還不知道是夏祁軒弄得他一無所有。

除了大年初一發生孫正林的這個小插曲，每天都過得開開心心的，直到十五元宵。

顧母找了鎮上有名的陶媒婆去吳家說親，吳家人早就認同顧清言，遂一切順利。就先把事情定下來，只等以後顧清言從楚京回來再議婚期。

之後，夏祁軒和顧清言便準備要前往楚京。臨去前一天，顧清婉一邊為夏祁軒整理行裝，一邊默默流淚，人還沒走，她已經捨不得。

夏祁軒坐在軟榻上看書，哪裡看得進去，他目光在顧清婉身上移不開，將她的表現盡收眼底，看到她默默流淚，他的心痛得無法呼吸。

「小婉，過來這邊，等等再收拾。」夏祁軒語氣中帶著濃濃的心疼。

背著夏祁軒的顧清婉雙眼含淚，聽見聲音，快速抹了一把淚，這才轉身。轉身後，臉上的難受消失，換上溫柔的淺笑。「還有兩件衣裳未裝進包袱，你是不是睏了？」

說著這話，她看了一眼外面，此刻將近亥時，換作平時，夏祁軒已經睡下。

「不急，我等妳收拾完再說。」夏祁軒溫聲道。

顧清婉沒再說什麼，回身繼續收拾。

不多會兒，行裝整理妥當。顧清婉端來洗腳水，一邊為他洗腳，一邊說：「今晚過後，不知要到什麼時候才能給你洗了。」

「到了楚京，我會儘快將事情安排好，早點回來。」夏祁軒比顧清婉還要不捨，但有的事必須去做。一旦了結了這件棘手之事，他就能帶著小婉一起走遍千山萬水，看這錦繡河山，鐫寫屬於他們的一生。

顧清婉此刻除了點頭，不知道該說什麼。

遠行千里在即，上了床自然要雲雨一番。兩人纏綿一宿，卯時起身。

翌日飯桌上，幾人端著碗，都沒怎麼動筷子。老太太和畫秋不想回去楚京，但是她們離家太久，不回家說不過去，畢竟她們的根在楚京。

老太太端著一碗飯，有好多次都欲言又止。顧清婉明白老太太想說的是什麼，開口道：「祖母，您多吃點，還不知路上哪裡有食肆呢。」

「婉丫頭，要不妳和我們一起走吧。」最終，老太太還是說出心裡的想法。

顧清婉輕輕搖頭。「這個祁軒也提過，但我不能去。言哥兒走了，我再走家裡就沒人招呼，放心不下家裡這邊。」

老太太也理解，嘆了口氣。「祖母這一走，恐怕就來不了這裡。等楚京一切都好了，祁軒下次過來，妳務必要和他回去，妳始終是我們夏家的媳婦。」

「好。」顧清婉明白老太太的意思，遂點頭。

飯後，幾人一起去顧家，顧清言和可香都跟著一同前往楚京。

白秀雲的骸骨已經挖出來焚燒成骨灰，可香抱著骨灰罈向顧父、顧母告別。

「可香，到了楚京，一切不可衝動，凡事三思而後行。楚京不比船山鎮，特別是要看著言哥兒，不要讓他亂跑，沒事就待在夏家。」顧母抹了一把不捨的淚水，對可香說道。

「娘，這些我都知道，您放心吧。」可香抱著骨灰罈，滿面淚水地道。

顧父一向少言寡語，離別在即，開口道：「一路上注意安全，不要隨便離開妳姊夫和言哥兒，妳畢竟是女子，一個人走哪裡都不安全。」

「女兒記下了。姊姊再過幾日便去悵縣，您們以後也要照顧好自己。若是太累，就把醫館關了吧，我們家現在不差醫館這邊的銀子過日子。」可香對顧父說道。

「我知道，等強子再懂得多一些，就把醫館關了。記住我說過的話，一定要給妳娘找個好地方，才把她下葬。」

可香點點頭。

此時顧清婉在叮囑顧清言，讓他務必要照顧好夏祁軒，每三天一次針灸，萬萬不能錯過。

「姊姊，我走了，照顧好家裡，等楚京事情一了，就和姊夫早日回來。」顧清言道。

「記住我的話，如果摸不清的事，就找祁軒商量，不要亂來。」

「這些我都知道，替我跟吳仙兒說一聲，只要她願意等我，我顧清言絕不會負她。」顧清言朝周圍看了一圈，沒有看到吳仙兒，心裡有些失落。

「好。」顧清婉應了一聲，隨後看向一旁的夏祁軒。「早點回來，我等你。」

夏祁軒輕輕頷首，說不出的傷感，但他不能表露出分毫，怕顧清婉擔心。

離別總有說不完的話，目送三輛馬車漸行漸遠，顧清婉一句話也不想說，總覺得心裡沈重得很。

「最多半年，祁軒就會回來，妳別想太多。」顧母明白少年夫妻最禁不住分離之苦，安慰道。

「娘，我有些睏，去歇一會兒。」顧清婉說著，站起身朝屋子走去，最近她身體越來越沈，總感覺特別累，容易睏。

過了一個年，懶病都過出來了，看來還是早些去縣裡的好。

等顧清婉回屋，顧父和強子從外面回來，他一進門，便道：「人一走，感覺家裡一下冷清好多。」

「可不是。」顧母說著，眼睛又紅了。

「小婉呢？回夏府了？」顧父牽著強子坐下，接過顧母遞來的茶，問道。

「沒有，想必是昨兒晚上沒睡好，剛進屋睡覺去了。」顧母回道。

顧父喝了一口茶，把茶遞到強子跟前，強子端上杯子喝茶，他才道：「祁軒也走了，夏府現在沒有人，就讓小婉在家裡住下。」

「你不說我也會讓她留下，睹物思人，她現在回去夏府，心情不會好，還是在家多住些日子。」顧母嘆了口氣。

顧清婉在家裡閒了兩天，實在坐不住，便對顧母提出要去悵縣的打算。

「也好，醫館開張，有個事做，人也不會東想西想。」這幾日顧母看得出顧清婉雖然閒著，卻滿腹心事。如今女兒嫁出去後，有心事也不願意與她說，就算她有心多問，又怕女兒不高興。

今兒正好是趕集，顧清婉想給家裡添置一些東西再走，遂提出和顧母一起去集市。

母女倆到了集市，二月來臨，就該到了種馬鈴薯的季節。集市上賣馬鈴薯的人很多，大多都是高山上的異族。

回到家，顧清婉為一家人張羅餐點。

在悵縣時，大鬍子做了一次羊肉火鍋，顧清婉覺得味道甚好，今兒也打算做一次給家人吃。

燉上羊肉，顧清婉把菜洗淨、放好，調味料都調配妥當，便出了廚房，叫上強子一起去請孫爺爺他們過來用餐。

剛出大門，便見一輛馬車緩緩駛來，在門前停下。

車剛停好，一隻素手將車簾挑開，一襲鵝黃色衣裙的吳仙兒便跳下車來，看到顧清婉，她小跑到顧清婉前面，問道：「小婉姊姊，言哥兒是不是走了？」

顧清婉輕輕頷首。「嗯，都走了好幾日，這些天怎麼不見妳？」

「我外婆最近身體抱恙，我和娘去了外婆家，剛才趕回來。一回來就聽說言哥兒走了，我……」說到此，吳仙兒眼淚就止不住地流。

「別哭，等楚京的事情一了，他便會回來。」顧清婉用手絹為吳仙兒擦拭淚水。

她拍拍吳仙兒的肩膀，安慰道：「要是言哥兒知道妳這麼愛哭鼻子，一定要笑話妳了。別哭了，我們去請孫爺爺他們過來用飯，上次妳不是說要吃羊肉，今兒我做了一鍋，待會兒妳就留下和我們一起吃。」

「好。」吳仙兒抹乾眼淚，帶著濃濃的鼻音點頭道。

飯菜的味道很好，顧母和吳仙兒、顧清婉卻都吃得很少，三個女人各有心事。

吳仙兒得知顧清婉明兒要去悵縣，便決定送她去，自己順便去散心。

小五到了適婚年齡，顧清言去楚京後，他便決定回家娶妻生子，離開顧家。如今，家裡只剩一個看門的小七。

顧清婉一個人去悵縣，顧父、顧母也不放心，便應了吳仙兒的話，兩個女子在路上有個伴也好。

第二天一早，吳仙兒便駕著自家馬車來接顧清婉一起去悵縣。船山鎮到悵縣也就幾個時辰，到了午時，馬車便抵達了悵縣。

在她們的馬車進悵縣時，兩匹駿馬從馬車旁邊疾馳而過，帶起滾滾煙塵。正巧吳仙兒撩開車簾，嗆了一嘴灰塵，她轉頭對兩匹馬上的人罵了幾句。

馬上的兩名中年男子聽到罵聲，後面馬匹上的男子皺起眉頭，想要回頭看是哪家女子如此潑辣，前面馬匹上的中年男子聲音低沈道：「雍生，別多生事端，快些趕路。」

雍生聽見中年男子的聲音，神態恭敬。「是。」

馬蹄急切，似主人的心情。

「主人，再半日便可到船山鎮，真的不用歇歇，吃點乾糧？」走了一段路，看不到悵縣，雍生甩了幾鞭子，追上前面的中年男子。

「不用，我想快些到達船山鎮。」中年男子的劍眉斜飛入鬢，星眸銳利，鼻梁高挺筆直，厚薄適中的唇瓣因長途跋涉趕路，帶著乾澀，渾身氣息如一把出鞘的寶劍，鋒利且冰寒。

雍生嘆了口氣，道：「主人，我們這些年一直在追尋大小姐的行蹤，這次也不一定是大小姐，且那兩頭老虎據說是個十四、五歲的姑娘所擒，並非是跟大小姐年齡相仿的女子擒獲。」

第一百零一章

「這世間，除了我們韓家的破虎決，沒有人能生擒兩頭老虎！我有預感，這次定是月娘。」韓戰雲沈聲說完，揮動手中鞭子，加快速度，從他銳利的眼裡，能看到幾分希望和焦急。

雍生聽到韓戰雲的話，心裡叫苦，大小姐的身體一直不適合練武，怎可能是大小姐？不過這話，是萬萬不能說出來，他自小跟著主人，主人說什麼，他只要執行便是。

這主僕倆是長期戍邊在外的韓戰雲和雍生，春節前，他們鎮守的十里城，從楚京送來兩頭老虎，是給他們訓練士兵所用。

這兩頭老虎沒有什麼奇特，奇特的是牠們的故事，竟是被一名十四、五歲的少女所擒獲！

韓戰雲知道後，便快馬加鞭由十里城往船山鎮這邊趕，足足趕了將近一個月的路，才到此。

主僕倆傍晚時到達船山鎮，雍生看了看天色。「主人，天快黑了，我們是不是先找間客棧住下？」

「也只有這樣了。」韓戰雲目光在周圍掃視過，沈聲道。

不遠處，正好有家客棧，主僕倆牽著馬匹走去。

韓戰雲打量完客棧，看向掌櫃，問道：「掌櫃的，你可聽說過這船山鎮有能生擒老虎的少女？」

掌櫃聞言，一臉驚訝，他在船山鎮多年，怎麼沒有聽說過此事？隨後連連搖頭道：「恕在下孤陋寡聞，未曾聽過。」

雍生擔心地看向韓戰雲，只見韓戰雲皺起斜飛入鬢的劍眉，心中不甘。按理說，能生擒兩頭老虎的事，不管男女，一定會轟動整個船山鎮，為何這掌櫃的會如此篤定，未曾聽過？一時間，竟有些懷疑，自己是不是來錯地方？

「那麼請問掌櫃，可是還有別的地方也叫船山鎮？」韓戰雲不死心地問道。

掌櫃笑著搖頭。「回這位客官，除了這裡，周邊的縣城都沒有叫船山的。這船山鎮的由來可是由地勢所得，今兒天黑，客官或許看不清楚，明兒一早，您可出門張望。這船山鎮四面八方皆由大山圍繞，中間是一條河流，形狀似一條船，這便是船山鎮名的由來。」

韓戰雲淡淡地點點頭，沒再說什麼，眼裡閃過失望，道了一聲謝。

小二剛才去給一桌客人上菜，正好聽到韓戰雲問的話。上前領著兩人上樓，一邊道：「客官剛才的話小的也聽見了，生擒兩頭老虎的少女，小的未曾聽過，不過倒是聽平順叔說過，有打死老虎和野狼的少女……」

「你可知道這平順在何處？可否領我們前去？」韓戰雲一改剛才的冷漠，激動地抓住小二的手臂。小二本是滿眼崇拜的神色，在韓戰雲的動作下改為害怕。

雍生一看就知道主人太激動，嚇到了小二，連忙從懷裡拿出一錠銀子，送到小二面前。

「小二哥，我們不是壞人，只要你領我們去找那位平順，這銀子就是你的。」

小二摸著被韓戰雲抓疼的手臂，看向雍生手裡的銀子，吞了一口口水，又望了望樓下的掌櫃，內心掙扎一下，才點頭道：「好，我去與掌櫃的說一聲。」

主僕倆還未放下包袱，便與小二走出客棧，走了兩條街，才到平順肉鋪門前，此時的平順肉鋪已經打烊。

小二敲響了門，不多時從裡面傳來一聲不耐的問話。「誰啊？」

「平順叔，是我，小牛。」小二看了韓戰雲主僕一眼，對裡面的人回道。

「是你們酒館要肉？」平順的說話聲響起，同時還有腳步聲，隨後是門閂的響動。

小二乾笑兩聲，沒有回話。

須臾，門打開，平順看向小二，問道：「你小子，要多少肉？說吧。」

「平順叔，我今兒不是來訂貨的，是這兩位客官要見您。」小二說著，指向主僕二人。

平順順著小二手指的方向，看到兩人，微微皺起眉頭，他臉上的刀疤也跟著跳動兩下。在腦中搜尋一番，好似不認識這兩人吧，遂開口問道：「恕在下眼拙，請問你們是？」

雍生走到小二跟前，把銀子給他。「麻煩小二哥了，你先回去吧。」

小二接過銀子，訕訕地朝平順笑了笑，快速離開。

平順更弄不懂這是什麼意思，這兩人是何方神聖？為何花大錢來尋他？他自問可沒得罪過任何人，心中有疑慮，拿不定主僕二人來尋他的目的，便不主動開口。

「請問你可識得一名能斬殺老虎和野狼的少女？」雍生看了韓戰雲一眼，幫主人問出想問的話。

此話一出，平順心裡咯噔一下，這兩人問的是小婉那丫頭。看他們器宇不凡，渾身氣息更是懾人，定不是普通人，他們找小婉能有什麼事？總之，一定不是好事。

想到這點，平順連忙搖頭。「在下不認識這樣的人，也沒聽說過，你們還是去問別人吧。」心裡同時罵起了小二，這孩子，嘴巴這麼不牢靠，下次見到他，非收拾他不可。

說完這番話，平順點點頭，退回屋子，準備關上門，卻被雍生阻擋。見雍生這樣，他心裡更加篤定，這兩人一定是要找小婉麻煩！

「這位大哥，你等等，我們不是壞人，不是來找麻煩的，只是來尋人。」雍生見平順的樣子，怕是誤會他們了，連忙解釋。

心裡已經有了認定，任憑雍生如何解釋，平順就是聽不進去。「你們走吧，我真不認識這樣的人，你們還是去別處問問。」說著，平順強行拿起木板上門。

雍生還想要說什麼，被韓戰雲叫住。「雍生，罷了，走吧。」

「主人。」雍生轉向韓戰雲，盯著已經關上的門。

韓戰雲看著緊閉的門，心裡有一絲暖意。他能看得出來，這個人是在保護那名少女，並不是真的不認識她。如果所料不錯，今晚，他就能見到想見的人。

主僕倆離開不久，平順肉鋪後門緩緩打開，平順探出頭東張西望一番後，才踏出門來，小心翼翼地看了看周圍，隨後腳步急切地離開。

平順前腳剛走，遠方一處房頂上，韓戰雲和雍生也緊隨在後。

平順到了顧家，敲響大門，在門口焦急地等待著，不多會兒，門打開來。

小七看到平順，揉著惺忪睡眼。「平順叔，現在什麼時候了，您怎麼來了？」

「快別說了，顧大哥和大嫂可都在？」平順急切地問道。

「你等等，我去叫他們。」小七見平順神色慌張，定是發生了不得了的大事，趕忙回身進門，去喊人。

不多會兒，顧愷之和月娘跟著小七出門，看到平順，顧愷之不解地問道：「平順，你這是怎麼了？」

「顧大哥，剛才來了兩個人，他們來探聽小婉，我擔心他們對小婉不利，沒有告訴他們小婉的事。我是來通知你們，要小心。」平順回道。

平順背對大門方向，和顧父、顧母說話，在他說完話後，便見顧母一臉震驚地看著他身後。他想到了什麼，暗呼糟糕，緩緩回身，果然見到剛才那兩人，他指著兩人道：「你們！你們！」

韓戰雲和雍生沒有理會平順，都看著顧母。韓戰雲濕了眼眶，激動得嘴唇發抖，一個音也發不出來。

雍生亦是一臉激動，他喃喃地喚了一聲。「大小姐。」

「大哥！」顧母喊了一聲，跨出門檻，走到韓戰雲身前，抬頭凝望十幾年不見的大哥，眼淚瞬間如斷線珍珠一般，止不住地滑落。

「月娘！」韓戰雲激動地一把擁住顧母，兄妹倆抱著，哭得肝腸寸斷。

此番情景，看得周圍幾人都紅了眼眶，平順這才醒悟過來，看來是他誤會了。

「月娘，快請大哥進屋，我們進屋再談。」顧父走到顧母旁邊，開口道。

顧母點點頭，抹了一把淚，道：「大哥，我們進屋。」

韓戰雲此刻的心情還未平復，他點點頭，看向顧愷之，顧愷之開口喊道：「大哥。」

對於顧愷之，韓戰雲一點都不滿意，但想到這個男人已經和妹妹生活多年，如今孩子都有了，心裡再不舒服，還是頷首應了這聲大哥。

「顧大哥，既然家裡來了親人，那你們好好聚聚，我先回去了。」平順開口道。

此時不是留客的時候，顧愷之點點頭。「好，今兒謝謝你，改明兒到我家來喝一杯。」

「好。」平順說著便離開。

雍生快步追上平順，在平順面前跪下。「謝謝你。」如果不是眼前的人，他們主僕二人不會這麼快找到大小姐。雍生這輩子除了皇上和韓戰雲，對別人從來不跪。此時跪平順，可見內心有多麼感激。

平順連忙將雍生扶起。「別、別這樣，快快請起，你折煞我了。剛才我懷疑你們不安好心，希望二位莫怪才是。」

「我們感激還來不及，怎麼會怪你。」雍生站起身。

平順點點頭，道了聲告辭，便踏著月色離開。

兄妹十幾年後相聚，有說不完的話。

聽著妹妹把當初在家受的苦和委屈道出，韓戰雲雙手緊攥成拳，眼裡的寒芒似要穿透雲霄，飛到楚京，將陳玉荷殺了。

「當年，我和爹從十里城回到楚京，爹的平妻陳玉荷告訴我們，妳與人私奔，娘親則被氣死，我一直就不相信這鬼話，果不其然！」韓戰雲氣得手上青筋暴突，椅子扶手被他捏得裂開。

「她們是這樣說我的？爹是不是相信她們所言？」顧母氣得按著胸口，一肚子的怒火燒得心肝疼。

韓戰雲點點頭。

顧母自嘲地笑了笑，也是，若是不相信陳玉荷的鬼話，以她爹的能力，這麼多年，怎麼可能不來尋她？

多年前，陳家、夏家與韓家原是同氣連枝般，互為犄角。三家互相許婚，互結姻親。

韓老侯爺有髮妻錢氏，育有一子一女。兒子為長，即是戰功赫赫的大將軍韓戰雲，女兒便是顧母月娘。

後來，韓老侯爺娶陳玉荷為平妻，又生下兩個女兒。錢氏所出之嫡長女月娘許給國公府的小公子，也就是夏老太太的小兒子。

陳玉荷嫁入武侯府，初時尚能裝出賢良模樣，漸漸地無法容忍錢氏壓在她頭上——她要做這府裡唯一的侯夫人！

恰逢北地不寧，老侯爺帶著長子奔赴邊關，一去數年。

陳玉荷手段百出，處處針對錢氏，終於將她折騰得一病不起，於是乘機將錢氏與月娘趕出府去。

對外，卻道月娘與人私奔，氣死了錢氏。

夏家的小公子聞訊傷心欲絕，不肯相信端莊的月娘會做出這樣的事。月娘失蹤，他便離家找尋，至今未回。

世上沒有不透風的牆，做過的事，總會留下痕跡。夏家、陳家與韓家因此生隙，不再往來，倒叫白三元得了便宜，從此一家獨大。

幸好，蒼天有眼，被趕出府的錢氏與月娘幾次三番遇見顧愷之，被他搭救。

一來二去，月娘與顧愷之也有了情分，更是結為夫妻。

顧父看出妻子內心的痛，上前抱著她，安慰地拍了拍，卻感背上汗毛豎起，如芒刺在背，這才發覺到某雙銳利的眼神盯著他。雖是如此，他卻沒有絲毫退縮，他是月娘的丈夫，憑什麼不能抱月娘？

韓戰雲在聽完顧母說出當年的遭遇後，已經承認了文文弱弱的顧愷之，但就是看不得他抱著妹妹。沒想到這男人雖然看似文弱，卻絲毫不懼他的威壓。

一個男人外表看起來文弱不要緊，有不屈不撓的意志力才能保護家人，看月娘的樣子，這些年應該都被這個男人寵著，他便放心了。

兄妹倆各自說了這些年來的遭遇，都萬分感慨。

韓戰雲儘管很想殺死那個女人，但兄妹多年不見，也得先把仇恨壓一壓，好好與妹妹相聚，等到回楚京後再慢慢收拾。

得知自家妹妹這些年有一兒一女，已經迫不及待想要見見妹妹口中了不起的外甥和外甥女。不過，外甥去了楚京，恐怕得到了楚京才能見到，而外甥女，想見面倒是容易一些。

在顧家住了幾日，韓戰雲想要回楚京，順路去見外甥女。

說起女兒，顧母一臉驕傲和欣慰。以前她或許會阻止大哥見女兒，但如今已經沒有必要，兒子去了楚京，就會知道她家的情況，到時女兒也會知道，早知道晚知道都一樣。

她笑道：「小婉若是見到大哥，一定會很開心。」

韓戰雲在第二天帶著雍生前往悵縣，依顧母給的地址，去找顧清婉。

而此時的顧清婉並不知道家裡發生的事。昨兒是醫館開張的日子，雖然是新開業，病人卻出奇多，這要多虧了吳秀兒。

就在前兩天，吳秀兒告知顧清婉，已經懷有身孕。

有了身孕的吳秀兒極其小心，每天都要來醫館，讓顧清婉給她號脈，查看身體情況。

「小婉，這幾天我見妳總愛犯睏，是不是也有了？」剛號完脈，吳秀兒便開口道。

聽吳秀兒這麼一說，顧清婉才細細思索了會兒，回想一下，她這次的月事確實推遲了將近十天。再想到自己最近的狀況，便為自己號了一會兒脈，心裡已經有底，笑著打趣道：「有了不是正好，和妳做親家。」

「這麼說是真的有了？」吳秀兒一臉喜色，上下打量顧清婉，盯著她的肚子瞧。

吳仙兒在外面招呼病人，聽見這話，撩開簾子進來，歡喜道：「小婉姊姊，妳真的有了嗎？」

她笑著點頭。吳仙兒險些高興得跳起來，被吳秀兒拉著。「妳這丫頭，都快要及笄的人，還這麼不穩重。」

「我這不是高興嘛。」吳仙兒俏皮地吐了吐小舌，一臉喜色地看著二姊和顧清婉的肚子。

「小婉，既然妳已經有了，我看這醫館要不要暫時先關門？若是夏公子知道妳有了孩子，還這麼勞累，定會心疼死，也不會樂意妳繼續把醫館開下去。」吳秀兒可是知道寵妻狂魔夏祁軒的性子。

顧清婉摸著沒有顯懷的小肚子，一臉幸福地搖頭。「無礙，當家的會理解我。」外面的唐翠蘭聽見三人說話，撓心撓肺，很想進來感受這份喜悅，可惜外面病人太多，脫不開身。

正在這時，門口人影晃動，進來兩名中年男子。唐翠蘭急忙站起身，走過去阻止兩人步伐。「兩位壯士請止步，此間醫館只為女子診治，不看男子。」

聽見此話，韓戰雲皺起劍眉，雍生連忙上前，雙手抱拳道：「這位小娘子，請問妳東家可在？」

韓戰雲和雍生見過顧清婉的丹青。在顧家，留下兩幅她的畫像，都是夏祁軒所繪，畫得入木三分，唯妙唯肖，兩人自然不會把唐翠蘭錯認成顧清婉。

「我東家……你們是？」唐翠蘭認識顧清婉的時間不短，從未見過這兩人，不由生起防備之心。

顧清婉三人在屋裡說話，外面有男人言語聲，她們自然會注意到。在裡間挑簾往外望，看到陌生男子，顧清婉疑惑地皺起眉頭。

吳秀兒低聲道：「小婉，這人妳不認識？」

顧清婉搖頭。「從未見過。」

「那我們還是小心些為好，先不要出去。」吳秀兒說著，拉過吳仙兒，在她旁邊低語一聲。

吳仙兒點點頭，從旁門出去後院，找海伯。

海伯本來今日要去溫室，想著少夫人的醫館剛開張，事情想必很多，便留在米鋪。

聽了吳仙兒的話，夏海連忙領著小安和小順過來。進門看到韓戰雲，震驚了一瞬，回過神走到他身前。「閣下可是韓將軍？」海伯也多年未見過韓戰雲了，因此有些不敢確定。

「你是？」韓戰雲看著眼前之人有些眼熟，卻想不起來是何人。

「老奴是夏府一位僕人，名夏海。」海伯恭敬地道。

「原來如此，難怪你看起來有些眼熟。」韓戰雲淡淡道。

「韓將軍可是來見少夫人？」夏海已經確定，韓戰雲恐怕已經知道顧清婉在此，才會找來。

韓戰雲已經從妹妹那裡得知顧清婉嫁給夏祁軒，遂點點頭。「正是，我來看我的親外甥女。」

「老奴這就去請少夫人。」海伯說著，走到顧清婉專門為病人診治的小屋前，敲了敲門。

第一百零二章

顧清婉其實已經聽到外面的談話，現在內心無比震驚。聽聞敲門聲，強自壓下心裡的激動，努力平復心情，才撩開簾子，走出屋子。

看到高大威武的韓戰雲，她不知道該說什麼。

「少夫人，這位是韓將軍，也是您的舅舅。」海伯在顧清婉旁邊介紹道。

顧清婉早就聽見對話，就算不用介紹，她也知道，韓戰雲是她的舅舅。只是，這舅舅二字她叫不出口。

「妳真像妳母親。」韓戰雲不比顧清婉，他此刻內心很激動，如果不是顧忌旁人，他已經上前去把這小小的外甥女抱起來。

顧清婉確實和她娘長得像，她淡淡地點點頭。「別人都這麼說。」隨後看向海伯。「海伯，請韓將軍他們去客廳奉茶，我稍後便去。」

顧清婉一向對不熟的人都很清冷，特別是想到娘受了這麼多年苦，這個舅舅都不見來尋。再聯想到心裡所猜測的，覺得這個舅舅應該不是什麼好人，便沒有見到親人的感受。

韓戰雲哪裡看不出外甥女拒人於千里之外的冷意，想想便釋然了。聽月娘講，如今的顧家，若是沒有這個外甥女，恐怕還住在村子裡，任人欺負。

「韓將軍，請隨老奴來。」海伯看出顧清婉誤會了韓戰雲，心裡嘆口氣。

韓戰雲淡淡地點點頭，帶著雍生跟隨海伯離去。

吳秀兒走出來，來到顧清婉旁邊，低聲道：「小婉，今兒我就先回去了，明兒我再來。」

「好，我就不送妳了，路上小心。」顧清婉道。

吳秀兒點點頭，看了妹妹一眼，便自行離去。

吳仙兒到了縣裡這幾日，都是陪著顧清婉，白天幫忙招呼醫館，晚上和顧清婉一同睡。

「翠蘭姊，這兒交給妳了，我去去就來。」顧清婉對唐翠蘭道。

唐翠蘭點點頭。「去吧。」

等顧清婉離開，屋裡病人們便悄悄議論起來，剛才那名中年男子被稱為將軍，而顧清婉是將軍的外甥女，這麼說顧清婉的身世一定不簡單。

唐翠蘭也有同樣想法，只有吳仙兒狠狠地瞪了一眼那些人。「妳們是來看病的還是來八卦的？要看就看，不看就走，別在背後說人閒話。」

被吳仙兒這麼一說，所有人都閉上嘴巴，笑著賠不是，乖乖坐著排隊看病。

這些人如此，還是多虧顧清婉宅心仁厚。窮人可以免費看病、抓藥，在座的家裡情況都不是很好。

顧清婉剛進後院，夏海便候在玄關處，恭敬道：「少夫人，韓將軍當年得知您母親的事情後，便與韓家斷絕來往。這麼多年來，一直戍守在北方的十里城，老奴曾聽老夫人說過，韓將軍這些年來一直在找尋您母親的下落……」

沒等海伯說完，顧清婉接過話去。「海伯的意思是我可以信任這位舅舅？」

「老奴不想少夫人錯失一位親人。」

「我知道了。」顧清婉沒有怪海伯多事，明白海伯這樣做的原因。

顧清婉進了客廳，見到韓戰雲，落坐後問道：「您可是見過我娘了？」

「自然是見了。」韓戰雲臉上帶著淺淺的笑容，點點頭，對於這個外甥女，他極為喜愛。

「我娘怎麼說的？」顧清婉又問。

「舅舅能找到妳，不就說明了一切？」韓戰雲笑著回道。

顧清婉端起海伯倒的茶，抿了一口，心裡想著，確實，如果娘不認韓戰雲，絕對不會把她的事情告訴他。不過，她有自己的想法，遂問道：「我娘從來沒有告訴過我楚京的事，您可否告知我？」

「自然可以。」韓戰雲輕輕頷首，一雙銳利的眼似能看透顧清婉心中所想。

顧清婉看向他。「洗耳恭聽。」

「當年，新皇登基，北方蠻夷不安分，我與妳外公戍守十里城三年。待回到楚京時，」說到此，韓戰雲話音一頓，神情惆悵，嘆了口氣，繼續道：「已經物是人非。這麼多年來，我一直找尋妳母親的下落，曾經經歷多少次的失望，才換來今日的再聚。」

顧清婉靜靜聽著，剛才在外面，海伯已經告訴過她。這些年，她這位舅舅一直不曾放棄找尋她娘的下落，且看韓戰雲的神情和眼底的痛苦，一點都不似說謊。

「既然如此，舅舅見到我娘，為何不在家裡多住些時日？」

「楚京還有事情待處理，路過此地，便過來看看我從未謀面的外甥女。」韓戰雲看著顧清婉，眼神寵溺，如同看自己的女兒一般。這麼多年來，他一直未婚，更沒有一兒半女，遂已將顧清婉當成自己的孩子般疼愛，只是他不善於表達，總是一臉正經。

顧清婉此刻內心並不平靜，從這些日子來的瞭解，她能感覺到不管是她娘的娘家，還是夏家在楚京，都是極了不起的門第。內心好奇之餘，又不敢問，這些她現在都觸及不到，問了也是白問，遂打消想要知道他們身分的念頭。

她現在要做的事，便是守好這個家，等著夏祁軒回來。

既然娘都認了這位舅舅，她也能感覺到韓戰雲對她的善意，便不會再多說什麼，開口道：「既然如此，舅舅在這兒再停留一日，小婉今兒親自下廚，為舅舅做一頓便飯。」

從進門到現在，韓戰雲都能感覺到外甥女對自己的淡漠和疏離，能聽到舅舅二字，韓戰雲激動得手都在發抖。此刻，他很想上前去抱著顧清婉大笑幾聲，又怕嚇著她，只好壓抑內心的激動，點點頭。「妳母親與我說過，妳廚藝頂尖，做出的菜比御廚還要美味。能吃到小婉做的菜，是我的榮幸。」

「娘說得誇張了。舟車勞頓，您們先去歇歇。」顧清婉難得露出笑容，站起身朝外走，對門口的夏海道：「海伯，先給舅舅他們安排客房，讓他們歇歇，我去準備今晚的食材。」

「是。」夏海恭敬地應一聲。

顧清婉想了想，暫時還是不要告知海伯她有身孕的事，一旦說了，海伯肯定會寫信通知夏祁軒，到時，他必定不能安心做事。其實，懷孕至少要四個月後才會顯懷，夏祁軒想必已經把楚京的事情解決，那時候再說也不遲。

到了飯點，顧清婉一頭鑽進廚房忙活，很用心地做了這頓飯，直忙到傍晚時分，飯菜才一一上桌。

同樣分了男女各一桌，飯後收拾一番，大家各自歇下。

次日醒來洗漱後，顧清婉坐在床上沈思。

若是夏祁軒還在，知道有了孩子，會是什麼樣的反應呢？

顧清婉忍不住想著，一手撫摸沒有顯懷的小腹，一臉幸福。「祁軒，你一定要平安歸來，我和孩子等著你。」

想到夏祁軒看見她挺著大肚子的樣子，表情一定很精采，顧清婉已經在期待著那一天的到來。

就在這時，房門被敲響，顧清婉斂起笑容，問道：「誰？」

「少夫人，韓將軍請您去客廳。」海伯的聲音在門外響起。

顧清婉明白，離別在即，她這位舅舅怕是想和她多說說話，遂整理一下衣襬。「知道了。」

到了客廳，顧清婉乖巧地喊了一聲。「舅舅。」

「小婉，要不要和舅舅一起去楚京？」韓戰雲想到外甥女一身的神力，到了楚京，只要那些人不使陰招，沒人傷得了她。

顧清婉搖搖頭。「我不想去，若是要去，已經和祁軒他們一道出發，不會等到現在。」

「妳啊，和妳娘一個性子。」韓戰雲嘆了口氣。尋了多年的妹妹，不肯與他回楚京，就連外甥女也不願意去，怕是都喜歡現在平靜的生活。

顧清婉笑了笑，沒有接話。

「罷了，等楚京那邊的事情解決，你們再一同前去也成。」韓戰雲也不想外甥女跟著去涉險，畢竟楚京是個豺狼虎豹最多的地方。

「舅舅，若是到了楚京，還請多照拂言哥兒一些。」顧清婉最放心不下的還是弟弟，雖然有夏祁軒，但她還是擔心。

韓戰雲點點頭。「這一點妳放心，不用妳說，舅舅也會做。」

吃了早飯，韓戰雲主僕便要離開，顧清婉和海伯一直將兩人送到城門外。

顧清婉開始了平平淡淡的生活。吳仙兒在醫館待了半月，便回去船山鎮，小丫頭及笄，必須回去。

韶光荏苒，歲月如梭，日子不知不覺過了三個月。

用了早點，顧清婉打算出去走走，海伯便讓人把池子清理一下。吳秀兒每天都會過來，她不愁沒人陪。

一路上，聽街道上的人議論紛紛，吳秀兒便命婢女去打探。不多會兒，婢女回報，說是這次春闈，一名叫陸仁的人中了狀元，文書已經快馬加鞭送抵悵縣。

顧清婉聽見這消息，心裡有種不好的預感，沒想到還是讓陸仁中了狀元。

為了弄清楚是不是他，顧清婉和吳秀兒去了福滿樓，讓下人去把曹心蕙請到福滿樓來。

「小婉，這個陸仁是不是就是當初去妳家提親的人？」曹心蕙聽顧清婉問起，便有了猜測。

在文書送達縣衙的時候，她就有這種想法了，此刻有些擔心，如果陸仁真的中了狀元回來，會不會對小婉不利？

顧清婉點點頭。「應該是他。」

「那怎麼辦？他會不會來對付妳？」曹心蕙著急道。

顧清婉搖搖頭。「兵來將擋，水來土掩，就算他中了狀元又如何，還能把我怎麼樣？」

三人從福滿樓出來時，碰到一名打扮得花枝招展的女子，正是梅花。自從成親之後，陸仁便進京趕考，再無音訊，今兒她上街聽見傳聞，才到縣衙來確定真假。

確定了消息後，梅花覺得自己總算能揚眉吐氣，以後，看誰還敢小瞧她？當下恨不得陸仁趕緊衣錦榮歸，把她接到楚京一同享福。

正想著，便見到三名貴婦從福滿樓出來。定睛一瞧，看到顧清婉，再注意到她的肚子，有種想要上去把顧清婉推倒在地的心，當看到周圍有不少人護著，內心妒火更盛。

梅花走到幾人面前站定，向曹心蕙和吳秀兒打招呼。「心蕙，吳姊姊，好久不見。」

梅花原本就是和顧清婉、曹心蕙一個村子的人，自然相識。因為吳仙兒的原因，梅花也見過吳秀兒幾次。

曹心蕙淡淡地點頭，心頭不喜。

吳秀兒畢竟是姜家少夫人，就算心裡不喜，修養令她不能像曹心蕙那般隨心，笑著回話。「妳什麼時候到悵縣的？」

「過年的時候。一直想找個時間去拜訪吳姊姊，卻又怕冒昧。今兒得見，向吳姊姊問好，恭喜吳姊姊懷上麟兒。」

姜家作為生意人，不會隨便得罪人，吳秀兒聽了梅花的話，笑了笑。「謝謝。」隨後看向不遠處的縣衙。「看妹妹的樣子，應該是從縣衙出來，可是遇到什麼麻煩事？」

梅花正愁沒有由頭炫耀，吳秀兒善解人意地問起，她迫不及待回道：「我可是良家女子，哪來的麻煩事？只是今兒聽到消息，我相公中頭名狀元，來縣衙確認一下而已。」

此話一落，曹心蕙冷笑一聲，顧清婉笑而不語，看著梅花唱戲。

吳秀兒拉長尾音「哦」了一聲，隨後笑道：「看妹妹一臉喜色，怕是消息已經確定。」

梅花故作不好意思地笑著點頭。

吳秀兒笑道：「恭喜妹妹。」

「謝謝。」梅花笑得見眉不見眼，隨後才看向顧清婉。「和吳姊姊說了一會兒話，才見到這位小娘子有些面熟，請問這位是？」

這是想打顧清婉的臉，吳秀兒和梅花說了這麼多，只不過是客套話，在心裡，顧清婉可是她好友兼親戚，以後她妹妹仙兒的大姑子。看到梅花如此作為，臉上的笑容再也掛不住，淡淡道：「如今妹妹身分不同了，想必是貴人多忘事，說了妹妹恐怕也記不住。」

「做人還是不要太得意的好，小心樂極生悲。」曹心蕙冷笑一聲。

顧清婉見吳秀兒和曹心蕙這樣維護自己，心生感動，不過，她也不是省油的燈，笑著接過話去。「剛才聽妳們談了這麼一會兒話，我算是聽出了一些苗頭，這位怕是要做狀元夫人了吧？恭喜、恭喜，不過……」

顧清婉說到此，故意將話音停頓，梅花一看顧清婉的嘴臉，就知道她狗嘴裡吐不出象牙。

曹心蕙和吳秀兒也甚是善解人意，異口同聲問道：「不過什麼？」

顧清婉淡淡笑道：「我看過不少戲文，這戲文裡最常見，一旦中了狀元，不是被招為駙馬，便是被達官貴人搶著做賢婿，這位小娘子可得當心了。」

說這話，就是要噁心梅花。她可是最瞭解陸仁為人的，前世，她不就是身懷六甲在家苦等，等來的卻是地獄。

「謝謝這位夫人提醒，我相公對我情深意重，絕對不會對不起我。」梅花很想把顧清婉千刀萬剮，卻竭力隱忍內心的憤怒。

「如此極好，不要到頭來空歡喜一場。」顧清婉嘲諷地笑道。

吳秀兒笑著看了一眼天色，又看向顧清婉。「小婉，我們都出來好一會兒，該回去了。」

於是兩人和曹心蕙分開後，又聊了會兒才各自歸家。

這邊梅花回家後總是不安心，主要是顧清婉那天說的話，陸仁長得俊俏，人又年輕，若真被招為駙馬或大官的乘龍快婿，她該如何是好？想到此，她去找了縣太爺，給銀子讓縣太爺往京裡送了份摺子。

她現在要做的，就是保住狀元夫人的頭銜。

顧清婉知道自己現在要做的，便是照顧好自己，安心養胎，等夏祁軒回來。

有些想法是好的，但命運的軌跡卻不是事事都順遂。傍晚時分，兩匹馬停在米鋪門口，其中一匹馬的身上披著十萬火急的綢布。

在小小的悵縣，從來沒見過這番景象，雖是傍晚，還是引來不少人圍觀。

第一百零三章

「你要找的人，就是此間的東家。」其中一人跳下馬，有不少人識得他，是衙門的捕頭左楊，左楊指著醫館。

另一名男子跳下馬，點點頭，準備朝醫館走去。海伯已經從米鋪出來，眉頭緊皺，別人或許不知道十萬火急的信使代表什麼，他卻知道。

男子看向海伯。「請問此間東家顧清婉可在？」

「少夫人在屋裡，可是有急信？」海伯回道。

左楊知道米鋪和醫館都是顧清婉作主，便對信使說了一句。

「既是如此，便將此信交與顧清婉。」送信官從懷中拿出一封信，遞給海伯。

海伯見狀，忙讓小安從櫃檯裡取出銀子，交給送信官。「路途辛苦，請收下。」

送信官並未拒絕，將銀子揣入懷中，告辭一聲，轉身離去。左楊忙朝海伯抱拳一禮，也轉身跟上，騎馬離開。

海伯拿著信趕忙進門，送去給顧清婉。

此刻的顧清婉和唐翠蘭正在後院中消食，看到海伯急匆匆走來，不由停下腳步。「海伯，可是出了什麼事？」

「少夫人，從京城送來了十萬火急的信。」海伯眉間全是憂色，擔心是不是夏祁軒出了事。

顧清婉接過信，便和海伯一起回屋。在燭光下閱畢，渾身力氣都快沒了，喃喃道：「怎麼會這樣。」

海伯沒看到信，不明白原因，問道：「可是公子出了事？」

「海伯，我該怎麼辦？」顧清婉把信遞給海伯，淚水已經止不住地流下，眼裡滿滿都是害怕。

唐翠蘭站在一旁，趕忙安慰。「小婉，到底怎麼了？妳現在萬萬不能傷心、動氣，會對胎兒不利。」

顧清婉靠進唐翠蘭懷裡，哭成淚人兒，心如刀絞。「我要去楚京，我要去救他。」

海伯看完信，沒想到事情會這麼嚴重，開口道：「少夫人切莫擔心，言少爺吉人自有天相，公子也不會讓言少爺有事。」

他說這話，也只是自欺欺人罷了。

身體髮膚，受之父母。信上寫道，顧清言受陳詡委託，為他的祖父陳老爺子做了開膛手術。偏偏大夏朝嚴禁在活人身上動刀，否則便是死罪。

加上陳老爺子乃是先皇心腹，國之重臣。這事讓壞人有機可乘，將顧清言告到御前，楚皇已經判定顧清言秋後處決。

「海伯，安排一下，我要去楚京，我一定要去！」顧清婉現在什麼也聽不進去。

海伯也知道顧家姊弟情深，得知顧清言有事，顧清婉怎能坐得住？思忖一番，道：

「好，老奴這就去安排。」

等海伯出去，顧清婉擦乾眼淚，便要去整理行裝。

唐翠蘭見此，已經知道無法阻止，只好幫她收拾。「小婉，妳懷有身孕，心裡再怎麼急，也不能動氣，仔細傷了胎兒。妳現在要做的就是保持穩定的心情，妳再急也無濟於事，只有到了楚京，一切才能想辦法。」

顧清婉明白，但心如刀絞，如何靜得下來？

「翠蘭姊，以後醫館就交給妳了。若是太累，就關門歇歇，不要勉強。」顧清婉清楚這一去，不知道要何時才能回來。

「妳不用擔心我，現在只要照顧好自己就成。」唐翠蘭一邊幫顧清婉摺衣裳，抹著眼淚道。不管是顧清婉還是顧清言，對她都很好，如果沒有他們姊弟倆，她早就死在街頭，她不擔心顧清言是不可能的。

顧清婉才收拾好，海伯便進來稟報。「少夫人，老奴已經安排好一切。您早些休息，明兒一早我們便出發。」

「不，海伯，我想現在就趕路。」此時此刻，顧清婉哪裡睡得著。

「這……少夫人，您不仔細自己身子，也要顧及腹中兩位小少爺。請您為兩位小少爺著想，好好休息一晚，我們再趕路。」

唐翠蘭亦是幫忙勸說。

顧清婉撫著肚子，最終點點頭，她現在不是一個人，還懷了雙胞胎，確實要為孩子著想。

海伯讓唐翠蘭好好照顧顧清婉，便退了出去。

顧清婉雖然躺著，閉著眼睛，卻沒有睡著，好不容易熬到寅時，便坐起身收拾、梳洗。

唐翠蘭只能嘆氣，發生了這樣的事，換成她，也不可能睡安穩，便幫著顧清婉收拾一番。

海伯明白顧清婉急切的心，不可能等到卯時才起身。這一夜，海伯並未睡過，整晚都在安排事情。

不為自己，也要為腹中孩子，顧清婉勉強吃了一頓飯。

卯時未到，一前一後，兩輛馬車離開悵縣，前往楚京。

而海伯臨出發時，寫了加急信送往楚京，把顧清婉懷孕和知道顧清言出事的消息通知夏祁軒。

待夏祁軒收到信的時候，整個人又喜又急又氣，喜的是顧清婉有孕，急的是她身懷六甲還趕路，路上的辛苦他是知道的。氣的是不知何人將信送回去，他就是怕顧清婉擔心，才沒有把此事告知。

國公府中，夏祁軒一臉陰鷙，看著桌上的書信，最終想到的是可香，遂命阿大去將可香請來。

「姊夫，你找我？」可香這些日子一直住在國公府，也就是夏家。

「可香，可是妳將言哥兒出事的消息送回悵縣？」夏祁軒看可香的臉色，不用問已經猜到幾分。

可香頓時紅了眼眶，哭道：「姊夫，我知道你沒有辦法救言哥兒，眼看言哥兒秋後就要處決，姊姊和言哥兒姊弟情深，若是連言哥兒最後一面都見不著，一定會怪我不把消息告訴她……」

「妳可知小婉已經懷有身孕？想過她知曉此事的後果？」夏祁軒從來沒有這麼生氣過。

「姊夫，你說什麼，姊姊懷了身孕？」可香一臉震驚道。

「就在我們離開後不久，小婉便發現自己有了身孕，妳看看這信。」夏祁軒將信遞給可香。

可香看完信，一時間淚流滿面。「這麼說，姊姊已經在來的路上了，這可怎麼辦？我是不是做錯了，怎麼辦？」

夏祁軒知道，再怎麼怪可香也沒用。如今到了這一步，只能無奈接受，他按著發疼的太陽穴。「現在，只有祈求小婉和腹中的胎兒能平平安安，妳先下去。」

可香離開後，夏祁軒便傳阿大進屋，吩咐道：「我要你立即派人前去路上接小婉和海伯，記得帶上戚大夫。」

阿大剛才在外面，就聽到了公子和可香的談話，得知顧清婉懷有身孕的事，恭敬地應了一聲離開。

夏祁軒等阿大一走，便轉動輪椅朝老夫人的祥和院行去，今兒母親慕容雲依也在。

「你怎麼來了？」夏祁軒這些日子太忙，鮮少在兩人跟前露面，此刻老太太見到夏祁軒，倒顯得有些稀奇。

「祖母，母親。」夏祁軒問候一聲，回道：「祖母，今兒孫兒來，是稟告您兩件好事。」

夏祁軒一直吩咐府中的人，不要把顧清言的事告訴老太太，老太太不知曉顧清言出事，整天除了念叨顧清婉，倒是過得悠閒愜意。

「哦？快說來讓祖母開心、開心。」

知子莫若母，慕容雲依是知道夏祁軒這些日子為了顧清言焦頭爛額，雖然聽兒子說有好消息，卻沒見他臉上有喜色，頓時心生疑惑。

「小婉懷了身孕。」夏祁軒開口道。

此話一出，不管是老太太還是慕容雲依，都一臉驚訝，隨後歡喜得不行。

「小婉知道我在楚京有很多事要處理，不忍讓我分心，便要求海伯瞞著我們。」夏祁軒想到顧清婉的善解人意，更加心疼愛妻，心裡發誓，此生一定要好好對顧清婉，讓她做最幸福的女人。

「我的婉丫頭一直都是這麼懂事又善良。」老太太感動得落下淚來，隨後好似想到什麼，激動地看向慕容雲依。「雲依啊，妳快點安排一下，我們回悵縣。想到婉丫頭那麼辛苦，我們夏家一個人都不在，老身這心裡就難受得緊。」

「是。」慕容雲依此刻對顧清婉的印象好極了，本來一直就聽說她好得很，如今再聽兒子這麼一說，心裡便對這個未曾謀面的兒媳婦心疼得不行。聽見老太太這樣安排，忙站起身要去準備，卻被夏祁軒阻止。

老太太和慕容雲依都不甚理解夏祁軒為何阻止，睜大眼睛。

夏祁軒嘆了口氣，才道：「小婉早在一個月前便出發前來楚京，算算日程，應該快到了。」

「這怎麼可以，這怎麼得了！」老太太只要想到顧清婉挺著大肚子，舟車勞頓，心裡就焦急不已。

慕容雲依也很擔憂，但她明白，顧清婉怕是知道顧清言出事了，才會前來楚京。「祁軒，這可如何是好？」

「祖母，母親，您們莫要心焦，我已經安排阿大帶人前去迎接。」夏祁軒回道。

「你既然得知小婉來了楚京，怎麼不親自去接她？」老太太不解道。

「小婉嫁給孫兒，楚京並無人知曉，孫兒要八抬大轎將小婉迎進門。」除了這個原因，夏祁軒還要在楚京這裡安排一番。顧清婉到來，一定會引起一些人注意，怕會對顧清婉不利。

「祖母真是老糊塗了，還是祁軒想得周到。」老太太聽孫兒這麼解釋，便釋然了，隨後道：「這事還是讓你母親來安排。」

慕容雲依卻不像老太太那般樂觀。「祁軒，你這樣做，就不怕白三元對小婉不利？」

「母親放心，孩兒不會允許那樣的事發生。我不想小婉委屈，她是我的妻，我就該讓她風風光光地進我們國公府的門。」他要讓楚京所有人都知道，小婉是他夏祁軒的妻子。

慕容雲依知道孩子的性子，一旦認定的事，誰也無法改變，遂點頭道：「那娘去安排，讓小婉風風光光進我們家門，再把你的軒轅閣布置一番。」

「辛苦母親了。」夏祁軒道。

國公府要辦喜事，這件事可是轟動了整個楚京。誰都知道夏祁軒成了殘廢後，被卿家女兒卿霜退了親，便無人願意將女兒嫁給他。

夏祁軒二十有三，才傳來喜訊，這倒是讓很多人好奇，什麼樣的女子會嫁給這樣一個殘廢？不停派出探子打探，卻一無所獲。

這件事情，各大家族都白忙活了一番，因為不用他們打探，夏祁軒已經把他和顧清婉的故事撰寫成書，請了幾名說書人在酒樓宣傳。

顧清婉挺著大肚子進門，一定會落人話柄，他不想讓她受到一丁點委屈。

這便是夏祁軒寵愛妻子的方式。

離楚京不遠的瀚城，是聞名的風景勝地，顧清婉和海伯今兒便到了此地。

顧清婉的肚子越來越大，她也變得十分辛苦。每天孩子的胎動讓她痛苦的同時也很幸福，如果沒有胎動，顧清婉早就憂思過度，整日想著顧清言的事。

兩個孩子好像知道母親的心思一般，只要顧清婉安靜下來，便會胎動，讓她無法陷入思考。

雖然每天忙著趕路，卻沒給顧清婉身體帶來任何影響。每晚，她都會喝上幾碗井水。喝井水保胎，還是有一夜顧清婉在無意中發現的。

雖說每日只是白天趕路，但對孕婦來說，仍然能造成傷害。那晚，顧清婉肚子很不舒服，又是大半夜的，大家趕路都疲累，她只能咬牙忍著。最終疼得沒法，她才想到井水，孰料喝了井水以後，肚子便不再痛了。

從那以後，顧清婉每晚都會喝上幾碗。雖然挺著大肚子很辛苦，但她卻沒有別的症狀，這或許就是老天庇佑吧，不讓他們母子受苦。

每天睡醒就是趕路，今日梳洗好出了房間，顧清婉有種奇怪的感覺。往昔，每日起床後客棧裡都是人聲鼎沸，走廊上行人腳步匆匆，可是今日的客棧，卻異常安靜。

她挺著肚子穿過走廊，朝樓下而去。

下了轉角樓梯，便見樓梯口有兩名威武壯漢立在那裡，客棧門口，也守著兩人，掌櫃和小二則戰戰兢兢站在櫃檯處。

正當顧清婉疑惑間，樓下的飯廳裡走出一名男子，隨後走到樓梯口，看了一眼她的肚子，迅速躬身行禮。「少夫人，一路辛苦了。」

來人正是阿大，阿大躬身後，樓梯口的兩名壯漢跟著躬身見禮。「屬下見過少夫人，少夫人一路辛苦。」

「你怎麼知道我在這裡？」看到阿大，顧清婉便猜到，夏祁軒知道她來了，不用說，一定是夏祁軒安排的。

阿大恭敬回道：「公子收到海伯來信，派屬下前來迎接少夫人。屬下每走過一個縣鎮，都會問過每間客棧。昨晚來到此，便得知少夫人和海伯在此落腳。」

顧清婉輕輕頷首，隨後扶著扶手下樓。「你們公子呢？」

「公子在楚京等候少夫人。」當時夏祁軒並未說要一起來，阿大便猜測，公子是要安排一切，在楚京迎接少夫人。

「嗯。」顧清婉點頭，夏祁軒腿腳不便，來了還得耽誤行程。

「少夫人，早飯已經備好。」海伯站在飯桌旁，恭敬地道。

「好。」顧清婉行至飯桌，好奇地看向海伯旁邊的中年男人。中年男人一襲灰色長袍，在他身側，放著一個藥箱。

在顧清婉打量戚大夫時，戚大夫也打量著顧清婉，等顧清婉坐定，便抱拳朝顧清婉行禮問好。

海伯連忙介紹。「少夫人，他是府中的大夫，姓戚。」

「見過戚大夫。」顧清婉招呼道，拿起筷子，開始用餐。她每天都會吃得很飽，怕肚子裡的兩個小傢伙受委屈。本來趕路奔波，孩子就跟著她受苦，若是再不好好進食，怎麼對得起腹中孩子？

「待會兒少夫人用罷，讓在下給少夫人把把脈可好？」戚大夫在來的路上，就知道自己的使命。

「那就有勞了。」醫者不自醫，顧清婉吞下嘴裡的食物，點頭道。

吃完飯，戚大夫拿出墊子，讓她把手腕放在墊子上，又取出紗巾覆在她腕上，這才搭上手指，為顧清婉號脈。

須臾，戚大夫站起身，躬身道：「少夫人身體一切安好，腹中胎兒也很正常。」

聽聞此話，海伯和阿大都放下心來。隨後海伯讓阿大去準備一下，啟程前往楚京。

第一百零四章

從瀚城去楚京，不過一天的路程。

傍晚時分，一行人到了楚京。走過護城河，到達城門，沒有想像中的迎接，只有一個下人在海伯耳邊低語幾句，便急匆匆離去。

半晌，海伯的聲音在車外響起。「少夫人，今晚我們就宿在此地。」

顧清婉挑開車簾，看向外面，此時燈火輝煌，人頭攢動，街道兩旁商鋪林立，她的馬車停在一家客棧門口。抬頭望去，看到的竟是熟悉的三個大字「福滿樓」，有一瞬間錯覺，她是不是又回到悵縣？

只是，悵縣的街道沒有此處繁華。

下了馬車，顧清婉在小二的引領下進了天字一號房。

顧清婉心不在焉，便沒有好心情去打量酒樓的精心布置。

「少夫人，您是先沐浴還是先吃飯？」海伯躬身問道。

「吃飯吧。」顧清婉淡淡道。

海伯恭敬地應了一聲，便出去安排飯菜。他哪裡看不出來，自從在城門沒有見到公子，少夫人心情就很糟糕。若不是公子再三吩咐，他都忍不住要將公子的安排告知了。

顧清婉用了飯，便準備上床歇息，哪知海伯已經命人備好沐浴的水。

沐浴完，顧清婉上了床倒頭就睡，本以為會一覺到天亮，睡到半夜，竟被一股無名的力量弄醒。原來，她的萬能井有了變化，竟然不知不覺升到了第三階段！

這第三階段比第二階段還要逆天，竟然能成為萬能的藥引，同時可激發所有藥材的十倍藥效！即便單純服用井水，也能讓人強身健體，長期服用還得以預防百病，將頑疾祛除！得知這一點的時候，顧清婉便想著夏祁軒很快就能站起來了。

這念頭剛落下，她又變得萎靡，人家都不想她了，她還想著他做什麼？該不會夏祁軒在楚京早已有了妻室，才會這樣對她？

都說懷孕的女人喜歡胡思亂想，顧清婉印證了這一點，就算是萬能井第三階段如此逆天，她都沒有多麼高興了。

正胡亂想著，敲門聲竟響起，把顧清婉從混亂的思緒中拉回。她看了看外面的天色，此刻還不到卯時，這麼早，會是誰？

心中疑惑的同時，顧清婉從床上坐起身，穿上外衫卻沒去開門。「誰？」

「少夫人，是老奴。公子派人前來為少夫人梳洗穿戴。」海伯的聲音從門外響起。

顧清婉皺起眉頭，不明白夏祁軒搞什麼鬼？

門打開，海伯退到一旁，旁邊有兩口箱子、一名婆子、四個丫鬟。

幾人朝顧清婉屈膝行禮一拜。「我等見過少夫人。」

這麼大陣仗，這是做什麼？顧清婉不明所以，看向海伯，只見海伯開口道：「少夫人請安心便是，就讓她們為少夫人梳洗穿戴好，少夫人很快便會知道了。」

看海伯的神情，怕是夏祁軒安排了什麼。顧清婉沒有再多問，點點頭轉身進屋，那名婆子讓丫鬟們將箱子抬著走進門，隨後將門關上。

婆子一進門，吩咐四名丫鬟點上蠟燭，她則對顧清婉道：「少夫人，有什麼不周之處，請多擔待。」說著，便去打開箱子。

在掀起箱蓋時，顧清婉看到箱內靜靜躺著大紅鳳冠霞帔。

這時，四名丫鬟點完蠟燭，走到顧清婉旁邊，為她寬衣。

「妳們這是？」顧清婉看著箱子裡的鳳冠霞帔，腦子都不會思考了。

婆子笑了笑，沒有解釋，只道：「少夫人只管安心便是。」

一番折騰下來，已經是太陽初昇，辰時二刻。

這時，顧清婉聽到鞭炮及鑼鼓的聲音傳來，婆子道了一聲。「來了。」隨後拿起紅蓋頭蓋在顧清婉頭上，擋了她的視線。

顧清婉莫名緊張，比和夏祁軒成親那時還緊張。鑼鼓和鞭炮聲齊鳴，在福滿樓門口響了半晌。

最後在婆子和丫鬟的攙扶下，顧清婉從房間走下樓去。如今的她，挺著一個大肚子，頭上又蓋著蓋頭，走起路來，自然不能和以往比。

顧清婉蒙著頭，看不到外面景象。此時此刻，在福滿樓外面，人山人海，很多都是來看熱鬧的，還有一些是抱著好奇而來，都想看看書中所說的那名女子。

當看到顧清婉的肚子時，許多人交頭接耳，悄悄議論著。

顧清婉由著婆子、丫鬟攙扶，隨後停下來，聽到一聲久違的熟悉聲音響起。「小婉，辛苦妳了。」隨後，手被一隻大手緊緊握著，使得她微微顫抖。

昨晚，她確實生氣，但此刻聽到那聲熟悉的呼喚，她早就將那些不快拋諸腦後，餘下的只有思念和愛。

況且到現在，她又如何不知自己男人的巧心安排，這樣一個男人，叫她如何不感動？似是知道她有滿腹的話要說，夏祁軒輕輕捏了捏她的手心。「我們回家。」

隨後，她被他牽著，在婆子的攙扶下進了轎子。

可能是考慮到她有孕在身，到了夏家，除了拜天地，很多細節都省略。顧清婉完全看不到外面的情況，直至婚禮結束，屋中只有兩人。

「小婉，我已經安排好了，妳放心吧。」夏祁軒這些日子，因為顧清言的事，和楚皇鬧了矛盾，但他也想到法子救顧清言。

「你想要怎麼救他？」沒有得到確切的答案，顧清婉還是不能安心。

「我會在獄中找個與言哥兒身形、樣貌差不多的死刑犯，來頂替他。我已經著手安排，妳不必擔心。」夏祁軒將顧清婉擁在懷中安慰。

「這樣能成嗎？」雖然夏祁軒語氣很輕鬆，但弟弟一天不出來，她的心就無法落下。

「相信我，我不會讓言哥兒有事。」夏祁軒安慰道。

「祁軒，為什麼事情會變成這樣？」顧清婉一路上都沒有想明白，怎麼會遇到這樣的事。

夏祁軒也不再隱瞞，道出他們回京後的一切事情。「我們到了楚京，本來都相安無事，只等收拾了白三元那隻老狐狸，一切就結束。可就在不久後，陳翊找上門來，求言哥兒幫忙救治他的祖父陳老爺子。」

「陳翊？」顧清婉疑惑地道。

「嗯。」夏祁軒點點頭。「陳老爺子的病和吳員外的病相似，陳翊得知言哥兒來到楚京，便要求言哥兒為陳老爺子醫治。偏偏朝廷嚴禁在活人身上動刀，此事被有心人得知，告到御前。因有明文規定，就算是有我們夏家這層關係，陛下也不能包庇。」

「那這麼說，言哥兒是死定了？」顧清婉著急。

「話是這麼說沒錯。本來我們夏家，還有韓家、陳家，最後連新進宮的左貴人也替言哥兒求情，陛下便打算放過言哥兒。只是白三元那隻老狐狸咬著不放，這事只能擱置下來。陛下判言哥兒秋後處決，便是想拖延時間，我們這些日子，一直忙著對付白三元，就是想把他扳倒以後，再尋個由頭放了言哥兒，所以我沒有通知妳。沒想到可香不知情，急得把事情告訴妳，讓妳擔憂。」夏祁軒說著，撫上顧清婉的肚子。

「剛才你口中曾經幾次提到白三元，他究竟是何人？」顧清婉已經能猜到幾分，白三元就是隱藏多年的神祕人。

夏祁軒以前瞞著顧清婉，是不想她被捲進來。事到如今，倒是沒這個必要了。

他攬著顧清婉，娓娓道來。「白三元、陳老爺子與我的外公慕容老爺子、我的祖父夏擎蒼，以及妳外公韓玄霸，都是先皇心腹，很受器重。他們皆身居高位，手眼通天。而先皇極為英明睿智，令我們幾家互相制衡，穩固朝綱。後來，我們幾家因老爺子們病的病、死的死、出事的出事，走了下坡路，勢力大不如前。平衡被打破，白三元仗著自己是元老級人物，生了巨大野心。」

夏祁軒說了這麼多，顧清婉已經明白幾分，開口道：「祁軒，當初爹交出來的先皇脈案，是不是就是白三元謀害先皇的證據？」

「嗯。」夏祁軒自然不怕隔牆有耳，此刻周圍都是他的人。「當時白三元勢大，已經隱隱挾制先皇。岳父的恩師是宮中御醫，忠於先皇，他費盡周折，暗中取走先皇脈案，交給岳父，自己卻被白三元殺害。

「岳父便和岳母帶著證據遠走，因與張雲山一家交情甚篤，每到一處便告知他們。張雲山死後，張白氏帶著可香尋找岳父，死於孤峰山。」

「原來如此。」顧清婉點點頭，寥寥數語，暗含了多少殺機與驚心動魄的過往。前世家破人亡，今生膽戰心驚，如今想來，仍有後怕。

「那為什麼不把白三元抓起來？」顧清婉不明白，怎麼還要如此大費周章。

夏祁軒解釋道：「白三元門生無數，姻親縱橫，在朝中的勢力錯綜複雜，要動他，須得有萬全之策，單是那份證據還遠遠不夠。」

顧清婉完全不懂風雲詭譎的楚京，聽夏祁軒說得很嚴重，她一個女人家，這種事管不了，她現在關心的是，什麼時候白三元才能倒臺，弟弟才能平安無事？

顧清婉還想說什麼，卻被夏祁軒抬手阻止她要說的話，她瞪著黑亮清澈的眼眸，看著他。

只聽夏祁軒道：「今兒妳起得早，又折騰這麼久，定是餓了，我去命人傳飯，吃了好好睡一覺。楚京的事妳不必擔心，我會安排，妳儘管安心便是。如今回到家裡，妳的任務便是安心養胎，把我們的兒子養得健健康康。」

「我想去見言哥兒。」顧清婉現在最想知道的就是弟弟是否安好。

「今兒妳再休息一天，我安排一下，明兒帶妳去。」夏祁軒溫柔地為她理了理鬢角的髮絲。

看顧清婉吃完飯，夏祁軒才轉動輪椅離開。去了書房，見到受傷的阿二和阿三，皺起了眉頭。「怎麼傷得如此嚴重？」

「回稟公子，這次出手的人都是一流高手。」阿二恭敬道。

「他們還真想要置我們於死地。」夏祁軒冷聲道，這麼大張旗鼓地迎接顧清婉回來，夏祁軒便知道免不了會有今日的惡鬥，白三元定會乘機作亂。好在他事先做了安排，才沒有讓小婉受到一丁點傷害。

從船山鎮返京後，夏祁軒便得知他腳不能行和白三元有關，早就將其恨之入骨。

他是國公府的長房嫡孫，自小便是楚皇伴讀。

白三元擅權，把持朝政。楚皇不願受制於人，自然要培植自己的勢力。

而夏祁軒無論是家世、武功，抑或是文采，俱是一流。

楚皇看重他，白三元便視他如眼中釘，用計斷了他的腳筋。身有殘缺，便不能入朝為官，算是斷了楚皇一條臂膀。

當初他殘疾後，便心性大變，反而疏於調查事實，這才讓白三元又逍遙許久。

白三元，你欠我的一切，我會一一討回來！

夏祁軒揮了揮手。「你們去把傷處理一下，好好休息，讓阿大來見我。」

「是。」兩人恭聲告退。

不多時，阿大來到書房。

「你安排一下，我要帶小婉去見言哥兒，順便派人去韓家告訴韓將軍一聲，小婉到楚京的事情。」夏祁軒吩咐後，阿大躬身離開。

顧清婉睡覺期間，可香幾次要進去找她，都被門口的丫鬟擋回去。

「我去見我姊姊都不行嗎？」可香一臉委屈。

「可香小姐，公子吩咐過，少夫人舟車勞頓，得好好休息，妳還是不要去打擾的好。」丫鬟眼神清冷，一點情面都不講。

可香只得壓下不悅，先回去……

丞相府中，白三元得知今日派出去的人無一生還，臉被氣成了豬肝色，便命人去請他的乘龍快婿，也就是新科狀元——陸仁。

自從離開悵縣後，陸仁便沒打算再回去面對梅花，當然更未對任何人提起自己已經成親的事實。所幸蒼天有眼，讓他中了狀元，還獲得當朝丞相白三元的青睞，招為東床。如今他飛黃騰達，顧清婉可後悔了？

偏偏他也聽說了顧清婉來到楚京，且挺著大肚子嫁給夏祁軒的事，心裡恨得咬牙，卻不敢表露半分。懷中擁著嬌妻白雪，眼神裡沒有一丁點愛意。

聽到下人來請，他便急匆匆去見白三元。

「岳父，您找我。」陸仁恭敬地道。

白三元淡淡地嗯了一聲，道：「今兒我派出去的無一生還，想不到夏祁軒那個小雜種竟然有這種能力，既然強的不行，就給來點軟的。」

「岳父是想……？」聽其一知其二，陸仁知道白三元又想到壞點子。

「你說你和那個小雜種有些過節，且還是因為一個女人，可是今日挺著大肚子嫁給夏祁軒的那位？」白三元眼神陰冷地看著陸仁。

「不瞞岳父，正是。」陸仁為了討好白三元，早就將自己和夏祁軒有仇的事情告訴過白三元。

「既然如此，為父要你去做一件事。」白三元凝視陸仁，似要看穿他的心思一般。

「岳父請講。」陸仁一臉坦然，任由白三元如毒蛇一般的眼神盯著他。

白三元面無表情道：「那麼你就以同鄉的名義邀請她出來，就說你有辦法將其弟救出天牢。」

「岳父是想讓小婿將顧清婉請出以後，再將她囚禁，以此要脅夏祁軒？」陸仁一看白三元的嘴臉，便猜透其心思。

「不愧是我看重的賢婿，為父正是這個意思。」白三元毫不隱瞞目的，用人不疑，疑人不用，既然他選擇讓陸仁去做這件事，便不會對他有所隱瞞。

陸仁心思微轉，便點頭答應。「小婿定當竭盡所能，完成岳父大人交代之事。」

聽到陸仁斬釘截鐵的回答，白三元給了一個讚揚的笑容，心裡還算滿意他的態度。

顧清婉一覺睡到傍晚，睜開眼時，屋裡已經點了燭火。看到大紅的床帳和被褥，她才想起自己現下身在何處。

她揉揉惺忪的睡眼，坐起身動了動脖子。

夏祁軒在看書，聽到聲響，放下書卷，倒了一杯水，轉動輪椅行至床前遞給她。「餓了嗎？我讓人把飯菜端來。」

顧清婉確實很口渴，將水一飲而盡，擦了一下嘴。「現在什麼時辰了？」

「酉時二刻。」夏祁軒接過水杯，放回桌上。

顧清婉道：「我先洗漱一下。」

穿戴洗漱完，顧清婉和夏祁軒在屋裡用了晚飯，便要求夏祁軒領著她去看老太太。

夏祁軒本想讓顧清婉休息，等休息好再去不遲，老太太會理解，但拗不過她，只得帶著她去。

到了祥和院，老太太也剛吃完晚飯，和畫秋在院中散步消食，看到顧清婉的肚子，老太太一臉不悅，對夏祁軒道：「祁軒，你媳婦趕了這麼久的路，舟車勞頓，怎麼不讓她好好休息，跑來做甚？」

「是我太想念祖母，要祁軒帶我過來，您別怪他。」顧清婉笑著接過話。

畫秋上前扶著顧清婉，在一旁石凳上坐下。「少夫人是個孝順的，老太太有福。」

「祁軒娶了婉丫頭，才是我夏家的福氣。」老太太說著，坐在另一張石凳上。她已經從戚大夫那裡得知，顧清婉懷的是一對男孩，夏家自來都是陰盛陽衰，如今到了顧清婉，一來就來兩個，且都是男孩，她如何不開心？

「祁軒，以前你的院子不需要丫鬟、婆子，但如今婉丫頭來了，這丫鬟、婆子是少不了的，你說給婉丫頭安排哪幾個好？」老太太問道。

「讓冬草過去就好。」夏祁軒應道。他厭煩後院女人之間的爭風吃醋、勾心鬥角，一向不用丫頭、婆子。但顧清婉身子重，身邊沒人不行。

「聽雲依說，你今兒就派了冬草過去伺候。」老太太聽那幫女人說，冬草把她們都擋在門口，不讓進屋。

「是。」夏祁軒淡淡地點點頭。

和老太太又說了一會兒話，老太太生怕顧清婉累著，趕她回屋歇息。

第一百零五章

小倆口上床後，夏祁軒擁著顧清婉，不敢有絲毫旖旎之心。如今妻子懷有身孕，他一切都得小心謹慎，因此很快便睡了過去。

第二天，小倆口洗漱完，用了早飯，便去天牢探顧清言。

出了大門，顧清婉抬頭看到夏家的門楣上，那大大的國公府三字，異常耀眼。她一直都猜測夏祁軒他們家的身分不簡單，沒想到竟然是國公府。

上了馬車，顧清婉便挑起車簾往外看，看楚京大街上的景色，除了建築物大些，人穿得好些，和他們悵縣那邊沒什麼區別。

一路上，馬車走過一條條街道，終於到達天牢。顧清婉望著天牢的大門，有種喘不過氣的感覺。

跟著獄卒走到最後一道鐵門口，顧清婉腦海裡有無數個弟弟在裡面受苦的畫面，人還沒有見到，便心痛得眼淚都流出來。

厚重的鐵門推開，顧清婉一眼便看見坐在石案後的顧清言。「言哥兒……」肚子裡有很多話想說，可是乍一見弟弟時，一句話都說不出來。她上前抱著顧清言，靠在他肩膀上哭泣。

此時的顧清言還沒有反應過來，他聽到開門聲，把手中的醫書放下。還沒看清楚門口是何人，便見一個大腹便便的女子進來抱著他，聽到久違的聲音，他才知道，這個女人是姊姊。「姊姊，妳怎麼來了？」

「我聽說你出事，就來了。」顧清婉聽到問話，才抹乾眼淚，看向弟弟，見他全身上下沒有一點傷。這屋裡雖然潮氣很重，但床上鋪著乾燥的草和被褥，旁邊還有石案和書籍，看來他如夏祁軒所說，在天牢並未受苦。

夏祁軒轉動輪椅進來，阿大在門口守著，牢房裡只有他們三人。

「姊夫，你告訴了姊姊？」顧清言第一個想到的就是夏祁軒跟姊姊說的。

夏祁軒搖搖頭。「不是我，是可香。」

聽聞是可香，顧清言嘆了口氣，沒再說什麼，看向姊姊的肚子。「姊姊，妳懷孕了？幾個月了？」

「六個多月，快七個月了。」顧清婉笑道。

「這麼說，很快就能見到我兩個小外甥了。」顧清言笑著看向她的肚子，他眼睛轉動幾下，便知道姊姊懷的是男孩，且是一對雙胞胎。

顧清婉聞言，並不驚訝。

夏祁軒倒是滿震驚。「我們可都沒和你說過，你姊姊懷的是一對雙胞胎，且還是男孩子。」

「我天賦異稟，神通了得，這下你信了吧。」顧清言笑道。

「哎喲！」突如其來的胎動，令顧清婉猝不及防地叫出聲，也令夏祁軒擔憂不已。「小婉，怎麼了？」

「沒事，是兩個小外甥在和我這個舅舅打招呼呢。」顧清言注視著姊姊的肚子，伸手去摸，摸到胎兒小拳頭，開口道：「你們一定要乖乖的，不要折磨你們的娘。」

夏祁軒看到顧清言的手放在顧清婉的肚子上，心裡很不舒服，開口道：「小婉，妳也看到了，言哥兒沒事，等解決了那隻老狐狸，他就能出去了。這天牢裡陰暗、潮濕，妳不適合待在這裡，我們走吧。」

顧清婉這才想起自己是來探監的，因為她懷孕的事，一點都不像探監，反而像走親戚閒聊。她握著顧清言的手。「你放心，姊姊會想辦法救你出去。」

「姊姊，我沒事，妳聽姊夫安排就好。如今妳挺著這麼大的肚子，做什麼都不方便，在家裡安心等著便是，我一定會平平安安出去，看著我兩個小外甥出生。」顧清言道。

顧清婉看著弟弟，感覺他變得更成熟穩重，半年不見，好像又長高一些，令她欣慰又心酸，一個人的成長，常是伴隨著逆境。

「小婉，我們該走了。」夏祁軒開口道。

「我走了，再找時間來看你。或許隔不了幾天，你就出去了。」顧清婉這樣說，是她知道，進天牢並不容易，如果沒有夏祁軒，她根本進不來。

「好。」顧清言點點頭。

顧清婉出了天牢，都沒再說一句話。直到上了馬車，夏祁軒問她，她才道：「祁軒，能不能讓言哥兒快點出來，我怕中途有變故。」

「好。」夏祁軒知道顧清婉的擔心來自何處，如果不行，就只能按照他一開始想的那個辦法，找個死刑犯代替顧清言。只是這樣一來，顧清言以後就不能正大光明走在路上，這是他不想見到的。

回到國公府，顧清婉才折騰了這麼一會兒便覺得很累，夏祁軒遂送她回屋休息。

等顧清婉睡下，夏祁軒去了書房，海伯遞給他一封信。

「這種厚顏無恥之人，竟然還敢出現。」夏祁軒將手中的信捏成齏粉。

這封信是陸仁寫給顧清婉的，信中說他有辦法把顧清言救出天牢，詳情見面後談。

陸仁萬萬沒想到，這封信根本到不了顧清婉的手裡。

「公子，接下來打算如何做？」海伯躬身問道。

「不急，我今兒先去一趟皇宮，回來再決定。」夏祁軒心裡有千萬個想要殺死陸仁的念頭，但如今陸仁和白三元綁在一起，要對付他得問一下高高在上的那位。

皇宮，御書房——

看著自從知道造成自己腿傷的元凶後，就許久不曾進宮的夏祁軒，楚皇挑眉道：「還以為你會生很久的氣。」

「在陛下心裡，祁軒是那種小氣的人？」夏祁軒淡淡道。

楚皇很想說不是小氣，是非常小氣，但這種話萬萬不能出口。一旦說了，還不知道對面這個小心眼的男人要生氣到幾時，到時耽擱了大事，於是開口道：「聽說你昨兒娶親，新娘卻身懷六甲？」

「我不相信你就只有這點消息。」夏祁軒不想給楚皇解釋這些，特別是小婉的事情。

楚皇笑了笑，隨後收斂起笑容。「你今日進宮有何事？」

夏祁軒回道：「今兒陸仁送了封書信給小婉，說有辦法救出言哥兒，讓小婉去見他。」

「這不是好事嘛，有人替你分憂解勞。」楚皇邪肆一笑。

「我是不是不該來讓你笑話我，你明明知道陸仁心懷不軌，必有另一層深意。」夏祁軒說著，皺起劍眉。

「行，我也不和你說笑了。正好，我今兒收到一份有趣的奏摺，你看看。」楚皇說著，站起身在一旁龍榻矮几上翻了會兒，找出一道奏摺，遞給夏祁軒。只有在夏祁軒和慕容長卿面前時，楚皇才這般隨意。

看完奏摺，夏祁軒也覺得很有趣，眉梢輕挑。「陛下相信奏摺所寫？」

「信不信都不重要，重要的是這個人能幫到我們。」楚皇意味深長地笑道。

做皇帝的人有幾個腦子簡單的？楚皇看起來放蕩不羈，實則心機深沈。夏祁軒假裝不明白，問道：「陛下的意思是？」

「萬事俱備，只欠東風，如今正好差這麼一個人，有了這個女人，才能把這鍋湯給攪渾了。」楚皇只要想到一直以來都奈何不了白三元，不但讓他還穩坐丞相之位，更平白無故把狀元招為女婿，他就一肚子不爽！

「既然陛下已經有了安排，那就沒有祁軒什麼事了。」夏祁軒開口道。

「不，以防萬一，還是要你幫忙。」楚皇說著，站起身走到夏祁軒旁邊，低語起來，只見夏祁軒面色沈重，連連點頭。

晚上夏祁軒回到國公府，韓戰雲上門造訪。

「見過舅舅。」顧清婉想要屈膝行禮，被韓戰雲先一步阻止。

韓戰雲責怪道：「妳懷有身孕，這些禮該免的就免了。原先在悵縣的時候，妳不都沒有向舅舅行過禮，到了這兒，禮數倒是多了。」

說完這話，韓戰雲嘴角勾起愉悅的弧度，夏祁軒亦是滿眼寵溺，嘴角帶著淺笑看著顧清婉。

「祁軒得到妳來楚京的消息時，便派人通知過我。但他迎娶妳的時候，舅舅沒有來，妳不會怪舅舅吧？」韓戰雲說著，嘆了口氣。

顧清婉搖搖頭。「祁軒已經把個中原因告訴我了，我能理解。」

「不過很快，舅舅就能把你們姊弟接回去。」韓戰雲從悵縣回到楚京，為了顧母的事情和韓玄霸鬧翻，隨後搬出武侯府。一邊處理武侯府中的魑魅魍魎，一邊幫著夏祁軒對付白三元。

顧清婉笑了笑。沒說什麼，她和弟弟認不認韓家的人還是個問題。不過她已經嫁人，這和她關係不大，這件事還得看言哥兒的意思。

對楚京的一切都還不熟悉，顧清婉現在只能見機行事，安心在家養胎。因為她懷著身孕，老太太特許她不用去向任何人請安，來了家裡多日，她連公公都沒有見過。

顧清婉每天起床時，公公夏懷武已經去早朝，等到吃飯的時候，夏懷武又在午休，到了晚飯，他必定是在書房。

第二天一早，朝中傳出一個驚天消息，原來白三元的乘龍快婿竟然有個元配髮妻，且這髮妻為人善良、美麗，在家鄉行善救貧，被當地百姓稱為梅花仙子。

善良美麗的梅花仙子一說，自是腹黑的楚皇所為，他就是要把事情弄得有趣一些。這一次，還不把白三元那隻老狐狸氣得跳腳，現出原形？

果不其然，白三元下朝以後，一張臉完全如鍋底一般黑。回到家中，便大罵特罵陸仁一番，如果不是白雪阻攔，陸仁都被白三元一劍給劈了。

白三元看在白雪分上，甩袖離開，讓陸仁自行解決這一切，不要把白家拖下水。

「陸仁，我要你立即寫封休書寄回去，把那個女人給我休了。」待白三元離開，白雪冷冷地看著陸仁，眼裡的怒火毫不掩飾，可見她有多麼生氣。

「好。」陸仁為了前途，定是要犧牲梅花。他本來對梅花就噁心得不行，一點感情都沒有。

見陸仁答應得如此爽快，白雪嘲諷道：「回答得如此乾脆，你就沒有一丁點不捨？」

「雪兒，妳先平息怒火，聽我給妳講段故事可好？」陸仁溫柔地看著白雪，隨後一臉痛苦，沈聲道。

「你說。」白雪還沒見過陸仁露出如此痛苦的表情。

陸仁陷入回憶中，將他和梅花的故事稍微改編一下，講給白雪聽。說他本是一個窮酸秀才，因上集市遇到梅花，便被糾纏不休，到最後更是把他約到客棧，對他下藥，把他給強了。最後梅花還讓兩個哥哥威脅他，不娶梅花就死，最終為了活下去，他選擇娶了那個女人。

這些話，大部分都是真的，陸仁講到被逼著娶梅花時，那種痛苦令白雪都心疼。

說到最後，陸仁一臉痛苦。「雪兒，若是妳不相信，可派人去船山鎮打探，此事整個船山鎮都知道。我不願意說這事，是因為我不想提起這些，想起過去的痛苦。」

「世間竟有這麼無恥的女人！無才無德，竟敢逼迫你娶她！如今還說自己是梅花仙子，無恥至極！」白雪非常憤怒，氣得拍桌大罵。

「所以，妳讓我休她的時候，我才會這麼爽快答應。」陸仁解釋完，低垂下腦袋，一副做錯事的樣子，等著挨批。

「既然如此，相公，我們何不派人去將其……」白雪做了個抹脖子的動作。她是個眼裡容不下沙子的人，不管陸仁所言是真是假，梅花都必須死。不然，置她於何地？

聽到白雪這麼一說，陸仁求之不得，但又怕白雪說他無情無義，因此故作猶豫道：「雪兒，不是我心疼她，畢竟我與她拜過堂，同過榻，俗話說一日夫妻百日恩，能不能不這麼做？」

「那你想怎麼做？」白雪挑眉，冷冷地看著陸仁。

「我也不知該如何處理。」陸仁神情痛苦，似是內心備受煎熬一般。

「既然你不知道該如何處理，就交給我來辦，你就當什麼都不知道便是。」白雪看到陸仁這樣，心軟了下來，這個男人，還是太心慈手軟了。

內心竊喜，陸仁面上卻裝作為難。「雪兒，就沒有別的辦法？」

「只有讓這個女人消失，一切才能解決。到時，就把悵縣縣令推出來頂罪，一切是那縣令自己策劃演出的一齣戲而已。」白雪精於算計，這種事情，駕輕就熟。

陸仁沈默不語，內心已經開始期待，梅花死訊傳來，事情解決，那麼他就能一心對付夏家，把顧清婉搶過來。

昨兒送的信，她可看了？為什麼還不回信呢？

兩口子商量完，白雪便暗中派人去悵縣，準備殺死梅花，完全沒發現屋頂上偷聽的阿大……

這頭，夏祁軒聽完阿大的彙報，冷笑道：「果然不出所料，陛下還真料事如神，提前安排好。」這樣一來，白三元的事情就快解決了，想到最多三月就出生的孩子，夏祁軒已經迫不及待。

晚飯，顧清婉看出夏祁軒心情挺不錯，問他發生了何事。

「佛曰，不可說。」夏祁軒神祕兮兮地笑道。

顧清婉也懶得再問。「祁軒，我都來楚京好些天了，能不能去逛逛？」

「好，什麼時候想去，我陪妳。」寵妻的夏祁軒，不管顧清婉有什麼要求，他都會答應。

「那就明兒吧，帶上可香，這些日子她在府中也悶得慌。」顧清婉笑道。

「也好。」夏祁軒為顧清婉挾了一筷子菜。

孰料第二天一大早，宮中傳出卿太后昨晚睡下後到現在還沒醒的消息，宮中御醫束手無策，完全不知道什麼原因。楚皇貼出緊急告示，誰能醫治好卿太后的病，務農者賞良田千頃，從商者黃金萬兩，有才有武之人可賜三品官位。

如此優厚的待遇，可見楚皇對太后的病是多麼在意。

得到這一消息，顧清婉只道了一句。「天助我也。」隨後便讓夏祁軒把皇榜給揭了。

夏祁軒知道顧清婉的用意，沒有猶豫，揭完榜，他便命丫鬟們把顧清婉打扮一番，靜等皇上派人前來。

果然，才一個時辰不到，楚皇即派總管太監前來，請顧清婉進宮。夏祁軒自是要跟隨，只是身為外男，進了宮便被請去御書房稍候。

顧清婉跟著總管太監進了卿太后的永祥宮，永祥宮內滿院奼紫嫣紅，在陽光下綻放，美不勝收。

不愧是皇家，這院子布置得這麼精雕細琢，美麗如畫。

顧清婉欣賞著滿院百花，總管太監先讓她在門口稍候，便進殿通報。

不多時，總管太監走出來，在門口做了個請的姿勢。「夏少夫人請。」

顧清婉點點頭，挺著肚子步入大殿中，看到上首貴妃榻上坐著一身金黃色龍袍的俊美男子，稍微愣了一下，便明白此人是誰。

她想要跪下見禮，楚皇充滿磁性的嗓音便響起。「妳身有不便，禮就免了吧，先去看看太后的病情。」

「謝皇上。」顧清婉知道不是皇帝有多麼仁慈，而是看在夏祁軒的分上。她第一次見到高高在上的皇帝，不緊張是假的。

楚皇話音落下後，總管太監便領著顧清婉進入內室。

內室裡守著不少女人，顧清婉沒有去細細打量她們，不用說，這些女人都是楚皇的後宮。她挺著肚子，就著總管太監搬過來的繡墩坐下，為太后號脈。

屋裡很安靜，妃嬪們都盯著顧清婉，有的人看著她的肚子，露出羨慕的眼神。其中一個女子，當看到顧清婉隨著太監進門時，就激動得險些跑出來，但這裡不是她能隨心所欲的地方，只能忍著。

半晌後，顧清婉站起身，出去向楚皇說明太后的病情。

看到顧清婉出來，楚皇便站起身迎上前。「如何？」

顧清婉開口道：「太后娘娘的病情民婦心中已經有數，不過還得確認，只是有些為難。」

第一百零六章

「有何為難？」楚皇問道。

「剛才民婦為太后號脈時，發覺她頭中脈絡似暢似堵，民婦懷疑太后娘娘頭裡長了東西壓著脈絡，為了確認這點，民婦需要一個人幫忙。」顧清婉不卑不亢地道。

顧清婉說的，其實有的太醫能號出來，但是他們怕死，一旦把病情說出，就得有辦法治療。偏偏像太后這種情況最難治，特別是太后這樣身分地位的人，只要稍微出點差錯，便一家老小滿門抄斬。

「何人？」楚皇挑眉。

「想必皇上已經瞭解民婦身分，那麼也清楚民婦有個弟弟，其醫術同樣了得，有十足把握知道太后娘娘顱內的情況。不過民婦的弟弟，如今人在天牢。」顧清婉來此的目的，為的就是讓顧清言出來，她不求良田千頃、黃金萬兩，也不求一官半職，只求弟弟能平安地離開天牢。

幸好對於太后的病，她有辦法醫治。

在顧清婉話音落下後，屋子裡陷入短暫的安靜，半晌，楚皇才道：「此事，朕需要考慮後再決定。」

「那民婦可否先告退？」顧清婉不知這位皇帝陛下要考慮到什麼時候，待在這皇宮裡很壓抑。

「可以。」楚皇點頭，若換作是別人，不把太后醫治好，是絕對不能離開皇宮的，但看在夏祁軒的面子上，楚皇不得不這麼做。

「謝皇上。」顧清婉說完，從懷裡取出一個玉瓶。「此乃是民婦調製的藥水，給太后服下後，可使太后甦醒。太后雖醒，然病猶在，望皇上能早下決定。」

顧清婉可知道井水的效果，故意提醒道，說完，便跟著總管太監退出大殿。

顧清婉一走，楚皇便拿玉瓶進入內室，眾妃嬪見禮。他逕自行至床前，扶起太后，打開玉瓶，直接給她服下。

餵完藥水，就是等待。

楚皇坐在床前，看著一動不動的太后，眾妃嬪大氣不敢出，也都等著。

等了小半個時辰後，便見太后悠悠醒來。「你們怎麼都來了？」

眾人一臉震驚，太醫們不是說太后不會這麼快醒來嗎？難道真是那個女人的藥起了作用？

「母后，您醒了？」楚皇重新坐回床前，扶著太后坐起，往太后背後墊了個軟枕。

「皇上國事繁雜，跑來哀家這永祥宮做甚？」太后還以為自己睡了一覺，並不知道發生了什麼事。

「兒子都處理完奏摺了，無事便過來看看母后。」楚皇笑道。

「行了，都散了吧，哀家這不是好好的嘛。」太后說著，便要下床，卻被楚皇攔著。她沈下臉，顯示出不悅。

「母后，您有沒有感覺身上不適？」楚皇上下打量著太后。

聽到楚皇的問話，太后好生奇怪，知道兒子關心自己，她便動了動身體，笑道：「不知為何，哀家感覺今兒要比往昔還有精神呢。」

「這樣兒子就放心了。」楚皇內心很震驚，想不到那藥水真有奇效。

楚皇離開永祥宮，回到宣明殿御書房，進門便問道：「祁軒和他夫人回去了？」

「稟萬歲，已回去了。」

想到藥水的神奇，楚皇沈吟，顧清言此人真有那種本事嗎？思及探子來報，顧清言可準確無誤地找出陳老爺子腹中的東西，他就覺得很不可思議，難道世間真有如神一般的能力？

為了驗證這一點，楚皇喬裝打扮一番，帶著御前侍衛統領和總管太監德福出了宮門，前往天牢。

到了天牢時，天色已經暗下。天牢裡陰氣沈沈，點著忽明忽滅的火把。

當看到顧清言時，楚皇內心非常懷疑，這個僅十三歲的少年真有神奇之術？

「不知皇上御駕親臨所為何事？」顧清言被告到御前，見過楚皇，對楚皇沒有什麼好印象，就算對方貴為皇帝，他也沒有敬重之心。

「你們姊弟還真像，眼裡都看不到對朕的敬意。」楚皇也不在乎，坐在石案的另一邊，對顧清言道。

「萬歲見過家姊？」顧清言不明白，堂堂一個皇帝，見他姊姊做什麼？

楚皇沒有隱瞞，他來此的目的就是要讓顧清言去給太后斷病，遂將顧清婉入宮為太后診治的事情告訴他。

聽罷，顧清言便明白姊姊的用心良苦。「皇上想草民怎麼做？」

「自然是為太后看診。」楚皇道。「朕會想辦法讓你出去一趟。」楚皇說著，站起身朝外走去。

顧清言半眯著雙眼，看著厚重的鐵門緩緩閉上，心裡已經開始計算。

夏祁軒得到天牢的消息，便告知顧清婉。

「希望言哥兒會明白我的意思，現在我們要做的就是等。」顧清婉道。

等待的時間總是漫長，第二天吃罷早飯，終於有了消息。總管太監德福領著一名太監去天牢給人送食盒，不久便出來。

這消息令顧清婉很開心，如果她所料不錯，總管太監帶著進去的小太監已經把弟弟換出來，如今他進了皇宮，接下來便要看顧清言的了。

言哥兒，你可不能讓姊姊失望！

用了早膳，楚皇便去請太后和眾妃嬪去御花園賞花、品茶。

今日總管太監身邊跟著一名陌生的小太監，這對妃嬪們來說，沒有什麼稀奇。

太后心情好，和眾妃嬪說說笑笑，楚皇還在想如何讓顧清言不著痕跡地為太后號脈。

那名小太監附在總管太監德福耳邊低語幾句，只見德福張著嘴巴，險些合不上。小太監碰了碰德福，德福才回過神來，趕忙走到皇上身邊，躬身在皇上耳邊低語。

「母后，兒子剛想起，還有一本重要奏摺沒有批閱，兒子去去就來。」楚皇站起身，對太后道。

「去吧，你也別來了，哀家有些乏了，回永祥宮。」太后揮揮手，她現在喜靜，沒事總坐著唸佛。

「兒子送母后回去。」皇上說著，準備去扶太后，太后擺擺手，道：「你儘管去忙你的，哀家有這麼多人陪著，還怕哀家走丟了不成。」

「是，兒子告退。」楚皇對於太后，極為尊重、孝順。說罷，楚皇領著德福和小太監在妃嬪們的恭送下離去。

到了御書房，皇上便問顧清言太后的情況。

「皇上，實不相瞞，太后確實如草民姊姊所說，顱中生了一顆黃豆大小的東西。」顧清言不卑不亢地回道。

聽罷，楚皇沈下臉來，怒聲道：「顧清言，你就不怕朕砍了你的腦袋，你並沒有為太后號脈，如何能確定她腦中有黃豆大小之物？」

「草民只是說出實情，如果這都有罪的話，皇上就下旨把草民的頭砍了便是。」顧清言淡漠地道，不是他不怕死，而是他賭皇上不會砍他頭。

楚皇凝視著顧清言，似要將其心思看透，御書房內的氣氛帶著幾分肅殺之氣。

德福在心裡直罵顧清言不知好歹，竟敢跟皇上用這種語氣說話，暗中抹了一把汗，祈禱皇上不要真的在一怒之下把顧清言砍了。

就在氣氛凝重得令人喘不過氣時，楚皇驀地一笑。「你比朕想像中還要有勇氣，有勇氣是好事，不過沒有一顆睿智的心，那叫有勇無謀。」

顧清言並未接話，嘴角微勾，笑了笑。

「告訴朕，你用什麼辦法知道太后的病？」楚皇覺得很神奇，想弄個清楚明白。

木秀於林，風必摧之，顧清言知道這個道理，自是不會真的說，開口道：「皇上，草民有自己的辦法便是，何須要問得清楚？」

「那你又是怎麼準確找出陳老爺子肚中的東西？」楚皇何其睿智，經過這兩件事，這麼一聯想，便想到這一點，那就是顧清言能肉眼看到常人看不見之物。

顧清言並不知道楚皇已經猜到什麼，開口道：「皇上這個問題，和剛才那個一樣，草民不知如何回答。」

「算了，你不說便不說。你告訴朕，可有辦法醫治好太后？」既然想通，楚皇亦不會再糾結這一點，天下奇人異士多的是，他不可能個個都逮著過問一番。

這下，顧清言想都沒想，回答得很快。「草民想見草民的姊姊，找她商量一下醫治之法。」

「可以。」楚皇點頭，隨後看向德福，命他去國公府接顧清婉進宮覲見。

待在國公府中的顧清婉，在得知顧清言進宮時，就已經準備好。德福剛把旨意傳達，她和夏祁軒便跟著入宮。

楚皇為他們姊弟安排了一間單獨的屋子，讓姊弟倆商議，門外又派人去守著。這讓夏祁軒對楚皇很不滿，楚皇只說是小心謹慎為好，以防隔牆有耳。這麼冠冕堂皇的理由，夏祁軒也沒法。

偏殿內，姊弟倆坐在一起嘀咕著。

「姊姊，妳是不是有辦法醫治好太后的病？」剛一坐下，顧清言便問道。

顧清婉覷了外面一眼，低聲道：「我的萬能井升到第三階段了。」

這消息對顧清言來說是個大大的驚喜。「快說說，是不是更逆天了？」

「第三階段能成為萬能的藥引，激發藥物十倍的功效，長期服用得以祛除百病，還可強身健體，較早先的功效更強十倍。且每個階段都能換著使用，在萬能井的旁邊，有個調製階段的按鈕，用起來比以前還要方便。」顧清婉自然要把這麼令人高興的事告訴弟弟。

「那麼，可還有第四階段？」顧清言已經驚喜得不行，如果有第四階段，那會是何等逆天？

「沒有了，所有的文字都已經顯示。」顧清婉搖頭。

聽到這樣的答案，顧清言也不失落，畢竟現在已經夠逆天了。想到自己的計劃，他開口道：「姊姊，我有個想法。」

「嗯？」顧清婉眉梢微挑。

顧清言隨後在她耳邊低語起來。

聽罷，顧清婉笑道：「你還真和姊姊想到了一處，這次，你可要把握這個機會。」

「我知道，我要求見姊姊，就是要姊姊配合我。」顧清言笑道。

「好了，別讓人等太久，我們出去。」顧清婉就算還有很多話想說，但現在不是他們敘舊的時候。

姊弟倆從偏殿出來，德福便引著兩人去見楚皇。剛進門，夏祁軒便轉動輪椅到顧清婉身邊，緊緊握著她的手。

楚皇淡淡看了夏祁軒一眼，嘴角微揚，隨後望向顧清言。「可有辦法治療太后的病？」

「沒有。」顧清言搖頭。

顧清言的回答，不只楚皇，就連夏祁軒也不明所以。他看向顧清婉，卻見她眼裡含著一股笑意，眉宇間並無絲毫擔憂。

「顧清言，你可明白欺君之罪有多麼嚴重，朕可誅你九族。」楚皇哪裡看不出顧清言有辦法卻不願意醫治。

御書房內的氣氛凝滯，但沒有一個人懼怕楚皇的威嚴，不管是夏祁軒，還是姊弟倆。

「皇上，草民已將太后娘娘的病情告知您，您可以貼出皇榜昭告天下，看有沒有人能將太后娘娘腦中之物清除，到時您再砍草民的腦袋即可。」顧清言不卑不亢地道。

楚皇看到三個人的態度、神情，氣不打一處來，他擺擺手。「德福，送他回天牢。」

顧清婉和夏祁軒跟著告辭，楚皇心煩，揮揮手，讓他們也出宮。

在他們離開後不久，楚皇便宣所有太醫前來，不用說也知道，楚皇想不靠顧家姊弟醫治好太后的病。可惜，折騰了半天也是徒勞。

腦子是人體所有脈絡的匯聚地，如果用藥不當，一不小心就能使人瘋癲癡傻，重者昏迷不醒，甚至使人喪命。

所有太醫都不肯冒這個險，個個閉緊嘴巴，不願意醫治。

楚皇大怒。「朝廷就養了你們這群沒用的飯桶，都下去吧！」他心情極為糟糕，能醫的人不醫，不能醫的全在眼前礙眼，令他煩躁不已。

太醫們灰溜溜地離開，出了皇宮，他們才敢去擦腦門上的汗水。

第二天楚皇又貼出皇榜昭告天下，找人為太后治病。

顧清婉安心地待在府中，只管每日養胎，為老太太和婆婆慕容雲依送上井水，還附帶針灸。

慕容雲依生夏祁軒時落下的病，在顧清婉的治療下徹底痊癒，這讓府中一直對顧清婉有意見的人，開始慢慢向她靠攏。

顧清婉哪裡不知道她們的心思，一個個沒病的都送上一瓶井水，有病的就醫治。夏家人對顧清婉現在好得不行。

顧清婉的日子過得滋潤，外面的事情也進展著，楚皇昭告天下的皇榜到現在還沒有人去揭。

知道消息時她心情很好，趁夏祁軒進宮去見楚皇商談對付白三元的事情，讓夏祁軒捎著她和可香去街上逛逛。

夏祁軒本不願意，但拗不過顧清婉，只得同意，但暗中派人護衛。

顧清婉自從來到楚京，一直被夏祁軒保護著，都沒有機會逛過，今日自然要好好逛逛。

就快要到七夕，街上很多人，顧清婉和可香兩人拎著大包小包東西，在人群中擠著，感覺像是又回到船山鎮一般。

「可香，跟緊一點，別跟丟了。」顧清婉回頭對可香叮囑了一句，眼神被不遠處的花燈吸引。

就在這時，聽到可香一聲尖叫。「姊姊，小心！」

隨後顧清婉被人從身後推了一把，她沒有站穩，整個人朝地上倒去，周圍人見狀，都怕攤上事，個個避開她。

懷孕的人身體本就不利索，顧清婉只能眼睜睜看著自己被推倒。她本該是撲倒，但怕傷到孩子，她強行扭轉腳跟，屁股先著地。

瞬間感覺到臀部一陣疼痛，還沒弄清楚怎麼回事，便見一道身影撲向她，她抬起手來想要阻擋，已經晚了。來人按在她的肚子上，腹部頓時便感到疼痛襲來。

「姊姊，妳怎麼樣了？對不起，剛才有人在後面推了我一把，我沒站穩，才會傷到妳，對不起！」可香見顧清婉一臉痛苦，連忙道歉。

此時，可香還按在她肚子上，顧清婉疼得咬牙。「妳先起來，快點去找馬車，我們回去。」

「好。」可香抹了一把淚，哭著說道，隨後站起身，朝人群外跑去。

暗中保護顧清婉的阿二看到剛才一幕，只是一切都發生得太快，想救人已經來不及。望了一眼遠處停著的馬車，便跳下房頂，跑到離顧清婉最近的馬車前，扔給車夫一張銀票。

「兄弟，江湖救急，借馬車一用，你可去國公府取。」

說罷，一手將車夫拎下車，駕著馬車朝顧清婉駛去。街道上人太多，阿二一邊走，一邊用內力轟人，轟出一條道來。此時阿二已經顧不得男女之嫌，一把將顧清婉抱上馬車，隨後調轉馬頭離開，朝國公府趕去。

顧清婉肚子很痛，裙子全被血水浸濕，她很害怕，害怕孩子保不住。

第一百零七章

好不容易到了國公府，阿二抱著顧清婉進大門。「快去請戚大夫！」隨後抱著她朝軒轅閣趕去。

老太太、慕容雲依得知後，急急忙忙趕往軒轅閣。

老太太和慕容雲依心疼得不行，老太太心裡雖然焦急擔憂，但還是知道要冷靜。看出顧清婉有早產跡象，忙派人去請穩婆，燒熱水，又讓海伯立即去皇宮，給夏祁軒送信。

「婉丫頭，妳一定要堅持住，穩婆很快就來了。」老太太握住顧清婉的手，安慰道。

慕容雲依雙眼通紅，命丫鬟打來熱水，為顧清婉擦拭汗水。

顧清婉很痛，她真的沒想到會發生今日之事，到現在，她都釐不清當時的情況。

好在穩婆很快就來，一看到顧清婉的情況，便明白她尚未足月。

「少夫人，因為您尚未足月，在生孩子的過程中或許會很痛，您一定要堅持住。」

自然生產時，在孩子快要出生前六、七天，宮口會逐漸變大，顧清婉宮口未開，肯定會比較疼。

「我知道。」顧清婉雙手抓住床單，忍著疼痛道。

穩婆見顧清婉羊水已破，讓她深呼吸，隨後用力。

夏祁軒得知以後，急急忙忙趕回府，看到院中的一群人，他二話不說，便要進屋去陪顧清婉，被老太太和慕容雲依攔住。

「你是男子，怎能進去？」

「小婉在裡面為我受苦，我為何不能進去陪她？」夏祁軒聽到顧清婉的痛叫聲，心都快碎了。

「總之，你不能進去。」產房是污穢之地，慕容雲依雖然疼愛顧清婉，但怎會讓兒子進去沾染穢氣。

夏祁軒被攔在外面，聽著顧清婉的慘叫，十分焦慮，坐立不安。

就在此時，海伯來到夏祁軒旁邊低語幾句，只見夏祁軒臉色陰鷙，眼神裡閃過嗜血的寒芒，隨後轉動輪椅朝書房駛去。進了書房，便看向阿二。「你說是可香將小婉推倒？」

「回稟公子，屬下親眼所見。」阿二恭敬地回道。

「可是有什麼誤會，她也是被人推倒的嗎？」夏祁軒不想冤枉了可香。

「公子，屬下在高處看得真真切切，無人推可香小姐。當時可香小姐走在少夫人身後，少夫人回頭對她說了一句話，便望向遠處的燈籠。這時，屬下便見可香一把推向少夫人，隨後嘴裡還假意喊小心，又撲向少夫人肚子。屬下猜測，如果不是可香小姐最後壓在少夫人肚子上，少夫人不致會變成現在的樣子。」阿二照實道出。

「那麼可香現在何處？」夏祁軒壓下內心怒火，沈聲問道。

「應該還在集市上。」當時他一心只想著救顧清婉，早就把可香拋諸腦外。

夏祁軒正要說話，聽到急促的腳步聲傳來，隨後門口人影晃動，海伯進了書房，稟報道：「公子，不好了，少夫人她——」

看到這麼多年從不驚慌的海伯露出這般神情，夏祁軒著急地轉動輪椅出了書房。

軒轅閣外，老太太命人搭了高臺，上面放了瓜果肉和香爐，拜祭上天。府裡的女人們，個個虔誠禱告上蒼，保佑顧清婉母子平安。

穩婆見顧清婉情況危急，急忙讓人去稟了老太太，問一問是保大還是保小。

老太太和慕容雲依的心一下子沈到谷底，只得再進產房，一迭連聲叫顧清婉堅持住。

夏祁軒到了門口，聽到裡面的叫聲，心如刀絞，便要進門，卻被門口守著的丫鬟阻攔，他怒吼道：「若是不想死，就給我滾！」

「祁軒！」顧清婉聽到聲音，便知道夏祁軒在外面，用力喊了一聲。

老太太是過來人，看著顧清婉，心痛不已——女人生孩子，就是在搏命啊。

顧清婉已有大出血的徵兆，老太太生怕她挺不過去，無奈地道：「讓公子進來。」

夏祁軒聽到聲音，忙轉動輪椅進屋，屋裡血腥氣很濃重。他的呼吸一滯，直直看向床上的顧清婉，只見她面色慘白，額上滿是冷汗。

夏祁軒心痛不已，轉動輪椅來到顧清婉身邊，握住她的手。「小婉，不要怕，我在這裡。」

「找言哥兒來。」顧清婉的頭越來越沈，眼皮越來越重，在昏迷前，一直唸著顧清言的名字。

「小婉，不要啊，不要拋下我！」夏祁軒見顧清婉頭一歪，眼淚便再也忍不住，痛哭起來。

老太太走出房間，讓海伯安排一番，她要進宮去見楚皇。

老太太剛準備妥當，夏祁軒便出了房門，他要親自去見皇上。

夏祁軒急急忙忙到了皇宮，要楚皇把顧清言放出天牢。「不管你的計劃是什麼，我要你現在把言哥兒放出來！」

「你這是怎麼了？」楚皇並不知道國公府剛發生的事，看到夏祁軒的樣子，甚是嚇人。

「我要你立即釋放言哥兒，只要你放了他，我夏祁軒這條命就交給你。」小婉昏迷前心心念念著顧清言，夏祁軒說什麼都要成全妻子的心意。

「祁軒，你知道把顧清言放出來後，會給白三元落下話柄嗎？」楚皇開口道。

夏祁軒的眼神很可怕，有種深深的絕望，還有仇恨，那是一種仇視天下人，恨不能毀天滅地的眼神。

楚皇已經很久沒見過這樣的眼神，最後一次看到，還是在夏祁軒腳筋被斷，從此不能行走時。

他雖然不害怕夏祁軒的仇視，但身為好友，又怎能看到夏祁軒變回以前那個夏祁軒？他嘆了口氣，道：「究竟發生了何事，我已經很多年沒見過你如此衝動。」

「我只要讓顧清言出去見小婉一面。」夏祁軒沈痛道。

到底發生了什麼？楚皇心裡雖有疑問，見夏祁軒說得很嚴重，也不再耽擱，忙吩咐德福帶著小太監和夏祁軒離開，用上次的辦法先將顧清言換出。

顧清言還以為是讓他去救太后，進入馬車後看到夏祁軒，便有一種不好的預感。還沒等他坐穩，馬車便疾馳起來，他險些摔跟頭。本想說出自己的不滿，但看到姊夫沈痛悲傷的神情，於是試探地問道：「是不是姊姊出事了？」

夏祁軒點點頭，便將顧清婉出意外的事告訴顧清言，但沒有說出是可香所為，現在不是說這個的時候。

到了國公府，顧清言不等夏祁軒下車，便往軒轅閣飛奔，他在國公府住了幾個月，對府中的環境十分熟悉。

顧清言進了軒轅閣院子，看到跪在地上的眾人，眼睛便紅了。一定是姊姊的情況很糟糕，當下飛奔進門大喊。「姊姊！」

「言哥兒。」老太太抹了把眼淚，喚了一聲。

進了屋，顧清言不知道老太太說了什麼，瞧見姊姊的情況，心似被炸開一樣，很痛、很痛。他沒有再如以前那般衝動地大喊大叫，而是靜靜地站在床前。

老太太以為顧清言被嚇傻，已經不會動彈，上前安慰道：「婉丫頭只是昏迷而已，你不要難過。」

顧清言收回目光，看向慕容雲依。「伯母，請讓人立即去我住的屋子，把我床頭那只盒子拿來，再去弄些羊腸線，準備最烈的酒，燒熱水。快點，我馬上要。」

「好，我立即就去。」慕容雲依看出顧清言的神情凝重，也猜到幾分，想必他有辦法救顧清婉。

老太太看向顧清言。「言哥兒，你的意思是婉丫頭還有救？」

夏祁軒正好轉動著輪椅進門，聽到老太太的聲音，停止前行，也想知道顧清言有沒有辦法救小婉。

「有我在，不會讓姊姊有事。」顧清言走到床前坐下，接過老太太手中的布巾，輕輕為姊姊擦拭額頭。

這個答案，讓老太太安了心，也讓夏祁軒稍微鬆了一口氣，但沒有看到顧清婉徹底安全，兩人都不會真的放下心來。

夏祁軒道：「祖母，您先去外頭等著，這裡交給我和言哥兒。」

「不，沒有見到婉丫頭平安，我不放心離開。」老太太看了一眼床上的顧清婉，心疼地道。

顧清言沒有時間管祖孫兩人，姊姊失血過多，若是再這樣下去，即便把孩子救出來，姊姊也活不成。他走到軟榻旁，將軟榻上的矮几移下，隨後將軟榻推到光線足、且動手術時沒有障礙的地方，隨後拔出一旁的寶劍將軟榻靠背劈掉，把軟榻做成手術檯。

之後抱起顧清婉放在軟榻上，接著看向夏祁軒。「姊夫，姊姊失血過多導致昏迷，我需要和她血型相配的人輸血給她，否則姊姊會有危險。」

「那就用我的。」夏祁軒聽到這一點，當然第一個先試。

顧清言便請老太太吩咐下人取來乾淨的碗盛水，取了顧清婉的一滴血，再取夏祁軒的，果然，兩人的血液能融合。

看到這一點，老太太震驚不已。「他們倆的血怎麼會融合在一起？」

古人都以這個方法滴血認親，能融合在一起就說是親生。顧清言這個時候不想解釋血型這一說，就算解釋了，老太太也未必明白。

不光是老太太，夏祁軒也很震驚，他的血怎麼會和小婉的融在一起？

「姊夫你別瞎想，現在要做的就是給姊姊輸血，等姊姊安全了，我再給你講解血型知識。」顧清言說著，拿過寶劍遞給夏祁軒。

夏祁軒聽了點點頭，不等顧清言安排，自己割開手心血管，再割開顧清婉的血管，隨後開始為顧清婉輸血。在輸血過程中，他還將自己的內力一點一點地注入到她身體中，他不敢注入太多，怕顧清婉的脈絡承受不住內力的衝擊。

慕容雲依很快便將顧清言交代的一切準備好，之後便是動手術。夏祁軒輸完血，在一旁包紮傷口。

顧清言原本不想有外人在，但待會兒抱出孩子，需要一個懂的人在場。對於剖腹產，他還是第一次，便只能由著老太太和慕容雲依在一旁。

當看到顧清言剪開顧清婉腹部的衣裳時，夏祁軒是抗拒的。但妻子命在旦夕，他顧不得這些，如果顧清婉死了，他也會跟著去。

鋒利的手術刀在顧清婉的小腹劃下第一刀，身為女人的慕容雲依和老太太都忍不住淚流滿面。夏祁軒更是痛徹心腑，心如刀絞，發誓這一生都會好好愛護顧清婉，再也不會讓她懷孕，承受這樣的痛苦。

屋裡的幾人心情沈重，外面的人亦是如此，就連夏懷武也在院中走來走去，得知兒媳婦難產，大人和孩子都有危險，他怎能不擔心？

早在顧清婉和府中上下相處融洽時，夏懷武就認定了這個兒媳婦。

顧清婉小腹處被徹底劃開一道口子，已經能看到裡面的胎兒。取出孩子的過程十分順利，縫合也很成功。

縫合完，顧清言觀察了一下姊姊的身體情況，看到她的傷口正緩慢癒合，便放下心來。好在是姊姊，如果是別人，這樣簡陋的手術，不知道能不能撐過去？

「言哥兒，小婉怎麼樣了？」夏祁軒用熱毛巾為顧清婉擦拭傷口周圍，心疼地問道。

顧清言搖搖頭。「姊姊沒事，最遲明兒一早就會醒，你又不是不知道她身體的癒合能力。」

「不好，這孩子的氣息很弱。」兩人在說著話，慕容雲依的聲音響起，語氣裡滿滿的擔憂。

老太太將懷中處理好的孩子放在床上，走到慕容雲依身前，探了探另一個孩子的鼻息，看向顧清言。「言哥兒，你來看看。」

顧清言接過孩子，看向夏祁軒。「姊夫，告訴我，是不是有人對姊姊出手？若不然，孩子的內傷從何而來？」

「你說什麼？孩子有內傷？」夏祁軒看向顧清言手中小小的兒子，隨後想到了什麼，內心的殺意令他雙目赤紅。

「言哥兒，別管那些，先救孩子成嗎？伯母求你了。」慕容雲依看到小小的孫兒，心都軟化成一灘水。

顧清言點點頭。「麻煩伯母和祖母先出去。」

兩人都不明白，此時此刻，為何要她們先出去？不過她們知道，只要有辦法救孩子，這就可以了。

等到兩人離開，顧清言看向夏祁軒。「姊夫，麻煩你用內力喚醒姊姊。」

「小婉現在很虛弱，她醒來還有精神救孩子嗎？要不我派人去請太醫？」夏祁軒擔憂道。

顧清言開口道：「姊夫，姊姊可以的，當今世上，除了姊姊，沒有人能救這個孩子。」

夏祁軒知道顧清言不會在這個時候開玩笑，他點點頭，不再說什麼，運起內力，握住顧清婉的手心，把內力注入她體內，衝擊顧清婉的任督二脈。

就在夏祁軒額頭上滲著細密的汗水，唇色變成不健康的白色時，顧清婉動了動眼珠，緩緩掀開眼皮，看向面前的兩人，隨後注視顧清言懷中的孩子，眼神溫柔似水。「我能看看孩子嗎？」

「姊姊，孩子受了內傷，現在只有井水能救他！」危急時刻，顧清言已經顧不得許多，他看得出來，姊姊很虛弱，不知道能撐多久，遂沒有一句廢話，直奔主題。

「快，拿杯子給我……」顧清婉抬手想要摸孩子，但渾身無力。

顧清言早在夏祁軒輸內力時，便把杯子準備好，遞給姊姊。顧清婉接過杯子，用堅強的意志力打開異空間，舀了井水遞給他。

在顧清言和夏祁軒眼中，只看到顧清婉憑空多了一杯水，實際上，顧清婉舀這杯水費了很多力氣。如果是平時，只需一個念頭，萬能井就會出現，但剛才，她頭兩次都打不開萬能井。幸好為母則強，想到弟弟說只有井水能救孩子，她就靠著那股不服輸的意志力拿到萬能井的水。

顧清婉把水遞給顧清言，便見他拿筷子蘸井水餵孩子。

她眼皮很重，頭很沈，但沒看到孩子平安，不敢睡過去。這時，手被暖暖的大掌包裹握緊，聲音在耳邊響起。「小婉，累就睡一覺，孩子會沒事的。」

這才轉頭看向夏祁軒，見他一臉憔悴，蹙起眉頭。「你怎麼變得這麼衰弱、狼狽？」

「我沒事，小婉，讓妳受苦了。以後，我們再也不要孩子了，好不好？」夏祁軒眼裡只有溫柔和心疼。

顧清婉抬手撫上他的眉宇。「傻瓜，這次是個意外。」

「倦了便歇會兒，孩子會安然度過的。」夏祁軒握著顧清婉的手，放在臉上摩挲著。今日如果沒有顧清言，他恐怕會失去小婉，那麼，他的人生便失去意義。

看到小婉安好，才是他最高興的事。

第一百零八章

那邊，顧清言已經餵完井水，查看孩子身體一番，竟然發現了奇蹟，這孩子的內傷也在緩緩癒合。想想便釋然了，這是姊姊的孩子，身體裡有她的血，能自行癒合也在常理中。

「姊姊，孩子沒事了，他的內傷在慢慢癒合。這就表示他身體裡有妳的血液，也有自行癒合的能力。」顧清言讓兩個孩子並排著睡覺，起身走到顧清婉旁邊。

聽到這話，顧清婉便安下心來。「真是太好了，那我就放心了。」知道自己的孩子有癒合能力，初為人母的顧清婉，內心很高興，便安心地閉上眼，沈沈睡去。

別的男人都是有了孩子忘了媳婦，但夏祁軒是另類，在他心裡，媳婦比兒子重要，孝順兒女趕不上忤逆夫妻，兒子、女兒再孝順，以後都會有自己的家。但小婉會陪伴他一生，他們會相互扶持到老，牽手看夕陽。如果今兒小婉離開，他也會毫不猶豫地跟著去。

顧清言想到那天姊姊悄悄說過的話。「姊姊曾說，想把祕密告訴你，因為她說已經能治好你的腳，讓你在短時間內站起來，不過要等我從那鬼地方出來後，可見姊姊內心已經完全信任你了。」

聞言，夏祁軒極為感動，原來在小婉心裡，已經信任他了。

說話間，外面傳來德福的聲音。「夏公子，時辰不早了，奴才來接顧公子回去。」

「知道了。」

聽聞這話，夏祁軒看向顧清言。「我一定會想辦法讓你早點出來。」

「我知道你忙著對付白三元，我這邊你不用擔心。其實在天牢這些日子，反而讓我成長不少，同樣多學了很多知識，就連眼睛看東西也比以前要透澈。」顧清言一半似是玩笑，一半認真地道。

說罷，他看向顧清婉。「我走了，你再備些熱水，給姊姊擦拭一下身子。她愛乾淨，醒來後看到自己渾身狼狽，定不樂意。」

「好，那我就不送你了。」夏祁軒說著，用拳頭捶了捶胸口，感激的話都在心裡。

顧清言笑了笑，走出屋子，而夏祁軒讓人備水，親自給顧清婉擦身。

老太太已經安排好一切，命人燃放鞭炮，國公府頓時熱鬧起來。

不管是平民百姓還是達官貴人，在大夏王朝，家中生了孩子的人家，都得點上幾串鞭炮報喜。

慕容雲依吩咐廚房燉了參湯、雞湯、鵝湯，就怕顧清婉醒來會餓著，讓人時刻在灶旁待命。

國公府一片喜氣洋洋。可此刻在皇宮，傍晚時分，太后在軟榻上昏迷過去，又一睡不起了。

這可急壞了楚皇，連夜召集太醫，太醫們一籌莫展。最後沒有辦法，就連楚京城中的普通大夫也被強行請入宮中，為太后診治，結果便是群醫束手。

無奈之下，楚皇只能讓德福帶著一名小太監去天牢，把顧清言換出來。

顧清言心有主意，自然不會這麼快妥協，裝模作樣地給太后檢查一番，便道：「皇上，太后娘娘腦中的東西變大了一些，才會壓到脈絡，使得血脈不通暢，導致昏迷。」

這番話，顧清言沒有避諱任何人，所有太醫和楚京大夫都在此。其中一名叫張承中的大夫，看得出顧清言只有十三、四歲，心下不服，畢竟剛才他們都未診斷出太后的病因，便忍不住道：「黃口小兒，信口開河，你就這般篤定？」

楚皇沒有說話，只是穩穩地坐在貴妃榻上喝茶，心中在計較著，用什麼辦法讓顧清言答應醫治太后？

「你自己沒有本事，不代表別人看不透太后娘娘的病。」顧清言哪會分辨不出這裡一個、兩個的都想看好戲，瞥了一眼高高在上的皇帝。

「你只不過是胡說八道罷了！這麼多太醫和大夫，哪個的醫齡沒有大過你？竟敢如此口出狂言，無中生有，詛咒太后娘娘，就不怕英明神武的皇帝陛下砍了你的腦袋？」張承中見皇上不表態，太醫們看好戲的眼神，頓時以為楚皇默許他這樣做，說話愈加放肆。

顧清言翻了個白眼，不想和這種腦殘說話，淡淡地瞥了一眼還不打算開口的楚皇，心裡咒罵一聲王八蛋，面上卻做出恭敬的神情，道：「皇上，這醫治太后娘娘的病，草民無能為力，還是回去天牢吧。」

話音一落，一些不瞭解情況的人都悄悄議論起來，這個少年是誰？犯了何罪被關押在天牢那種地方？

皇上氣得五臟六腑都是火，見顧清言這麼不給面子，真想砍了他的腦袋，但顧忌到夏祁軒，還有太后娘娘的病，只能暫息雷霆之怒。「顧清言，你要怎樣才肯醫治太后的病？」

這麼單刀直入，看來是不想拖下去了，果然是孝子。

顧清言不卑不亢道：「剛才您又不是沒聽到這位大夫所說，他們任何一個人醫齡都比草民長，本事也比草民強，皇上為何偏偏為難草民？」

「德福，把他帶下去，掌嘴二十。」楚皇輕描淡寫地吩咐一句。

德福領命，隨即有兩名太監把張承中拽走，不多會兒殿前傳來「噼噼啪啪」的聲音，還有張承中的慘叫聲。

那些太醫們見此，悄悄縮了縮身子往後面躲，怕楚皇看到他們。楚京大夫們更是嚇得顫顫巍巍地站在原地，生怕下一個就是他們，同時心裡想不明白，楚皇為何要對一個乳臭未乾的毛小子這麼好？

「顧清言，你可滿意了？說出你的條件，只要朕能做到，都會答應你。」楚皇哪裡不知道顧清言另有所圖？

顧清言嘆了口氣，道：「皇上，不是草民不願救太后娘娘，實在是救太后娘娘的方法只有一個，那就是開刀把裡面的東西取出來，才能徹底醫治好太后娘娘的病。但大夏王朝律法明定，身體髮膚受之父母，不可毀傷。因為這事草民至今還關在天牢等死，若是草民再犯一次，豈不是死更快？」

「胡鬧！」

「荒唐！」

有兩名太醫聽了這話，忍不住低聲道，不過在這安靜的大殿裡，顯得很突兀。

但從顧清言話裡的意思，不就透露出一個令人驚訝的訊息。其實在楚京城中，不少大夫都知道陳老爺子的病情藥石罔效，偏偏後來竟是被一個少年開膛破肚醫治好。難道說，那名少年就是此人？

百善孝為先，眼下全楚京的太醫和大夫近乎齊聚殿中，只要稍微把今日的事傳出去，皇上即便是為了名聲，也不會不管太后，這才是顧清言當著這麼人的面說出這番話的原因。

楚皇在沈思。

顧清言完全不關心別人想法，就靜靜地站在那裡，等著楚皇的決定。

半晌後，楚皇似是作了一個很大的決定，開口道：「你有幾成把握能治好太后的病？」

「七、八成。」顧清言回道，就算有十成，也不能把話說得太滿。

「好，此事牽涉到廢除法令，朕得與大臣們商議。」楚皇嘆了口氣，道：「你先下去。」

顧清言心中冷笑，跟在德福身後離開。

皇宮御書房中，楚皇一臉陰鷙地坐在案桌後批閱奏摺。

「皇上，依奴才之見，顧清言有十足把握能治好太后娘娘，若不然，他不會如此自信滿滿。且皇上也應該知道，夏少夫人跌倒早產，孩子橫在肚中，險些命喪黃泉，顧清言一到，便把夏少夫人從鬼門關拉回來，母子三人平安，可見顧清言是真有本事。」德福說道。

說到夏祁軒，楚皇嘆了口氣。「這麼說來，明兒是祁軒兒子的洗三禮？」

「是。」德福躬身回道。

「你去準備一些禮物，明兒與朕走一趟國公府。」夏祁軒的兒子洗三禮，身為好友，他自然得去。

早朝過後，楚皇便帶著一堆禮品，領著德福、左貴人、御前侍衛統領前往國公府。

今兒是國公府兩位小金孫的洗三禮，不少達官貴人前來送賀禮，甚至還有一些紳商、華胄，不過顧清婉卻看不到這一切。

她現在被保護得太好，只能在屋裡活動。為了讓兩個孩子好養，特地給他們取小名叫包子、饅頭，這名兒一出，全家都笑得合不攏嘴，但名字越糙越好養。

至於大名，夏祁軒想了幾個，不過都不太中意，最終決定等楚皇賜名。這樣一來，以後兩個孩子就有楚皇庇護著。

顧清婉餵完兩個孩子吃奶，老太太和慕容雲依就來將孩子抱走，說是皇上來了。

顧清婉只能坐在床上，不一會兒見到了久違的好友，左月。

她看著左月道：「那天收到妳的信，沒想到這麼快就能見到妳。聽妳信中所說，在宮中過得還算安穩，這樣也好，至少沒有勾心鬥角。」

一入宮門深似海，能好到哪裡去？

但左月是不會說這樣的話，她笑道：「興許是我長得不好看，宮裡的姊姊們看我還算老實，不忍欺負。」嘴上這樣說，其實左月內心很苦。初入皇宮，她就被整治好幾次，最終她學會隱忍，又不露鋒芒，才能安穩到現在。

「這樣才好，如果有人欺負妳，就說妳是祖母的乾孫女，背後有國公府，就算有人想要對付妳，也要顧慮國公府。」顧清婉道。

「我知道。」左月點頭，表示明白。之後，兩人各自講了分開後的一些事。

不多時，老太太和慕容雲依把孩子抱回來，喜得見眉不見眼。老太太一進門，便對顧清婉說皇上已經給兩個孩子賜名。包子喚夏天佑，饅頭叫夏天宇。兩個名字，寓意相當好。

洗三禮一過，國公府恢復往日的平靜。顧清婉肚子上的傷口徹底癒合，人也很有精神，但還是被老太太強迫坐月子，不讓下床。

整個國公府的人，幾乎都圍著兩個娃兒轉，日子平靜溫馨。

第二天便是大朝會，早朝之後，楚皇下旨，廢除切膚令。同時，再次強調只有大夫可以行使這個權力，平民百姓和不懂醫理的，同樣不能私自在身上動刀。

這條法令，只對顧清言一人有利，因為整個大夏王朝沒有另外一個懂外科醫術的人會動手術。

同時，楚皇親臨天牢接顧清言出來，送他回國公府。這對顧清言來說是沒有過的殊榮，心裡打定主意要將太后的病治好。

楚皇本想讓顧清言立即為太后醫治，但顧清言說必須得先養好精神，要不在手術過程中容易出錯。楚皇考慮到太后的安全，只好讓他休息一天，次日去給太后診療。

送走楚皇，顧清言便拉著夏祁軒回書房，問他可有查出當日是誰在背後推姊姊。

夏祁軒原先不肯說，是怕顧清言知道後衝動，找可香麻煩，又會耽擱了救顧清婉，才將此事隱瞞。如今沒有什麼可顧慮了，便將整件事告訴顧清言。

聽完後，顧清言都不敢相信，實在想不出可香為什麼要這樣做，可香不是已經變好了嗎？「姊夫，這怎麼可能？她沒有理由這樣做。」

「我懷疑可香已經單獨見過白家的人。」夏祁軒說道，但他現在還不確定，已經派人暗中調查。

顧清言不明白夏祁軒話中涵義，疑惑地問道：「見白家的人？」問完這句話，他才一臉震驚，心中有個想法生起，難道……「姊夫，你是說白秀雲是白三元家的人？」

見夏祁軒點頭，他才恍然大悟。

「確切地說，可香乃白三元的親外孫女，白秀雲便是白三元嫡女。」夏祁軒冷笑道。

可香住在國公府，進出都有人看著，竟能跟白三元聯繫上。他眼神凌厲起來。

這些日子一直忙著布置外面的事，府內確實有些疏漏，看來，得清理、清理了。

顧清言完全沒想到這一點，聽夏祁軒說完，好半晌才反應過來，卻沒有說什麼，整個人陷入沈默。

書房裡變得安靜，半晌，顧清言才開口。「姊姊知道這事嗎？」

「不知道。她在坐月子，我不想讓這件事影響她心情。」夏祁軒搖頭。

顧清言也很贊同，隨後又道：「剛才回來，我還見到可香，難道你還沒有找過她？」

「想必白三元留她在府中定有安排，皇上還等著抓白三元的尾巴。只是他自從恩科過後，變得謹慎小心起來，就連皇上換你出了幾次天牢，他都睜一隻眼閉一隻眼，不找刺兒。」夏祁軒道。

「你就不怕養虎為患？」顧清言想到可香做過的事，果然骨子裡就有白家人的狠毒。

「如果不是覺得留下她還有用，在她傷害小婉那天，我就已經弄死她了。」夏祁軒冷聲說完，怕顧清言衝動，破壞他的計劃。「可香的事你別管，交給我來處理。你現在要做的就是醫治好太后的病，只有太后痊癒，對你來說，才算雨過天晴。」

「用我的能力，加上姊姊的井水幫忙，太后的病都不是大事。反而你，得準備一下了。」說到這一點，顧清言滿臉的自信。

顧清言說的準備，自然是為他治療腳，這件事，是全國公府人的一個心病。夏祁軒並不像表面那般淡然，想到不久後，就有機會站立，心情有些緊張，嘴角不自覺勾起愉悅的笑容。「不急，反正你姊姊還在月子中。」

「接脈之法我會，你大可放心，姊姊到時只需要貢獻一點井水就好。我盼你快點站起來，好帶兩個小傢伙，我可不希望姊姊受累。」顧清言笑起來。

夏祁軒笑看著顧清言，內心感嘆，是什麼原因，讓老天如此眷顧姊弟二人，賜予他們這麼逆天的神物？

兩人在書房談話時，可香對門房的人說去給顧清婉買糕點，急匆匆出了門。走到一家雜貨鋪門口，她東張西望一番，才步入其中。

掌櫃見到是她，眼神淡淡，指了指隔著門簾的裡屋，又自顧自地擦桌子。

可香並沒有因為掌櫃的態度表現什麼不滿，內心卻很憤怒。

等著，等她認祖歸宗，就把這個掌櫃換掉。這間雜貨鋪是個普通商人名下的產業，實際上是白家的。

自她來到楚京沒多久，白三元便乘機與她聯繫。想到如今多了一個親外公，可香就覺得十分幸福，只要是外公交代的事，她說什麼都會拚命完成。例如上回顧清言被打入天牢，也是經過外公指點，她才會送信給顧清婉，不過這女人真命大，連續兩次都毫髮無傷……

可香挑簾進了裡間，看到首位上坐著的老人，恭恭敬敬地走上前。「外公。」

白三元嘴裡「嗯」了一聲，眼神淡漠地看著可香。「這樣簡單的事妳都做不好，要妳何用？」

「外公，不關我的事。當時顧清婉母子已經快不行了，後來夏祁軒去把顧清言接回，事情才會變成這樣。」可香辯解道。

白三元很不悅。

小皇帝翅膀硬了，一直想抓住他的小辮子，自恩科之後，更是動作頻頻。

夏祁軒是小皇帝的心腹，他動不得皇帝，還動不得夏祁軒？

夏祁軒肯在京中鄭重迎娶那個女人，想必將她看得很重。他自然要回報一二，讓夏祁軒嘗嘗痛徹心腑的滋味。

偏偏那個女人雖不防備可香，可香卻是個沒用的，這麼點事都辦不好。

可香絞著垂在胸前的頭髮，期盼道：「外公，我什麼時候才能回白家？」

「現在還不是時候，再等等吧。」白三元站起身，走到可香身邊，抬起手輕輕拍在她肩膀上，神情寵溺，真像個疼愛外孫女的老人，一臉慈祥。

可香沈浸在被親人陪伴的幸福中，很想撲進白三元懷裡，把這些年所受的委屈一一訴說。但她忍住了，囁嚅道：「自從那天我推了顧清婉，總感覺夏祁軒看我的眼神很冷，是不是他發現了？」

「別瞎想，妳不是說就連顧清婉都不曉得嗎，他又怎會知道？安心在國公府待著，等到適當時機，外公再交代妳辦另外一件事。等妳辦完，就能回家。」白三元笑道。

「好，外公還要我做什麼？」可香認真地注視著白三元。

「乖，別急。」白三元道：「時候不早了，妳快回去吧。」

可香心有不捨，但還是點點頭，離開了雜貨鋪。

可香走後不久，白三元才披著披風出來，頭上戴著兜帽，使人看不到模樣。等到白三元離去，對面的布店裡走出一名清秀的男子，男子望了望可香離開的方向，轉身朝國公府去……

第一百零九章

國公府，軒轅閣——

老太太和慕容雲依一人抱著一個孩子在外間玩，老太太抱著孩子走了一會兒，滿頭大汗，才把孩子遞給眼巴巴等著的夏懷武，擦了一把汗，道：「都快八月的天，還這麼熱。」說著，接過畫秋遞來的蒲扇搧起來。

夏懷武抱著孫兒，喜悅之情溢於言表，本來不苟言笑的他，都忍不住彈動舌尖，發出聲響逗弄小娃兒。

顧清婉和夏祁軒、顧清言待在裡屋，討論給夏祁軒治療腳傷的事。

顧清言提議由自己主治，顧清婉為輔。

顧清婉自是沒有意見。「祁軒，你從今日起開始喝井水調理身體，等言哥兒覺得可行我們再來，要保證萬無一失。」

她笑睇著只是淡淡點頭的夏祁軒。「真不明白你是什麼樣的人，知道自己快要站起來，還這麼冷靜。」

夏祁軒笑道：「誰說我冷靜？我心裡很緊張，很激動，也很害怕、擔憂。」

「姊夫，有我和姊姊，你就放一百二十個心吧。」顧清言保證道。

夏祁軒點點頭。「那就有勞言弟了。」

「對了，姊姊，給我一點井水，明兒一早我直接去皇宮，就不來吵妳了。」顧清言想到明日要去給太后動手術，還缺少最重要的東西。

「這還用你說，早都準備好了。」顧清婉笑道。

夏祁軒也笑了笑，轉動輪椅到櫃子前停下，拿出一個盒子，抱著回到顧清言面前，遞給他。

顧清言打開，看到裡面排列整齊的六只玉瓶，笑著合上蓋子。「以後就這樣做，顯得好高級，一看就不是凡品。」

「這些玉瓶是你姊夫專門去訂製的，能保井水在一年之內不變質。」顧清婉溫柔地看著夏祁軒。

「謝謝姊夫。」顧清言知道，夏祁軒是愛屋及烏，但還是得說聲謝謝。

夏祁軒握住顧清婉的手，回顧清言一抹笑，輕輕搖頭，道了聲不用謝，這是他該做的。

接著，跟蹤可香的人回到國公府，把事情告知夏祁軒。

得知事情真相的夏祁軒，並沒有立馬去找可香，而是派兩人專門盯著她，並讓海伯揪出隱藏在國公府的白家人。

這一切都在暗中進行著。

第二天，顧清言進宮去為太后動手術，這場手術對他來說並沒有什麼難度，過程也很順利。

話雖如此，顧清言還得留在宮中，等太后徹底痊癒才能出宮。國公府的日子看似平靜，實則暗藏波動。

遠在楚京千里之外，一個小鎮上，此時正發生一件悲慘的事。

一名蓬頭垢面、穿得破破爛爛的瘋女子偷了人家的饅頭，被打得半死，周圍觀者如堵，卻沒人打抱不平、勸說一句，個個嘴裡都叫嚷著。「打死她！」

女子全身沒有一處是好的，手中抱著兩顆饅頭，蜷縮著身體護著饅頭。

這時，一輛馬車從一旁經過，停在前面一家客棧門口，上面跳下來兩名男子。每個人的視線都被吸引過去，就連地上的女子亦是睜著腫如核桃的眼睛望過去。

當看到跳下車的兩名男子時，女子渾濁的眼神漸漸亮起來，隨後馬車上下來一個身穿披風、頭戴兜帽、一臉憔悴的婦人。地上的女子震驚地張著嘴巴，隨後想到了什麼，奮力從地上爬起來，雖然全身很痛，但這一刻，好像再痛都無所謂了。

她用力衝開人群，朝著下馬車的三人跑去。「你們等一下！」

其中一個男子是夏祁軒的手下阿四，他被派往悵縣救梅花。梅花是去楚京做人證，用來逼迫白三元的棋子。

三人停下腳步，看著奔向他們的女子。阿四皺著眉頭，似在思索，因為他看到這女子的輪廓和眼神有種熟悉感。

而梅花則害怕地躲在阿四身後，主要是因為一路以來的追殺，令她變得膽小。

阿四的手下則暗中運行內力，以防萬一。

女子看到三人一臉防備，站在不遠處停下。「我不是壞人，我叫吳仙兒，是顧清言的未婚妻！」

阿四見過吳仙兒，聽她說完，上下打量起她來。

吳仙兒怕阿四不信，一下就哭起來。「我真的是吳仙兒！」

梅花認識吳仙兒，以前兩人就是好友。雖然吳仙兒樣子面目全非，但聲音沒有變，梅花探出頭看向吳仙兒。「仙兒？」

「梅花！」雖然以前兩人有芥蒂，但經過這許多苦難，吳仙兒看到梅花後，覺得親切很多。

阿四已經確認是吳仙兒。本來他們只想在這鎮上吃點東西再趕路，但看到吳仙兒的樣子，怕是要耽擱一宿，遂嘆了口氣，道：「跟我們來吧。」

不管吳仙兒怎麼會變成這樣，如果公子和少夫人知道他不管吳仙兒死活，回去一定會被扒皮抽筋。

阿四要了兩間屋子，一間給梅花和吳仙兒住，一間是他和手下兩人住。

隨後阿四還去鎮上給吳仙兒買了兩身衣裳。吳仙兒已經半個多月未曾沐浴，也沒好好吃上一頓。洗完澡，便下樓用餐。

一身乾淨的吳仙兒顯得精神了不少，雖然臉上都是傷，但還是能看出以前幾分模樣。

阿四在米鋪賣糧時，曾見過吳仙兒幾次，此刻，已經確定是吳仙兒無疑。

「吳小姐，妳怎麼會弄成這樣？」阿四問道。

吳仙兒一聽問話，頓時委屈得哭起來，眼淚如斷線珍珠般流下。嘴裡塞著食物，滿臉傷痕，一邊哭，一邊把這些日子來的遭遇道出。

原來，吳仙兒去了悵縣後，得知顧清言出事，便拿了銀票、銀子，留書出走去楚京。她一個女子，沒有出過門，不知人心險惡，被人騙光了銀錢，就只能流落街頭，一邊乞討，一邊朝楚京走。

「原來吳小姐遭受了這麼多的苦。不過不用害怕，以後由我護送妳到楚京。」阿四不會安慰人，但還是開口說了這麼一句。

「謝謝你。」吳仙兒抹了把眼淚，道了聲謝。她其實並沒有把自己這些日子受到的苦全部說出來，怕說了以後，會被人看不起，以後還怕顧清言會嫌棄她，雖然她沒有失身，但畢竟流落到窯子裡過。

梅花沒有說話，她深深地嘆口氣，竟然還有人和她一樣受苦，老天是公平的。

吃完飯，阿四讓吳仙兒和梅花回屋好好休息，自己寫了書信，送到鎮上的驛站，命人快馬加鞭送往楚京，把遇到吳仙兒的事告訴夏祁軒和顧清婉。

楚京這些天傳出一件為人津津樂道的奇事——連群醫會診都束手無策的病，有一名少年神醫竟只需動動手就能治好，陳老爺子、卿太后的病皆是他所治癒！

聽聞這名少年神醫不須給人號脈，只要人站在面前，看一眼，就能知道有沒有病，病在何處。

不少人都想讓這名少年神醫看看，只不過，這名少年神醫整天待在國公府，大門不出，二門不邁，讓很多人無功而返。

外面儘管傳得沸沸揚揚，但都不關顧清言的事，他這兩天給夏祁軒接脈，在觀察其雙腳脈絡的恢復情況。

軒轅閣主廳內，顧清言檢查完夏祁軒的腳後，顧清婉忍不住問道：「如何了？」

「脈絡在緩慢連接恢復中，不出一個月，姊夫應該就能站立了。」顧清言笑道。

屋子裡老太太、慕容雲依、夏懷武、畫秋等人圍坐在一起，聽到顧清言的回答，老太太等人都一臉喜色，這件事是他們以前想都不敢想的。

可是這個答案，顧清婉並不滿意。「可有加速恢復的方式？」

顧清言心裡有個辦法，就是加上姊姊的血，可是他不會說出這個答案，他不想再看到姊姊流血，遂回道：「凡事都不可一蹴而就，如此多年都等了，還急這麼一個月不成？」

「言哥兒說得對，若是沒有遇到你們，我這輩子都不可能再站起來。」夏祁軒笑著接過話。

顧清婉也知道自己的血能讓夏祁軒儘快恢復，但如果她現在說出來，家裡沒有一個人會同意，還不如暗中進行，以後在夏祁軒喝的井水中加上一點血，應該不會被發現。夏祁軒是她的男人，也是除了顧清言之外，最信任的人，一個外人她都能用血救，何況是夏祁軒？

「再五天就是天佑和天宇的滿月宴，屆時慕名而來的人一定不少，言哥兒可要做好準備。」夏懷武這些日子說話不像以前那樣硬邦邦，反而和藹許多，這都多虧了包子和饅頭這兩個小傢伙。

老太太附和地頷首，她這些天就收了不少拜帖，明著說是來拜見她，實則都是想來找言哥兒看病，大家心知肚明。

「在楚京這段時間，除了自家人，我不想再給別人看病。要看，就等以後回了悵縣，他們追過去再說。」顧清言壞笑道。

楚京雖好，卻不是他的家，他還是更喜歡悵縣。

夏家人聽了他的話，心中一動。

顧清言與顧清婉姊弟情深，顧清言以後要回悵縣，顧清婉是不是也要回去？顧清婉要走，夏祁軒自然要跟著。到那時，他們夏家就會失去兒子、孫子，這可不是他們想見到的情況。

老太太和夏懷武、慕容雲依三人相視一眼，夏懷武隨後看向顧清言。「言哥兒，你覺得楚京如何？」

「還行。」顧清言對楚京並沒有太多感覺，自從來到此地，大多時候都待在國公府，難得有一次嶄露頭角的機會，卻被送進天牢。經過這許久，才有今日，就算有現在的名聲，他也沒有任何想法。

「伯伯是想問你，要不要留下來在楚京發展？」夏懷武為了兒媳婦、兒子、孫子，不得不用懷柔策略。

「這倒是沒想過，畢竟我爹、娘還在船山鎮，我和姊姊都不可能長時間離開。」顧清言何嘗不懂夏懷武的意思？當初他其實也曾想過，但見識了風雲詭譎的楚京以後，還是覺得悵縣好些，日子雖然平淡，卻不會有什麼算計，他這輩子最討厭的就是算計。

「若是把你們的爹娘也接到這邊來，那你們是不是就不走了？」夏懷武想到這一點，眼睛亮起來。老太太和慕容雲依也緊張地盯著顧清言。

顧清言並未直接回答，而是看向顧清婉。「這件事還是得問姊姊的意思。以前我走到哪裡，都是姊姊在後面支持我，現在，讓姊姊來決定。」

「婉丫頭。」老太太低喚一聲。

夏祁軒不曾開口，無論顧清婉作什麼決定，他都支持，就算她去天涯海角，他也會義不容辭地跟隨其後，不離不棄。

顧清婉沒有說話，而是陷入沈思，沒人出聲打擾她。剛才夏家三老眼神裡的期盼和不捨之情，她都看得清清楚楚，真的不願意見到這麼一家子分開。再者，若是能把她爹娘也接來楚京，這倒是個兩全其美的辦法。

最重要的是，她從舅舅那裡瞭解到，當年娘在韓家受盡委屈，被算計、陷害趕出武侯府，或許把娘接回來，奪回娘該有的東西也不錯。

當年，她爹為了保住白三元陷害先皇的祕密，才不得已逃出楚京，如今證據已交到楚皇手中，沒有必要再逃避。

就這兩點，顧清婉便決定留在楚京，遂在眾人的期盼目光中，回道：「我希望言哥兒在楚京發展。」

這個回答，對老太太幾人來說就像蜜糖一樣，甜到了心坎。夏懷武一臉喜色，開口道：「那就這麼決定了。既是如此，言哥兒在楚京發展的銀兩，一併由我國公府出。娘，您說可好？」最後一句話，自然問的是老太太。

「我一點意見都沒有。」老太太喜得見眉不見眼，這麼一來，一家子都不用再分開，她當然高興。

慕容雲依生怕姊弟倆反悔，急忙道：「娘，您看是不是立即派人去船山鎮把親家接來。」

「對，兒子也這般認為，趕早不趕晚。」兩口子成親多年，心有靈犀，夏懷武一聽便清楚妻子的意思。

「也是，那這件事你快去安排。」老太太看到兒子和兒媳婦朝自己眨眼，便明白過來。夏懷武也不想再耽擱，站起身就朝外走。

姊弟倆和夏祁軒看到三個老人急匆匆的樣子，都忍不住笑起來。

夏祁軒見夏懷武走到門口，開口道：「爹，不如讓阿二他們去吧。」

「也好，阿二他們對路途熟悉不說，還知道婉丫頭他們家在何處，也認得月娘和愷之，就讓阿二去。」老太太聽夏祁軒這麼一說，稍微一想，便決定這樣做。

「那我再去安排一番，路上可不能出什麼差錯。」夏懷武心情大好地走出去。

再五天，就是國公府兩位小金孫的滿月之喜，下人們都積極準備著。

同一座城中，只隔了幾條街的武侯府和國公府形成鮮明對比。

武侯府中一片慘澹，大公子韓戰雲與家中決裂，搬了出去。老太太陳玉荷臥病在床，心情惡劣，伺候的下人們都戰戰兢兢，唯恐招了老太太的眼。

其實老太太身子骨一向硬朗，這回病倒竟是因為大公子在她的床榻上放了一隻毒蠍子。老太太一時不察，被螫了一口，就此癱瘓。

此時在廚房內，兩個婆子交頭接耳，其中一個尚婆子道：「妳可得保密，有一回為了我閨女，我請桂嬤嬤去家裡吃酒，桂嬤嬤喝多了，就說當初老太太曾經用很多歹毒的法子陷害原來那位夫人。最後一次也用了毒蠍子，最終把那位夫人嚇得一病不起，再將大小姐和那位夫人趕出武侯府。」

「天哪！不會吧？」施婆子一臉不敢置信，老太太是那種惡毒的人？

「妳難道沒有聽說嗎？那天老侯爺去將軍府找大公子，結果大公子直接回老侯爺一句，當年老太太就是用這個辦法嚇得他娘病重，他只是以牙還牙而已，把老侯爺氣得灰頭土臉地回來。」

尚婆子聽到外面傳來腳步聲。「行了，不說了，來人了。」

施婆子會意，兩人迅速分開，各忙各的。來人是老太太身邊伺候的丫鬟鳳兒。

鳳兒從廚房端著燕窩回到梅園，進了內室，道：「老夫人，燕窩來了。」

「放著吧，沒什麼胃口。」陳玉荷淡淡道。

「老夫人，您今兒沒有用中飯，吃點燕窩墊墊肚子吧。」鳳兒說著，去扶起陳玉荷，在她背後塞了一個軟枕讓她靠著。

「妳可聽說楚京最近出了一名少年神醫？只要讓他看上一眼，就能知道病人生了什麼病？」陳玉荷吃了一口燕窩，開口問道。

「奴婢是聽人這麼說過，只是未曾親眼見過。」鳳兒回道。

陳玉荷似是看到了希望，激動得抓住鳳兒的手。「去請他來！」

第一百一十章

「老夫人，您先冷靜，莫要激動。」鳳兒又道：「奴婢聽說這少年神醫是夏公子的小舅子，若是我們武侯府的人前去，他必定不肯來。」

陳玉荷聽了，頓時冷靜下來，眼神也冷了幾分。

鳳兒在武侯府十幾年，自然知道兩家一些恩怨。「老夫人，陳老爺子的病也是這名少年神醫治好的。要不，託陳公子出面，去請這位少年神醫過來一趟？」

「妳是說翊兒？」陳玉荷是陳翊的姑婆。

「是的，聽說陳公子和這位少年神醫有些交情，看在陳公子的分上，想必這位少年神醫不會拒絕陳公子。」鳳兒開口道。

「那還等什麼，快點派人去陳家，讓翊兒過來見我。」陳玉荷催著鳳兒去請人。

一個時辰後，陳翊來到武侯府，坐在床前，看著陳玉荷。「姑婆，您找我有急事？」

「翊兒，你是不是認識那名少年神醫？」陳玉荷激動地抓住陳翊的手。「快去請他來為我醫治！」

陳翊看到姑婆眼中希冀的光芒，在心裡嘆了口氣，點點頭。「姑婆，他脾氣古怪，不一定答應，我會儘量試試。」

「有本事的人哪個沒有一點怪脾氣？」陳玉荷理解道。「你跟他說，只要能治好我的病，銀子不是問題。就算要稀罕的寶物，我們也儘量給他找。」

陳詡陪陳玉荷說了一會兒話，才從屋裡出來，他沒有離開，而是去竹園找老侯爺韓玄霸。

當年他們陳家、國公府夏家、武侯府韓家的恩怨，他都已經知道了。

陳詡從爺爺口中得知當年的真相，唯有沈默。

他心悅顧清婉。即使夏祁軒出身國公府，有狀元之才，偏偏卻廢了雙腿，因此論家世、論才華，他都能與夏祁軒一較高下。

可是，他的姑婆卻害了顧清婉的外婆與母親，令他再也沒臉去爭。

當初爺爺病重，他只能憑著微薄的情分，厚著臉皮去求顧清言。

因此即使姑婆的要求他無法拒絕，卻不願為她破壞自己與顧清言本就不深厚的友誼。

所以，他決定去見一見韓老侯爺。

早在陳詡來韓家時，韓玄霸就知道了，他對陳家人沒有什麼好感，管他陳詡是來是去。

此刻，他坐在搖椅裡，愜意地前後搖晃著，閉上眼睛曬太陽。聽到下人稟告陳詡要來拜見，便讓人請進來。

陳詡看到院中愜意地曬太陽的老人，走到跟前，恭敬地行禮。「姑公安好。」

「坐吧。」韓玄霸眼睛都不睜開，淡淡地道。

陳詡看了一眼旁邊的石凳，依言坐下。韓玄霸又道：「見過你姑婆了？」

「是的。」陳詡點頭回應，心裡卻在想，要怎麼把顧清言的事告訴韓玄霸。

「她現在身體不好，脾氣欠佳，你多擔待。」韓玄霸隨著搖椅輕輕搖晃。

「姑婆讓我去請少年神醫。」陳詡想了想，還是直接明瞭地說吧，他性子一向如此，不喜歡拐彎抹角。

聽聞這話，韓玄霸不明白陳詡為何要和他說這個。

「嗯？」詢問的語氣，他知道陳詡還有話要說。

「我不能去請，他和姑婆有仇。」

這話把韓玄霸聽糊塗了，陳玉荷嫁給他多年，這麼多年只和國公府的人有矛盾，如今怎麼會和一個小輩有仇？想不明白，便問：「為何？」

「姑公是明知故問，他不會救姑婆的。」陳詡回道。

這話越說，韓玄霸越懵。不過他也聽說過，這少年神醫是夏公子的小舅子，也算是國公府的人，也許是因此才不願為陳玉荷治病，想到此，便道：「你爺爺生病時，你是如何請的少年神醫，這次也那樣去請就可以了。」

他以為陳詡是偷偷摸摸去的。

「我不能去，我不想失去他這個朋友。」陳詡說道。

「只有你和這少年神醫熟識，你不去，誰去？難道還讓老夫去不成！」韓玄霸粗聲粗氣道，他一激動，火爆的本性就暴露出來。

「您是他外公，有何不可？」陳詡來這裡，就是想讓韓玄霸去找顧清言，以他們的血緣關係，顧清言應該會來。

只是陳詡並不曉得，韓玄霸到現在仍不清楚顧清言姊弟倆的身世。韓戰雲因為仍對當年之事耿耿於懷，不肯把姊弟倆的身世告訴父親，因此韓玄霸至今都還被蒙在鼓裡。

韓玄霸早就致仕，沒有見過顧清言，自然不知道顧清言長得和年輕時候的他很像。此刻，聽到陳詡的話，他一下子從椅子上跳起來，瞪著銅鈴眼，大吼一聲，抓住陳詡的衣領道：「你說什麼？什麼外公？把話給老夫說清楚！」

一看韓玄霸的激動勁，陳詡便明白了幾分，他突然感覺好像做錯了什麼。想到自己來錯這一趟、說錯了話，暗自懊惱，嘴裡連忙道：「沒什麼，我還有急事，先走了。」

說完，便掰開韓玄霸拽著衣領的手，邁開步子就急匆匆想逃跑。

韓玄霸哪裡會讓他走，大喝一聲，縱身躍起，擋在陳詡面前。「小子，今日你不把話給老夫說清楚，就別想離開這裡半步！」

說罷，使出韓家絕招破虎決，朝陳詡攻去。

別看韓玄霸七十歲了，對付陳詡綽綽有餘，幾個回合就將他箝制住。

「說！告訴老夫怎麼回事？」韓玄霸內心有個聲音在叫嚷，似激動，似害怕，似膽怯，複雜不已。這些日子，他知曉兒子常到國公府，本以為只是去和夏懷武他們商量事情，因此從沒往深一層想。

「韓將軍沒告訴你他們姊弟的事，我也不便說。」陳詡算是明白過來了，說了這一句，便閉口不再談。雖然雙手遭制，被韓玄霸的力量弄得很痛，但他連眉頭都沒皺一下。

「你……你今日不說，老夫就把你的手擰斷！」韓玄霸從陳詡的言語中猜到幾分，只想得到確切答案，但面前的木頭看樣子不打算再說，他只能出此下策，語帶威脅。

陳詡骨子裡就不是個軟的，任由韓玄霸威脅，手也越來越疼，他就是死咬牙關閉口不談。

韓玄霸不可能真的擰斷陳詡的手，見他實在不肯說，心裡嘆了口氣，放開陳詡。「不說就滾！」

得到自由，陳詡稍微活動一下生疼的雙手，抱拳道：「告辭。」

說完，人便邁開步子離去。

陳詡前腳一走，韓玄霸後腳就出了門，去將軍府找韓戰雲。

整個楚京的人都知道，韓戰雲和韓玄霸鬧僵，當韓戰雲去請楚皇賜府邸的時候，這件事便成了楚京的笑談。

韓玄霸就是因為這事，覺得丟人，不輕易出門。但此刻他騎著駿馬疾馳，內心焦急不已，想要確定自己的猜測。

將軍府中，韓戰雲正準備去國公府看望包子和饅頭。他對顧清婉和顧清言姊弟特別鍾愛，更別說顧清婉的兩個小娃兒了，一天不見，就想念得不行。豈料今日剛一出門，就見到韓玄霸。

還未等他開口，韓玄霸便急忙走到他面前，道：「告訴我，少年神醫是誰？還有夏祁軒的夫人，他們真的是我的外孫和外孫女？」

「你聽何人胡說？別在這兒嚷嚷，就不怕別人說你想和神醫攀親戚，想瘋了？」就算對方是他爹，韓戰雲說話一點情面也不講，想到自己慘死的娘，還有受盡委屈的妹妹，他內心是憤怒的。

「陳詡。」韓玄霸哪裡不知道兒子生什麼氣，但為了得到答案，還是厚著臉皮說出陳詡的名字。

韓戰雲冷笑一聲，淡漠疏離地道：「你以為我不知道你安什麼心，聽說陳玉荷病重，不就是想要少年神醫給她治病，才胡編亂謅，這種事你也做得出來。我還有事，就不陪你扯這麼無聊的話題。」

說罷，韓戰雲繞開他，走向小廝備好的馬匹。

「戰雲，為何不肯告訴我實情？」韓玄霸怎會看不出兒子有意隱瞞，對騎上馬的韓戰雲喊道。

「他們不是你的外孫女，也不是你的外孫，請你一輩子不要在他們面前出現。」韓戰雲說完，揮動韁繩，策馬離開。

韓戰雲的話，間接承認了顧家姊弟和韓玄霸的關係。

韓玄霸內心苦澀，一瞬間，背好似又佝僂了許多。

當知道月娘的母親受迫害遭難時，他又何嘗不難過、不痛心？然而逝者已逝，身為男人，他又怎能對陳玉荷下手？畢竟陳玉荷為他生了兩個女兒，侯府後院畢竟需要女人管理。

不過他雖然讓陳玉荷做了侯府夫人，兩人卻分房而居。

這麼多年來，他從不踏進梅園半步。陳玉荷也明白他知曉真相，從不勉強他，也不會踏入他的竹園半步，雖是夫妻，卻形同陌路。
身為父親，他如何不想念女兒？然而他知道白三元一直在搜索月娘的下落，才忍痛不去尋覓，不去關心。
他去找，白三元就會順著他的線索找，他還不如按兵不動，靜觀白三元的情況。只要白三元還有動作，就證明月娘是平安的。
從去年開始，白三元頻頻派出殺手前往南方，那時候夏祁軒也去了南方，然後，一切都攪在了一起。
這全是天意吧。
韓玄霸內心特別混亂，不知不覺便到了國公府門口，看到國公府三個大字，他才回過神來，他不是要回去嗎？怎麼來了這裡？
看到熟悉的馬匹拴在門口，他苦澀地笑起來，隨後轉身離開。
國公府門房小廝看到這一幕，並沒有感到奇怪，最近不少人都會來國公府門口看一眼，或者等上一會兒，為的就是能見到小神醫一面，讓小神醫為其診治。
國公府內，韓戰雲一手抱一個，不停逗弄著，喜歡得不行。
兩個小傢伙都會笑了，只要韓戰雲逗他們，他們都會配合地笑著，惹得韓戰雲心都軟成一灘水。
夏祁軒和顧清言兩人在一旁商量著把醫館開在哪條街。

「我覺得開在偏僻的地點比較好，畢竟是醫館，不能保證不死人，所以儘量在民房少的街道。」顧清言開口道。

「開店不都選在繁華之處？你倒是好，竟然反其道而行。」夏祁軒笑道。

「不，我的不一樣。我要建一座最大的醫館，至少四層樓，在人少的街道就好了。」顧清言早就在心裡畫出一張藍圖。

「祁軒，你就別操這份心了。依言哥兒的本事，就算他開在船山鎮，這楚京的人恐怕都會前去。」韓戰雲停止逗弄兩個小寶貝，對夏祁軒說道。

顧清言笑著點頭，認為舅舅說得對。隨後想起幾天後孩子滿月宴，家中卻還有一顆不定時炸彈，頓時收斂笑容，低聲對夏祁軒道：「姊夫，幾天後就是滿月宴，你都安排好了嗎？」

夏祁軒點點頭。「你放心吧，一切都在我的掌控中，不會有問題。真威脅到小婉和孩子，我會立即清除。」

這話沒有避諱韓戰雲，韓戰雲不知道國公府內的情況，以為是國公府後院有陰毒之人，他最恨的就是這種人。此刻一聽，還威脅到顧清婉和孩子的安全，立馬忍不住開口。「有這種人就趕快清理掉，別出什麼亂子。」

「舅舅，事情有些複雜，有的人還不是時候清理。」夏祁軒沈重道，韓戰雲不是外人，夏祁軒便將可香的事告知。

韓戰雲沒想到可香背後竟然牽扯到白三元，嘆了口氣。「罷了，我也不管你怎麼安排，既然知道她有危險，以後就不要讓她接觸小婉和孩子。」
「自從開始懷疑後，我就沒讓她見過小婉和孩子。」夏祁軒點頭。
老太太他們用孩子不能吹風、顧清婉在坐月子為由，不讓可香見到，就算要見，都是老太太和慕容雲依抱著孩子，讓可香看上兩眼。
以老太太和慕容雲依疼愛孩子的程度，就連夏懷武都不能抱上一會兒，更別說可香，因此可香也沒多想。偶爾見到顧清婉時，顧清婉不知情，對她的態度依舊如往昔那般，才穩住了可香的不安。
八月初五，是國公府兩個小寶貝的滿月宴，府中一片喜氣洋洋，前來道賀的人潮絡繹不絕。
有的是國公府的姻親故舊，更多的卻是慕名而來，想要趁這個機會見一見少年神醫，讓他為自己看診。
為了討好顧清言，很多人都送了珍稀寶物。大家都知道，國公府兩個小寶貝是顧清言的小外甥，他也不吝於讓人知道他對外甥們的喜愛、看重。
在外甥們的好日子裡，顧清言當然不想為人看病。但有的人家送來的禮物世所罕見，十分貴重，他又盛情難卻，便幫著看了兩眼。
就這麼著，還真讓他看出不少問題來。他今日是絕不肯治病的，便讓他們改日下帖子到國公府，他酌情選擇；至於病症輕的，就請自行延醫問藥，委實不必多等。

第一百一十一章

顧清婉跟在老太太和慕容雲依身邊，兩人為她介紹登門拜訪的客人們。

當那些貴婦得知顧清婉的醫術不亞於顧清言，且專精婦科時，看她的目光更帶了幾分狂熱。

女子求醫，總是難以啟齒。若是對著女大夫，就自在多了。

楚皇領著幾個公主與左貴人等人前來祝賀，還親自抱著兩個小傢伙逗弄。

逗著、逗著，楚皇竟金口玉言，要收兩個孩子為乾兒子。

所有人都震驚了，皇帝的乾兒子啊，可不僅僅是個名頭，也是有爵位的！

楚皇可不是這樣大方的人，夏祁軒都不明白他是怎麼想的了。

其實楚皇今日前來，僅是為了賀喜，絕沒有事先想過這個。只是，當他抱著兩個小傢伙時，兩個小傢伙對他一笑，他就覺得自己的心被撓了一下，柔軟得一塌糊塗。

緣分就是這樣奇妙，話已出口，便這麼著吧。

楚皇的舉動，讓來客們看到了他對國公府的信重。見風使舵的人比比皆是，國公府成了不少人討好的對象。

除此之外，還發生一件大事——韓玄霸老侯爺竟然闖進國公府，和夏老夫人吵起來。

從兩人說出的話語中，很多人才聽明白，原來，韓老侯爺在怪夏老夫人阻撓他與外孫女及外孫相認。

可這不對啊？

韓老侯爺有兩個女兒，一個嫁給宛城城主，和韓老侯爺關係還算融洽，另一個招了上門女婿，生的孩子都跟著姓韓，哪來的外孫女和外孫不能相認？

國公府的賓客也有年歲稍大一些的，瞭解當年韓家的內情，對旁邊的人說起往事。

「韓老賊，今日是我寶貝曾孫的滿月宴，你要是給老身弄砸了，我就一把火將你武侯府燒掉！」旁邊的人在交頭接耳議論著，老太太站在石階上，擋住韓玄霸。

「妳個死老婆子！以為我怕妳？趕緊讓開，讓我見見我的外孫和外孫女！」韓玄霸氣勢洶洶，實則心虛無比。

當確定顧家姊弟就是自己的外孫女和外孫後，他回去這幾天都沒有好好睡過覺，一直想著該用什麼辦法相認。一得知今日是兩個外曾外孫的滿月宴後，便來了。

到了國公府前，他在外面轉悠了很久，不知道以什麼理由認親，最終忍不住，還是闖了進來。

老太太聽到韓玄霸的話，似是聽到什麼笑話一般。「韓老賊，老身的國公府可沒有你的外孫、外孫女，你的外孫、外孫女在宛城，你來我國公府鬧，是活膩了？」

「死老太婆，妳不要揣著明白裝糊塗，趕緊讓開，我要去看看我的外孫、外孫女。」韓玄霸說著，就要往裡闖。

這時，楚皇領著男賓們走出來，其中還有夏祁軒、顧清言、韓戰雲、慕容長卿等，看到門口的韓玄霸，楚皇皺起眉頭。

韓玄霸見到楚皇，趕忙拜見。

「韓卿家，你這是鬧的哪齣？」楚皇明知故問。

「這……」韓玄霸不知道從何說起，支支吾吾半天，說出一個字，就不知道該怎麼往下說了。

顧清言靜靜地站在夏祁軒旁邊，看著韓玄霸的眼神淡漠疏離，似是看一個陌生人。

「韓卿家先起來吧，有什麼事，進屋再談。」楚皇說完，看向夏老太太，老太太嘆了口氣，沒有說什麼。

一些不相關的人都在外面，只有老太太和他們進了前廳，按主次坐下。

楚皇這才開口道：「朕今兒雖在此，但你們的私事，朕不會過問。」

「謝皇上。」老太太坐在椅子上，躬了躬身。

韓玄霸亦微微躬身，隨後看向站在夏祁軒旁邊的顧清言。當他在外面抬起頭看到顧清言的那一刻，他就知道，顧清言是他的外孫。

他激動得身軀都在顫抖，很想相認，但從進門後，顧清言連個眼神都不給他，他心裡難免有些失落。

顧清婉在後院招呼女賓，聽到丫鬟稟報，便跟著來到前廳，朝楚皇見禮。

老太太朝她伸出手，她走到老太太旁邊，乖巧地站著。

隨後，老太太在顧清婉耳邊低語幾句，顧清婉聽了看向韓玄霸，同樣，韓玄霸也看向她。這一刻，她在他眼裡看到的是一個老人對子孫的疼愛，還有隱忍的痛苦。

她的心莫名地痛了一下，她的外公，似乎不像她理解的那樣殘酷冷情。

韓玄霸再也忍不住地站起身，看向顧清婉和顧清言。「小婉，小言，我是你們的外公啊！」聲音裡飽含著令人心酸的顫抖，他是在擔心害怕，害怕姊弟倆不認他。

老太太本來想罵韓玄霸兩句，但聽出他聲音裡的顫抖，便將到嘴的話吞下去。

韓戰雲也因為楚皇在場，沒有出口傷害父親。百善孝為先，韓玄霸再不好，他身為兒子，在外面也得給幾分薄面。

顧清婉眼神裡的糾結，顧清言看得真切。他不比姊姊容易心軟，想到他穿越過來時家裡的狀況，還有他爹被白三元設計陷害的事，如果這一切沒有姊姊，就不會有他們現在一家。

他不會那麼輕易原諒韓玄霸，在姊姊思索時，搶先開口。「我們沒有外公。」

顧清婉聞言，看向弟弟，見顧清言朝她點頭，她嘆了口氣，沒再說什麼。言哥兒有自己的理由和想法，她支持他。

「小言，我真的是你們的外公，不信，你問韓戰雲，你問他！」韓玄霸以為兩人不知情，想找個證人。

顧清言沒有那樣做，而是淡淡地看著韓玄霸，道：「韓老侯爺，剛才你說的那些，我們全當沒有發生。來者是客，今兒就好好喝上一杯。」

這番話拒絕的意思很明確，提都不要再提。

韓玄霸明白此時不管他說什麼，姊弟倆都不會認自己，遂嘆了口氣，強忍下眼淚，道：

「不了，今兒是老夫莽撞，還望夏老夫人不要計較，改日登門致歉。」

說完，朝楚皇躬身告別，轉身離開。

他的每一步都是那麼用力踩下去，一直到踏出國公府，都沒有回頭看一眼，一步一步，似是用光了所有力氣。當他走出國公府不遠處，來到一個巷子口時，整個人靠著牆壁癱坐在地，大口大口喘氣，雙目通紅，強忍著淚水。

對七十歲高齡的韓玄霸來說，這是人生中最窩囊的一次。不怪誰，要怪就怪自己當初做錯了，沒有像兒子那般堅定。韓戰雲能為在乎的人做想做的一切，但他不行。

他是一家之主，肩膀要扛的太多，要保護的太多，不能隨心所欲……

罷了，只要知道他們都安好，還有什麼不滿足的？只要在有生之年，再見到月娘一面，這輩子就沒有遺憾了。

國公府內，因為韓玄霸，大夥兒心情都不是很好。好在孩子的滿月宴總算圓滿結束，一切又回到往常。

顧清婉在滿月宴後第二天收到阿四的書信，得知吳仙兒和梅花的情況。當知道吳仙兒因為弟弟而流落街頭，偷東西被人毒打時，心裡既內疚又感動，要求顧清言要一輩子對吳仙兒好。

顧清言聽聞後，心裡自然感動，不用姊姊說，他也會好好對吳仙兒。

好在八月初十那天傍晚，吳仙兒終於抵達楚京，見到姊弟倆。

見面後免不了問候寒暄一番，好在人都平平安安。經過此事，吳仙兒比以前穩重很多，令顧清言心疼。

自此，吳仙兒在夏家住下來，每天圍著兩個小傢伙轉。

梅花被安排到別院，第二天被帶到金鑾殿上。梅花在金鑾殿上鳴冤，說她才是陸仁的元配，卻遭人追殺，砍掉一隻胳膊。

她一心要做狀元夫人，哪裡曉得這樣做，會把陸仁推入萬劫不復之地。

退朝後，陸仁被打入天牢。白三元這些日子本就怕被楚皇逮到尾巴，當下夾緊尾巴做人，哪裡敢再保陸仁，只說自己不知情，請楚皇秉公辦理便是。

如此一來，白三元便和陸仁徹底劃清界線。

白三元回到府中，看出楚皇打擊他的決心，想到自己的算計每步都落空，心有不快，看來只能使出殺手鐧了……

白雪聽說陸仁被打入天牢，便哭著去找白三元，問父親為何不保陸仁，陸仁再不成器，也是她的夫君。

白三元本就情緒不佳，再看到女兒心裡只有陸仁，心情更糟糕，便把她轟出門。

白雪怨氣滿腹，便想起了梅花，暗中派人調查其下落。她一定要把梅花弄死，才能解心頭之恨。

比起丞相府的愁雲慘霧，國公府是一片其樂融融。顧清婉得知陸仁被打入天牢後，心情大好。

她天天待在院子裡，陪孩子曬曬太陽，做做點心，日子倒也過得滋潤。

時光如白駒過隙，這天楚皇生辰到來，當晚就連顧清言都被邀請在內，去參加宴席。

臨走時，夏祁軒讓顧清言多帶一些顧清婉配製的藥水。

當時顧清婉不明白，後來才知道是什麼原因。

原來，白三元在楚皇生辰時發動宮變，好在楚皇和夏祁軒、慕容長卿早已準備好，就等著這一天，一舉拿下白三元。

第二天，楚皇降旨昭告天下，丞相謀逆，殺害先帝，又欲謀害天子，即日斬立決，九族流放，此一消息震驚天下。

陸仁乃白三元同謀，立斬不赦。

顧清婉才是最震驚的，當得知陸仁被砍頭的那一刻，她的心情十分激動。

但因為害怕，不敢前往觀刑。最後顧清言和夏祁軒一起去觀刑，沒有親眼看到陸仁和白三元赴死，他們都不放心。

陸仁臨死前，對天長吼了一句。「如果有來世，我會彌補做過的錯事！」

原來，在陸仁離開悵縣，赴京趕考後，就不時會作一個奇怪的夢，夢中和顧清婉是夫妻。

夢裡顧清婉心裡、眼裡全是他，他卻不曾珍惜。他厭她，欺辱她，最後甚至殺了她。到了楚京以後，這個夢境越來越清晰。

這一句話，說得沒頭沒腦，沒有人知道陸仁的意思，只有顧清言明白。

當顧清婉聽說了這句話時，只是笑了笑，沒有說什麼。對陸仁，她恨之入骨過，現在人死如燈滅，已是陌路。

直到白三元的事情告一段落，都不曾見過可香，顧清婉才從顧清言那裡得知，可香早就叛變，認了白三元，她早產即是拜可香所賜。

瞭解這一點後，她嘆了口氣，她娘若是知道可香所作所為，還有其下場，一定會很傷心、難過。

可香在白三元發動宮變前一晚，想要對兩個孩子下手，幸虧被夏祁軒制住，連同白三元安插於夏府的奸細，一併送入大牢。而在白三元政變失敗後，她便被提出來做證人。自此，可香和白雪都被發配軍營，做了軍妓。

遠去的一輛囚車上，兩個女人擠坐在一起。白雪蓬首垢面，眼神如槁木死灰，一旁的可香好意取出水袋遞給她。

「小姨，喝點水吧，以後只有我們兩個親人相依為命了。」

「給我閉嘴，小姨是妳叫的？」白雪淪落至此，卻依舊心高氣傲，看可香的眼神，就像看一隻狗。

可香的性子本就不是軟弱的，此刻，大家都一樣，白雪竟然還對她凶，遂開口道：「我好歹還是外公嫡女的女兒，妳只不過是外公在外風流落下的種而已，不要在我面前跩，妳以為妳是什麼好東西？」

這些事，可香問過白三元，白三元為了獲得她的幫助，便將一些不重要的事告訴可香。

「妳……妳胡說！」白雪的娘的確是一名青樓女子，這是她的軟肋。

「這是外公親口所言。還有陸仁出事時，外公都沒想過要救他，可見外公根本不重視妳。」可香冷笑道。

白雪氣得想掐死可香，卻嘲諷地笑起來。「妳以為妳很好？妳知不知道，妳爹是個賣友求榮的小人！」

「妳胡說八道！」可香冷聲道。

「我告訴妳，當年妳爹染上賭癮，為了銀子，把顧愷之寫給他的信全部交給我爹，才讓我爹知道顧家人的下落。還有，妳娘其實是被妳爹害死的，哈哈哈！」白雪說著，大笑起來，笑得眼裡都是淚水。

「白雪，妳故意氣我，胡編亂謅，就不怕舌頭生瘡！」可香怎麼也不願意相信這個事實。

「事到如今，我騙妳有什麼好處？」白雪冷笑道：「當年妳娘瞭解實情後，帶著妳準備去找顧家人，要告訴顧家人真相。可惜被我爹知道，派人追殺妳們，好在妳爹最後英勇了一把，救了妳們母女，要不哪有妳現在？」

「我不要聽，妳胡說！」可香內心崩潰，不願意接受這個事實，但心裡又忍不住要相信，因為白雪沒有理由騙她。

難道自始至終，最可惡的人竟然是她爹！她錯怪了顧家人，這一刻，可香好後悔，但她的後悔，顧清婉他們是看不到了……

朝堂中，楚皇和慕容長卿專心掃除白三元黨羽。夏祁軒在家練習走路，他已經能站立，還能緩慢地走上一會兒，這對國公府的人來說，是無比歡躍之事。

顧父、顧母、強子也被接來楚京，直接住到將軍府，這是韓戰雲要求的。

韓玄霸去過將軍府，見過顧父、顧母，讓他們去武侯府住，卻被顧母拒絕。幾次之後，韓玄霸便不再提這件事，倒是經常過去坐坐。

看樣子，顧母已經原諒了韓玄霸。

顧清婉和顧清言尊重他們的娘，不管顧母作什麼決定，他們做兒女的支持就好。

陳玉荷的病，顧清言沒有那麼好心，當然不會去救。陳玉荷後來得知顧清言的身分後，也不敢再要求什麼了，畢竟當初是她為了爬上正妻之位，陷害了韓月娘母女。

左月那兒也有好消息傳來，她懷了龍種，被楚皇封為賢妃。顧清婉為她高興，送上調製後的井水，讓左月百毒不侵，能平安生下孩子。

除了不願離開悵縣的孫爺爺和順伯他們，唐翠蘭也來了楚京，是和福滿樓東家福如海一起來的。兩人幾次見面後，互生情意，唐翠蘭自願成為福如海的三夫人。

楚皇還建了一所醫學院，請顧清言開課授業，這都是顧清言要求的，他不想敝帚自珍，要把手術的本領教給別人。

此後，顧清言收了不少徒弟。第二年春天，他的醫館開張，還有許多慕名前來的大夫，都願意待在醫館學習。

年紀輕輕的顧清言，成了大夏王朝最著名的大夫，也成了大夫們最尊敬的人。

自從夏祁軒的雙腳復原以後，楚皇本想給他一官半職，卻被拒絕了。

夏祁軒的夢想是陪顧清婉走遍景色優美的地方看日出日落，因此在孩子五歲時，便將他們丟在家裡，小倆口去浪跡天涯。

五歲的兩個小傢伙很懂事，知道爹爹和娘親離家出走，身為哥哥的包子負起照顧弟弟的責任，誰叫他們有一對不負責任的爹娘呢。

——全書完

愛在春夏燦爛時

5/2~5/6
08:30 23:59止

春花爛漫，歲月如歌
我們相遇於春，相知於夏
相愛在最燦爛的那一刻

五日快閃，下手要快！

首推**不限量**簽名書 **75**折

✿莫　顏《護花保鑣》
【四大護法之二】

✿季可薔《重婚生活有點甜》

挑戰最低折扣，只有5天

【**7折**】文創風576~627、橘子説1255~1259
【**6折**】文創風406~575、橘子説1221~1254

【小狗章專區】（典心、樓雨晴除外）

✿每本**100**元：文創風199~405、橘子説1101~1220
✿每本**50**元：文創風001~198、橘子説001~1100、花蝶001~1622、采花001~1266
✿每本**20**元：PUPPY 403~498
✿每本**15**元：PUPPY 001~402、小情書全系列

更多活動請上 f 狗屋/果樹天地，
送你滿滿好康～

旺來說

書太多，不知道要看什麼？
來來來，搜羅各方讀者意見，
推薦幾套有笑又有淚！

單本 100

單本 五十

小叮嚀──

(1) 請於訂購後**兩日內**完成付款，最後訂購於**2018/5/8前**完成付款才算有效訂單喔！
(2) 首賣不限量簽名書採預購方式，會等到新書出版當天再依序寄出。
(3) 活動期間親自至本社購買亦享有相同折扣，請先電話聯絡確認欲購書籍，以方便備書。
(4) 購書滿千元(含)以上免郵資。未滿千元部分：
郵資65元(2本以下郵資50元)／超商取貨70元，限7本以內／宅配100元。
(5) 特賣書籍因出書時間較久，雖經擦拭、整理，仍有褪色或整飾痕跡，故難免不如新書亮麗。
除缺頁、倒裝外無法換書，因實在無書可換，但一定會優先提供書況較良好的書給大家。
若有個人原因需要換書，需自付來回郵資。
(6) 各書籍庫存不一，若遇缺書情形可選擇換書或退款。
(7) 歡迎海外讀者參與(郵資另計)，請上網訂購或是mail至love小姐信箱(love@doghouse.com.tw)詢問相關訊息。

狗屋．果樹有權修改優惠活動的實施權益及辦法。

流浪貓狗介紹所

為流浪貓狗加油 和貓寶貝 狗寶貝 廝守終生(一定要終生喔！)的幸福機會

對人來說，貓寶貝狗寶貝只是生活的一部分，但妳（你）對牠們來說，卻是生活的全部，領養前請一定要考慮清楚——

▲ 相親相愛的三姊妹　太妃＆踏雪＆揑揑

性　　別：皆是女生
品　　種：米克斯
年　　紀：皆約七個月大，是同胎
個　　性：穩定乖巧、撒嬌功力高強、親人親貓
特　　徵：太妃及踏雪是三花貓，揑揑是虎斑貓
健康狀況：1.已驅蟲除蚤、已打兩劑預防針
　　　　　2.體型偏小，約2.5公斤
目前住所：新北市新莊區

『太妃＆踏雪＆捏捏』的故事：

中途是在一家貓旅館遇見太妃、踏雪和捏捏的。她長期擔任送養貓咪的中途，偶有忙不過來的時候，便會將其中幾隻送至貓旅館暫住。有天，有位高中女生救援了一隻懷孕的貓媽媽，將其送去貓旅館安胎及安置，沒幾天，貓媽媽就生下太妃、踏雪和捏捏。

然而，這位高中女生較無送養經驗，只能將牠們一直留在貓旅館。中途得知此事，便請貓旅館的店長轉達，她願意將三隻小貓帶回親訓，也很樂意幫牠們找新主人。

中途表示，這三隻是同胎姊妹，感情很好，常會看到牠們互相照顧的畫面；另外，由於牠們從小就接觸人，所以很親人、愛撒嬌，就連睡覺也都愛跟人膩在一起。

中途還特別提到她對太妃、踏雪和捏捏的觀察及感覺。她說，太妃是隻很有趣的貓，一開始是較怕生的，但熟悉後就十分黏人；喜歡跟前跟後，對人的舉動相當感興趣，很適合喜歡跟貓咪零距離的人。而踏雪乖巧懂事，個性穩定，不太會搗蛋，就連剪指甲都很乖，不會掙扎；也完全不怕生，能最快適應新環境。至於捏捏，中途覺得牠很有特色，若跟牠對上眼，就會大聲地請求摸摸，還會從遠處飛奔過來，像是要人「陪玩」（笑）。

中途表示，貓咪的心思細膩，換環境需要時間適應，且壽命可達十幾年，希望能為太妃、踏雪和捏捏找到願意承諾牠們一輩子的好主人！來信請寄toro4418@yahoo.com.tw（劉小姐）。

認養資格：

1. 認養者須年滿20歲，有穩定經濟能力，不管是否跟家人同住，須獲全家人同意。
2. 須同意簽認養寵物切結書、日後追蹤探訪，並提供照片讓中途瞭解貓咪未來的生活環境。
3. 會對待貓咪不離不棄，不會因生病、搬家、結婚、生子、長輩等因素退養。
4. 非必要不可長期關籠，不接受放養；若會遛貓，請告知訓練方式。
5. 為讓中途對您有更深入的瞭解，請先來信「詳介」自己，並提供住家門窗照片，中途會再與您聯繫。

注意事項：

1. 因貓咪們感情很好，認養兩隻為優先；但想為家中貓兒添同伴或認養單隻也都歡迎。
2. 不排斥新手認養，但請先了解、學習養貓的知識（飲食、基本醫療等）。

來信請說明：

a. 個人基本資料：姓名、性別、年齡、家庭狀況、職業與經濟來源等。
b. 想認養太妃、踏雪和捏捏的理由。
c. 過去養寵物的經驗，及簡介一下您的飼養環境。
d. 若未來有結婚、懷孕、出國或搬家等計劃，將如何安置太妃、踏雪和捏捏？

文創風
631

愛妻請賜罪 4 完

國家圖書館出版品預行編目資料

愛妻請賜罪 / 沐顏著. --
初版. -- 臺北市 ： 狗屋, 2018.04-
冊 ； 公分. --（文創風）
ISBN 978-986-328-860-2（第4冊：平裝）. --

857.7 107002736

著作者 沐顏
編輯 余一霞
校對 黃薇霓 林安祺
發行所 狗屋出版社有限公司
地址 台北市104中山區龍江路71巷15號1樓
電話 02-2776-5889～0
發行字號 局版台業字845號
法律顧問 蕭雄淋律師
總經銷 知遠文化事業有限公司
電話 02-2664-8800
初版 2018年5月
國際書碼 ISBN-13 978-986-328-860-2

本著作物由起點中文網（www.qidian.com）授權出版

定價250元
狗屋劃撥帳號：19001626
網址：love.doghouse.com.tw E-mail：love@doghouse.com.tw